D1141029

afgeschreven

openbare bibliotheek amsterdam
Staatsliedenbuurt

Pretty Little Liars 4

Sara Shepard

# *Pretty Little Liars 4*

## Je moet niet alles geloven wat ze zeggen

openbare bibliotheek amsterdam
Staatsliedenbuurt

the house of books

Oorspronkelijke titel
*Unbelievable*

Oorspronkelijke uitgave
HarperCollins

Copyright © 2008 Tekst Sara Shepard en Alloy Entertainment
Copyright voor het Nederlandse taalgebied © 2009 The House of Books, Vianen/Antwerpen

Vertaling
Willeke Lempens

Vormgeving omslag
marliesvisser.nl met dank aan Fije

Opmaak binnenwerk
ZetSpiegel, Best

ISBN 978 90 443 2183 8
NUR 284/285
D/2009/8899/5

www.thehouseofbooks.com

Alle rechten voorbehouden. Niets uit deze uitgave mag worden verveelvoudigd en/of openbaar gemaakt door middel van druk, fotokopie, microfilm of op welke andere wijze ook, zonder voorafgaande schriftelijke toestemming van de uitgever.

Voor Lanie, Les, Josh en Sara

Niemand kan erg lang een masker dragen.
Lucius Annaeus Seneca

# ZO RED JE EEN LEVEN

Heb jij ooit willen teruggaan in de tijd om je fouten ongedaan te maken? Als je toen geen clownsgezicht had getekend op de Bratz-pop die je beste vriendin voor haar achtste verjaardag had gekregen, had zij jou niet gedumpt voor dat nieuwe meisje uit Boston. En in de derde klas van de middelbare school had je nooit gespijbeld van voetbaltraining om naar het strand te gaan, als je had geweten dat de coach je daarna voor de rest van het seizoen op de reservebank zou laten zitten. Als je die paar verkeerde keuzes niet had gemaakt, had je ex-BV (beste vriendin) jóú misschien dat extra eerste-rijkaartje voor de modeshow van Marc Jacobs gegeven. Of was je nu keeper van het nationale damesvoetbalteam, met een Nike-contract en een strandhuis in Nice... en kon je je mengen tussen de jetset van de Middellandse Zee, in plaats van deze bij de aardrijkskundeles op de kaart te moeten opzoeken.

In Rosewood is gefantaseer over het omkeren van het lot net zo gewoon als dat meiden er voor hun dertiende verjaardag een Tiffany-hartje krijgen. En vier ex-BV's zouden er alles voor overhebben om te kunnen terugreizen in de tijd en de boel recht te trekken. Maar stel dat dit werkelijk mogelijk was? Zouden ze hun vijfde beste vriendin dan in leven kunnen houden... of maakt haar tragedie nu eenmaal deel uit van hun eigen lotsbestemming?

Soms omvat het verleden meer vragen dan antwoorden. En in Rosewood is niets ooit wat het lijkt.

'Ze flipt helemaal als ik het haar vertel,' zei Spencer Hastings tegen haar vriendinnen Hanna Marin, Emily Fields en Aria Montgomery. Ze trok aan haar zeegroene veter-T-shirt en drukte op de deurbel van de familie DiLaurentis.

'Waarom mag jíj het haar eigenlijk vertellen?' vroeg Hanna, terwijl ze van de verandatrap op de stoep sprong en weer terug. Vanaf het moment dat Alison, de vijfde hartsvriendin, haar had gezegd dat alleen actieve meiden dun bleven, had Hanna zoveel mogelijk extra bewegingen gemaakt.

'Misschien moeten we het haar allemaal tegelijk vertellen,' opperde Aria, krabbend aan de neptattoo – een libel – die ze ter hoogte van haar sleutelbeen had geplakt.

'Ja, dát is leuk!' Emily duwde haar recht afgeknipte, roodblonde haar achter haar oren. 'Dan doen we een dansje en roepen op het eind: 'ta-dáááááá!'

'Echt niet!' Spencer rechtte haar schouders. 'Het is míjn woonschuur, dus mag ík het haar vertellen.' Ze drukte nog eens op de bel.

Terwijl ze stonden te wachten, luisterden de meiden naar het gebrom van de tuinlieden die bij de buren, Spencers ouders, de heg stonden te snoeien en het *pok-pak* van de Fairfield-tweeling, die twee huizen verderop op de baan in hun achtertuin stond te tennissen. De lucht rook naar seringen, pasgemaaid gras en Neutrogena-zonnebrandcrème. Het was een typisch idyllisch Rosewood-moment: alles in dit stadje was mooi – inclusief zijn geluiden, geuren én inwoners. De meiden woonden hier al bijna hun hele leven en vonden dat ze boften om deel te mogen uitmaken van zo'n bijzondere plek.

Het meest hielden ze van de zomers van Rosewood. Morgenochtend, na hun laatste brugklasexamen op Rosewood Day, de school die ze allemaal bezochten, zouden ze deelnemen aan de jaarlijkse ceremonie rond de diploma-uitreiking. Een voor een zou directeur Appleton de namen van alle leerlingen opnoemen – van de kleuterschool tot en met de vijfde klas van de middelbare school – waarna iedereen een speldje van 24 karaat goud kreeg: de meisjes een gardenia, de jongens een hoefijzer. Daarna werden ze vrijgelaten, voor tien glorieuze weken van bruin bakken, barbecues, boottochtjes en winkeltrips naar Philly en New York. Ze konden haast niet wachten!

Maar de diploma-uitreiking was niet de belangrijkste overgangsceremonie voor Ali, Aria, Spencer, Emily en Hanna. De zomer begon voor hen pas echt morgenavond: met een slaapfeest ter ere van het eind van de brugklas. En nu hadden ze een verrassing voor Ali, die de aftrap van deze zomer nog eens extra bijzonder zou maken.

Toen de voordeur eindelijk openzwaaide, stond Ali's moeder voor hen, in een korte lichtroze wikkeljurk die haar lange, gespierde en gebruinde benen goed deed uitkomen. 'O, hallo meiden,' zei ze koeltjes.

'Is Ali thuis?' vroeg Spencer.

'Ze zit op haar kamer, geloof ik.' Mevrouw DiLaurentis deed een stap opzij. 'Ga maar naar boven.'

Spencer leidde de groep door de gang. Haar witte plooirokje zwaaide heen en weer, haar asblonde vlecht stuiterde op haar rug. De meiden hielden van Ali's huis: het rook net als Ali naar vanille en wasverzachter. En overal hingen mondaine foto's van de vele reizen die de familie DiLaurentis had gemaakt: naar Parijs, Lissabon, het Comomeer. En veel foto's van Ali en haar broer Jason, vanaf de basisschool. De meiden waren vooral dol op een foto van Ali in groep vier, in een knalroze vest dat haar hele gezicht deed stralen. Zij woonde toen nog in Connecticut en op haar oude school was het, anders dan op Rosewood Day, niet verplicht om op je jaarboekfoto zo'n saaie blauwe blazer te dragen. Als achtjarige was Ali al onweerstaanbaar: helderblauwe ogen, hartvormig gezichtje, schattige kuiltjes in haar wangen en die ondeugende en tegelijkertijd innemende blik die het je onmogelijk maakte lang kwaad op haar te blijven.

Spencer voelde even aan de rechterbenedenhoek van hun lievelingsfoto: zij en haar vriendinnen vorig jaar juli, kamperend in het Pocono-gebergte. Ze stonden naast een gigantische kano, kletsnat van het troebele water van het meer, van oor tot oor te grijnzen – zo vrolijk als vijf twaalfjarige hartsvriendinnen maar zijn kunnen. Aria legde haar hand op die van Spencer, waarna

Emily de hare erop legde en Hanna zich als laatste aan het verbond toevoegde. Ze sloten heel even hun ogen, maakten een zoemgeluidje en lieten elkaar toen weer los. Ze waren met dit ritueel begonnen nadat deze foto net was opgehangen als aandenken aan hun eerste zomer als beste vriendinnen. En ze konden er nog steeds niet over uit dat Ali – het populairste meisje van heel Rosewood Day – hén had gekozen in haar kring van vertrouwelingen. Het voelde een beetje alsof je een Siamese tweeling was, waarvan de ander een beroemdheid uit de A-categorie was.

Maar dat bekennen zou stom zijn. Zeker nu.

Ze liepen langs de woonkamer en zagen twee toga's aan de klink van een van de tuindeuren hangen. De witte was voor Ali en de officiëler uitziende koningsblauwe voor haar broer Jason, die in het najaar naar Yale ging. De meiden grepen elkaar bij de hand, opgetogen dat ook zij straks zo'n toga met baret aan mochten, zoals alle afgestudeerden van Rosewood Day sinds de oprichting van de school in 1897. Toen pas zagen ze iets bewegen in de woonkamer. Op de leren loveseat zat Jason uitdrukkingsloos naar CNN te kijken.

'Ha, die Jason!' riep Spencer, terwijl ze naar hem zwaaide. 'Ben je ook zo hyper over morgen?'

Jason keek hen aan. Hij was een soort mannelijke versie van Ali, met zijn goudblonde haar en verrukkelijke blauwe ogen. Hij lachte schamper en draaide zich toen zonder iets te zeggen terug naar de tv.

'O-kééé...' bromden de meiden in koor. Jason hád zijn grappige kanten. Zo waren hij en zijn vrienden de uitvinders van het 'Net-Niet'-spel, dat de meiden voor eigen gebruik hadden overgenomen en in grote lijnen inhield dat ze suffiger meiden recht in hun gezicht voor schut zetten. Maar Jason had ook zijn eigenaardigheden. Ali noemde het altijd zijn Elliott Smith-buien, naar die sombere singer-songwriter op wie hij zo dol was. Alleen had Jason vandaag absoluut geen reden om somber te zijn: morgen rond deze tijd zat hij in het vliegtuig naar Costa Rica, om er een zomer lang les te geven in wildwaterkajakken. Ach gut...

'Ook goed,' zei Aria schouderophalend, waarop de meiden zich omdraaiden en de trap op renden, naar Ali's kamer. Op de overloop zagen ze dat Ali's slaapkamerdeur dichtzat. Spencer fronste haar voorhoofd, Emily hield haar hoofd schuin. Binnen hoorden ze Ali giechelen.

Hanna duwde voorzichtig tegen de deur. Ali zat met haar rug naar hen toe. Ze had een paardenstaart hoog op haar hoofd en haar gestreepte zijden haltertopje was met een perfecte strik in haar nek vastgemaakt. Ze keek naar een opengeslagen notitieboek op haar schoot en leek helemaal van de wereld.

Pas toen Spencer haar keel schraapte, draaide ze zich vliegensvlug en duidelijk geschrokken om. 'Hé jongens!' riep ze uit. 'Hoe is-ie?'

'Best.' Hanna wees naar het notitieboek. 'Wat is dat?'

Ali klapte het ding gauw dicht. 'O, niks.'

Ineens voelden de meiden dat er iemand achter hen stond. Mevrouw DiLaurentis perste zich langs hen heen en beende haar dochters slaapkamer binnen. 'We moeten praten,' zei ze kortaf tegen Ali. Ze klonk gespannen.

'Maar mam...' protesteerde Ali.

'Nú.'

De meiden keken elkaar aan. Oei, dat was mevrouw DiLaurentis' ik-heb-een-appeltje-met-jou-te-schillen-stem! Die hoorden ze niet zo vaak.

Ali's moeder keek hen aan. 'Wachten jullie even buiten?'

'Het duurt niet lang,' zei Ali vlug, hun een verontschuldigende glimlach toewerpend. 'Ik ben zo beneden.'

Hanna bleef even verward staan; Spencer knipperde een paar maal met haar ogen en probeerde te zien wat voor boekje Ali vasthad. Mevrouw DiLaurentis trok één wenkbrauw op. 'Kom meiden, wegwezen!'

Ze slikten alle vier hoorbaar en liepen toen achter elkaar de trap weer af.

Eenmaal op de veranda, die helemaal rondom het huis liep, namen ze hun gebruikelijke plaats aan de grote langwerpige tuintafel van de familie DiLaurentis in: Spencer aan de ene kant, Aria, Emily en Hanna aan de zijkanten. Ali zat altijd aan het hoofd van de tafel, naast haar vaders stenen vogelbad. Even keken ze naar een paar kardinaalvogeltjes die in het koude, heldere water speelden. Toen een blauwe gaai zich bij ze probeerde te voegen, begonnen ze luid te krijsen en joegen hem weg. Vogels leken al net zo graag kliekjes te vormen als meiden.

'Goh, dat was best raar, daarnet,' fluisterde Aria.

'Denk je dat Ali in de problemen zit?' fluisterde Hanna terug. 'Wat als ze huisarrest krijgt en niet naar het slaapfeest mag?'

'Waarom zou ze in de problemen zitten? Ze heeft toch niks verkeerd gedaan?' fluisterde Emily, die het altijd voor Ali opnam – zo vaak zelfs dat de meiden haar soms Killer noemden: Ali's persoonlijke pitbull.

'Nee, niet dat wíj weten...' bromde Spencer haast onhoorbaar.

Op dat moment gooide mevrouw DiLaurentis de dubbele tuindeuren open en beende het gazon over. 'Even checken of jullie wel de juiste afmetingen hebben,' riep ze naar de bouwvakkers, die lui op een enorme bulldozer achter in de tuin zaten. De familie DiLaurentis liet er een gigantisch prieel voor tuinfeesten bouwen. Ali had de meiden al eens verteld hoe overspannen haar moeder over dit project deed, ook al waren ze nog maar in het stadium van het graven van het gat voor de fundering. Mevrouw DiLaurentis liep op de bouwvakkers af en begon hen streng toe te spreken. De diamant in haar trouwring glinsterde in de zon terwijl ze als een bezetene met haar armen zwaaide. De meiden keken elkaar aan: de preek van Ali's moeder had inderdaad niet lang geduurd.

'Jongens?'

Ali stond aan de rand van de veranda. Ze had haar haltertopje verwisseld voor een verschoten blauw Abercrombie-shirt en keek enigszins beduusd. 'Eh, hoi...'

Spencer stond op. 'Waar heeft ze je voor gepakt?'

Ali's ogen schoten van links naar rechts.

'Zeg... heb jij je soms zónder ons in de nesten gewerkt?' riep Aria, terwijl ze het als een grapje probeerde te laten klinken. 'Hé, waarom heb je je eigenlijk omgekleed? Dat topje van net stond juist zo leuk.'

Ali was er nog steeds niet helemaal bij en leek zelfs een beetje van streek. Emily kwam half overeind. 'Wil je soms dat wij... weggaan?' Haar stem droop van de onzekerheid. De anderen keken Ali nerveus aan: was dát wat ze wilde?

Ali draaide haar blauwe gevlochten armband drie keer rond

haar pols. Toen stapte ze de veranda op en ging op haar vaste plek zitten. 'Natuurlijk niet! Mijn moeder was gewoon kwaad op me, omdat ik... omdat ik mijn hockeykleren weer eens bij haar fijne wasgoed had gegooid.' Ze haalde haar schouders op en rolde schaapachtig met haar ogen.

Emily stak haar onderlip naar voren. Een volle seconde ging voorbij. 'Was ze dáárom zo kwaad op je?'

Ali trok haar wenkbrauwen op. 'Ach, je kent mijn moeder, Em. Die is nog analer gericht dan Spencer,' zei ze gniffelend.

Spencer schonk Ali een boze blik; Emily trok haar duim door een van de groeven in de teakhouten tafel.

'Maar... geen nood, meisjes: ik heb geen huisarrest gekregen of zoiets.' Ali drukte haar handpalmen tegen elkaar. 'Ons slaapspektakel kan precies zoals gepland doorgaan!'

Ze zuchtten alle vier van opluchting. Langzaam begon die vreemde, ongemakkelijke sfeer te verdwijnen. Alleen hadden ze ieder voor zich het merkwaardige gevoel dat Ali iets voor hen verzweeg – wat beslist niet de eerste keer zou zijn. Het ene moment waren ze beste vriendinnen; het andere dwaalde Ali bij hen vandaan, pleegde heimelijke telefoontjes, verstuurde geheime sms'jes... Ze zouden toch alles delen? Zij hadden dat allemaal meer dan genoeg gedaan: ze hadden Ali geheimen verklapt die niemand, maar dan ook niemand anders kende. En dan was er natuurlijk ook nog Het Grote Geheim dat ze met zijn allen deelden, over Jenna Cavanaugh; het geheim dat ze elkaar hadden gezworen mee te nemen in hun graf.

'Over dat slaapspektakel gesproken... ik heb giganieuws,' zei Spencer, hun gedachten onderbrekend. 'Raad eens waar we het gaan houden?'

'Nou?' Ali leunde op een elleboog naar voren en veranderde heel langzaam weer in zichzelf.

'In Melissa's woonschuur!' riep Spencer triomfantelijk uit. Melissa was Spencers oudere zus. Hun ouders hadden de schuur in hun achtertuin laten opknappen, waarna Melissa hem tijdens haar highschooltijd als privéoptrekje had mogen gebruiken. Zodra ze er oud genoeg voor was, kreeg Spencer hetzelfde privilege.

'Gaaf!' juichte Ali. 'Hoe heb je dat voor elkaar gekregen?'

'Nou, Melissa vliegt morgenavond meteen na de diploma-uitreiking naar Praag,' antwoordde Spencer. 'Van mijn ouders mogen wij dan in de woonschuur – op voorwaarde dat alles weer is opgeruimd als Melissa terugkomt.'

'Te gek.' Ali leunde achterover, haar handen ineengevlochten achter haar hoofd. Toen richtte haar blik zich opeens op iets een eindje links van de bouwvakkers. Daar sjokte Melissa door de buurtuin, haar houding stijfjes en net. Een witte afstudeertoga bungelde aan een hanger in haar hand, over haar schouder hing een koningsblauwe Rosewood Day-afscheidsmantel.

Spencer gromde. 'Ze doet zó moeilijk over die afscheidsrede,' fluisterde ze. 'Ze heeft zelfs al eens tegen me gezegd dat ik blij mag zijn dat Andrew Campbell waarschijnlijk degene is die hem mag uitspreken als wíj in ons laatste jaar zitten en niet ik... omdat het zo'n "Enorme Eer en Verantwoordelijkheid" is...' Iedereen wist dat Spencer en haar zus elkaar haatten: bijna elke dag kwam ze wel met een nieuw verhaal over wat een kreng Melissa wel niet was.

Maar toen stond Ali op en riep al zwaaiend: 'Hé, Melissa!'

Melissa stopte en draaide zich om. 'O... hoi jongens,' zei ze met een zuinig lachje.

'Zin in Praag?' riep Ali, breed glimlachend.

Melissa hield haar hoofd schuin. 'Natuurlijk.'

'Gaat Ian ook mee?' Ian was Melissa's adembenemende vriend. Als ze alleen maar aan hem dáchten, kregen de meiden al een appelflauwte.

Spencer drukte haar nagels in Ali's arm. 'Ali!' Maar haar vriendin schudde zich los.

Melissa hield een hand boven haar ogen tegen het felle zonlicht. De koningsblauwe mantel wapperde in de wind. 'Nee, Ian blijft hier.'

'O...' zei Ali, met een zelfvoldane grijns. 'Is dat wel een goed idee... hem twee weken alleen laten? Straks heeft hij nog een nieuw vriendinnetje!'

'Alison,' siste Spencer. 'Kappen! Nu!'

'Spencer,' fluisterde Emily. 'Wat is er?'

'Niks,' zei Spencer vlug.

Aria, Emily en Hanna keken elkaar aan. Dit gebeurde de laatste tijd wel vaker – dat Ali iets zei of deed, waarna één van hen totaal over de rooie ging en de rest geen flauw idee had wat er aan de hand was.

Maar dit was duidelijk niet 'niks': Melissa gaf een rukje aan de mantel over haar schouder, rechtte haar rug, draaide zich om en beende weg. Ze tuurde even naar het gapende gat in de hoek van hun tuin, liep toen de woonschuur binnen en trok de deur zo hard achter zich dicht dat de twijgenkrans op de deur heen en weer zwiepte.

'Zo, die zit duidelijk ergens mee,' zei Ali. 'Ik maakte toch maar een grapje?'

Spencer kreunde, waarop Ali begon te grinniken, met een dubbelzinnige blik in haar ogen – dezelfde blik als wanneer ze een geheim boven een van hun hoofden liet bungelen en pesterig riep dat ze het de anderen kon vertellen wanneer ze maar wilde...

'Trouwens, wat kan óns het schelen?' Ze keek ieder van hen fel aan. 'Zal ik jullie eens wat vertellen, meiden?' Ze trommelde met haar vingers op tafel. 'Ik zeg dat dit de Zomer van Ali gaat worden, de Zomer van Ons Allemaal. Dat vóél ik gewoon, jullie niet?'

Een paar seconden tikten voorbij. Het leek wel alsof er een klamme wolk boven hen hing, die al hun gedachten vertroebelde. Maar toen trok de mist langzaam op en vormde zich een gedachte in hun hoofd: misschien had Ali wel gelijk. Dit zou weleens de mooiste zomer van hun hele leven kunnen worden. Ze zouden hun vriendschap weer net zo sterk kunnen maken als vorig jaar, al die akelige, verdorven dingen die er waren gebeurd vergeten... en gewoon opnieuw beginnen.

'Ja, ik voel het ook,' zei Hanna luid.

'Absoluut,' zeiden Aria en Emily tegelijk.

'Jazeker,' zei Spencer zacht.

En toen pakten ze elkaars hand en knepen er stevig in.

Het regende die nacht: een hevige regenbui die plassen maakte op de opritten, de gazons besproeide en miniatuurzwembadjes vormde op het zeildoek over het zwembad van de familie Hastings. Toen het midden in de nacht plots ophield met gieten, werden

Aria, Emily, Spencer en Hanna allemaal wakker en gingen op bijna exact hetzelfde moment rechtop in hun bed zitten. Een akelig voorgevoel maakte zich van hen meester. Ze wisten niet of het kwam door iets wat ze zojuist hadden gedroomd of door de opwinding over de volgende dag. Of misschien kwam het wel door iets heel anders... iets wat veel dieper zat.

Alle vier keken ze door hun slaapkamerraam een poos naar de rustige, lege straten van Rosewood. De wolken waren verdwenen en overal zagen ze nu sterren, de stoepen glommen van de regen. Hanna keek naar hun oprit, waar tegenwoordig enkel nog haar moeders auto stond: haar vader had hun gezin verlaten. Emily keek naar hun achtertuin en het bos erachter. Ze had dat bos nooit durven trotseren: ze had gehoord dat er geesten in woonden. Aria luisterde naar de geluiden uit de slaapkamer van haar ouders en vroeg zich af of zij ook wakker waren geschrokken... of dat ze misschien weer ruzie hadden gekregen en nog niet aan slapen waren toegekomen. Spencer tuurde naar de achterveranda van de familie DiLaurentis en vervolgens dwars over hun gazon naar het gigantische gat dat de bouwvakkers voor de fundering van het prieel hadden gegraven. De regen had een deel van de uitgegraven aarde in modder veranderd. Ze dacht aan alles in haar leven wat haar ergerde, daarna aan alles wat ze bereiken wilde... en alles wat ze veranderen wilde.

Ze tastte onder haar bed naar haar rode zaklantaarn en scheen ermee op Ali's raam. Eén flits, twee flitsen, drie flitsen: de geheime code die Ali vertelde dat Spencer naar buiten wilde sluipen om iets met haar te bespreken. Ze dacht Ali's blonde hoofd eveneens rechtop in bed te zien zitten, maar ze seinde niet terug.

Toen lieten ze zich alle vier weer op hun hoofdkussen vallen, zeiden tegen zichzelf dat dat rare voorgevoel niets voorstelde, dat ze hun slaap hard nodig hadden. Over vierentwintig korte uurtjes was hun brugklasslaapfeest alweer bijna ten einde – de eerste nacht van deze zomer, de zomer die alles zou veranderen.

Ze moesten eens weten.

# 1

# ZEN IS MACHTIGER DAN HET ZWAARD

Aria Montgomery werd wakker van haar eigen gesnurk. Het was zondagochtend en ze lag opgekruld in een blauwe plastic stoel in de wachtkamer van het Rosewood Memorial Hospital. Iedereen keek naar haar: Hanna Marins ouders, agent Wilden, Hanna's beste vriendin Mona Vanderwaal en Lucas Beattie, een jongen uit haar klas op Rosewood Day, die eruitzag alsof hij net was aangekomen.

'Heb ik iets gemist?' zei ze met een schorre stem. Haar hoofd voelde alsof het was gevuld met marshmallows. Toen ze op de Zoloft-klok boven de deur van de wachtkamer keek, zag ze dat het pas halfnegen was. Ze was dus maar een kwartiertje ingedommeld.

Lucas plofte naast haar neer. Hij pakte een exemplaar van de *Medical Supplies Today* van de stapel, dat op de cover een artikel aankondigde over de nieuwste modellen stomazakjes... Wie legt er nu een tijdschrift over medische spullen in de wachtkamer van een ziekenhuis? 'Ik ben er net,' antwoordde hij. 'Ik hoorde over het ongeluk tijdens het ochtendnieuws. Heb jij Hanna al gezien?'

Aria schudde haar hoofd. 'Ze laten ons nog steeds niet bij haar.'

Er viel een diepe, gewichtige stilte tussen hen. Aria bestudeerde de rest. Mevrouw Marin zat, gekleed in een kreukelige trui van grijs kasjmier en een fantastisch zittende superstrakke spijkerbroek, in haar Motorola-microfoontje te brullen, ook al hadden de verpleegkundigen gezegd dat hierbinnen geen mobieltjes mochten worden gebruikt. Agent Wilden zat naast haar, met zijn politiejack tot halverwege zijn borst open, waardoor een versleten wit T-shirt zichtbaar werd. Hanna's vader hing onderuitgezakt in een stoel vlak bij de grote dubbele deuren van de intensivecareafdeling te wiebelen met zijn linkervoet. In haar lichtroze Juicy-joggingpak met teenslippers zag Mona Vanderwaal er voor haar doen zeldzaam slonzig uit; haar gezicht was dik van het huilen. Toen ze even opkeek en Lucas zag zitten, schonk ze hem een geërgerde blik, alsof ze zeggen wilde: Dit is alleen voor goede vrienden en familie, hoor. Wat moet jíj hier? Aria kon het geen van hen kwalijk nemen dat ze prikkelbaar waren. Zijzelf was er al vanaf drie uur vannacht bij, toen de ambulance op de parkeerplaats van Rosewood Day arriveerde om Hanna naar het ziekenhuis te vervoeren. Mona en de anderen waren in de vroege ochtend een voor een binnengedruppeld, toen het nieuws langzaam was doorgedrongen. Het laatste wat de artsen hun hadden verteld, was dat Hanna naar de intensivecareafdeling was verplaatst. Dat was inmiddels alweer drie uur geleden.

Aria liep de gruwelijke details van de afgelopen nacht voor de zoveelste keer in haar hoofd na. Hanna had haar gebeld met de mededeling dat ze achter de identiteit van A was – die duivelse boodschapper die Hanna, Aria, Emily en Spencer de afgelopen maand had getergd. Ze had de bijzonderheden echter niet door de telefoon willen onthullen en had Aria en Emily gevraagd naar de schommels van Rosewood Day te komen, hun oude ontmoetingsplaats. Daar waren ze net op tijd aangekomen om te zien hoe een zwarte SUV Hanna aanreed en meteen weer wegracete. Terwijl het ambulancepersoneel zich naar de plaats van het ongeval spoedde, een halskraag om Hanna's nek legde, haar voorzichtig op een brancard tilde en de ambulance in schoof, had Aria er gevoelloos bij gestaan – toen ze zichzelf hard in de arm kneep, had het niet eens pijn gedaan.

Hanna leefde nog... maar amper. Ze had inwendige bloedingen, een gebroken arm en overal blauwe plekken. Bovendien had ze door het ongeluk een hoofdtrauma opgelopen, waardoor ze in coma lag.

Aria sloot haar ogen. Ze kon zo wéér in tranen uitbarsten. Maar het meest onwaarschijnlijke was nog wel dat sms'je dat zij en Emily vlak na het ongeluk hadden ontvangen: *Zij wist te veel.* Het was van A. Wat betekende... dat A wíst wat Hanna wist. Zoals A altijd alles wist: al hun geheimen; én dat Ali, Aria, Spencer, Emily en Hanna ervoor verantwoordelijk waren dat Jenna Cavanaugh nu blind was, en niet haar stiefbroer Toby. A wist waarschijnlijk zelfs wie Ali had vermoord.

Lucas tikte op Aria's arm. 'Jij was erbij toen Hanna door die auto werd aangereden, toch? Heb je de dader gezien?'

Aria kende Lucas niet zo goed. Hij was iemand die dol was op allerlei buitenschoolse activiteiten en clubs, terwijl zij zich liever verre hield van alles waarbij leeftijdgenoten van Rosewood Day betrokken waren. Ze kende zijn band met Hanna niet, maar ze vond het wel aardig van hem dat hij nu hier was. 'Nee, het was te donker,' mompelde ze.

'En je hebt geen idee wie het kan zijn geweest?'

Ze beet stevig op haar onderlip. Gisteravond waren Wilden en nog een paar agenten van de politie van Rosewood ineens opgedoken, net nadat Aria en Emily dat ene berichtje van A hadden ontvangen. Toen hij hun vroeg wat er precies was gebeurd, hadden ze allebei volgehouden dat ze het gezicht van de chauffeur niet hadden gezien en dat ze het merk van de SUV niet wisten. Ook hadden ze meerdere malen gezworen dat het een ongeluk moest zijn geweest, dat ze echt niet wisten waarom iemand dit met opzet zou doen. Het was misschien niet goed om dit soort informatie voor de politie achter te houden, maar ze waren als de dood voor wat A voor hen in petto had als ze de waarheid vertelden.

A had hun immers eerder op het hart gedrukt vooral niets los te laten en ze waren allebei al eens gestraft omdat ze die waarschuwingen in de wind hadden geslagen. Zo had A Aria's moeder, Ella, een brief gestuurd waarin stond dat Aria's vader een verhouding had met een van zijn universiteitsstudenten en dat Aria dit al heel lang wist, maar voor haar moeder geheimhield. Ook had A de hele school verteld dat Emily iets met Maya had, het meisje dat met haar ouders in Ali's oude huis was getrokken. Aria keek Lucas aan en schudde zwijgend haar hoofd.

De deur van de intensivecareafdeling zwaaide open en dokter Geist stapte de wachtkamer binnen. Met zijn doordringende grijze ogen, kromme neus en wilde bos wit haar leek hij wel wat op Helmut, de Duitse huisbaas van de oude rijtjeswoning die Aria's ouders in Reykjavik, IJsland, hadden gehuurd. Dokter Geist schonk iedereen dezelfde afkeurende blik als Helmut Aria's broer Mike had gegeven toen hij ontdekte dat Mike zijn tamme tarantula Diddy in de lege bloempot had gezet die híj altijd gebruikte om tulpen in op te kweken.

Hanna's ouders stonden nerveus op en liepen naar de dokter toe.

'Uw dochter is nog steeds buiten bewustzijn,' sprak dokter Geist kalm. 'Haar toestand is nog niet zoveel veranderd. We hebben haar gebroken arm gezet en zijn momenteel aan het onderzoeken hoe ernstig haar inwendige verwondingen zijn.'

'Wanneer mogen we naar haar toe?' vroeg meneer Marin.

'Binnenkort,' zei dokter Geist. 'Maar ze verkeert nog steeds in zeer kritieke toestand.'

Hij draaide zich om om te gaan, maar Hanna's vader greep hem bij de arm. 'Wanneer komt ze weer bij?'

De arts frunnikte wat aan zijn clipboard. 'Ze heeft aardig wat zwellingen in haar hoofd, wat het voor ons lastig maakt om op dit moment uitspraken te doen over de omvang van de mogelijke schade. Het kán zijn dat ze in uitstekende conditie ontwaakt, maar het kan net zo goed dat er complicaties optreden.'

'Complicaties?' zei mevrouw Marin, terwijl ze bleek wegtrok.

'Ik heb weleens gehoord dat mensen die in coma liggen, na een bepaalde tijd minder kans op volledig herstel hebben,' zei meneer Marin nerveus. 'Is dat waar?'

Dokter Geist wreef over zijn blauwe ziekenhuispak. 'Ja, dat is waar. Maar laten we nu niet op de zaken vooruitlopen, akkoord?'

Er trok een geroezemoes door de wachtkamer en Mona barstte weer eens in tranen uit. Aria wilde dat ze Emily kon bellen... maar die zat in het vliegtuig naar Des Moines, Iowa – om een reden die ze niet nader had willen toelichten: alleen dat het kwam door iets wat A had gedaan. En dan had je ook Spencer nog. Al vóór Hanna's telefoontje had Aria iets gruwelijks over haar uitgevogeld. En toen ze haar ineengedoken, zich krommend als een roofdier in het bos had zien zitten, vlak nadat Hanna door die SUV was geraakt, had dit slechts haar ergste vermoedens bevestigd.

Mevrouw Marin, die haar grote bruine leren tas van de vloer pakte, rukte Aria los uit haar gedachten. 'Ik ga even wat koffie halen,' zei Hanna's moeder zacht tegen haar ex-man. Daarna gaf ze agent Wilden een kus op zijn wang – vóór gisteravond wist Aria nog niet dat die twee iets met elkaar hadden – en verdween richting de liften.

Agent Wilden liet zich weer op zijn stoel zakken. Een week eerder had hij Aria, Hanna en de rest opgezocht om hun te vragen naar allerlei bijzonderheden rond Ali's verdwijning en uiteindelijke dood. Midden in dat gesprek had A hun allemaal een berichtje gestuurd: als ze het ook maar wáágden om iets over de sms'jes te zeggen, dan waren ze nog niet jarig. Maar dat ze hem niet kon vertellen wat A Hanna mogelijk had aangedaan, betekende natuurlijk nog niet dat ze haar afschuwelijke ontdekking over Spencer niet met hem kon delen.

*Kunnen we even praten?* mimede ze naar hem. Wilden knikte en stond op. Samen liepen ze de wachtkamer uit, naar een zijkamertje met ETEN & DRINKEN boven de ingang. Er stonden zes glimmende automaten met een breed aanbod, van frisdranken tot volledige maaltijden, onbestemde boterhammen en een portie *shepherd's pie* die Aria deed denken aan de smurrie die haar vader altijd klaarmaakte als haar moeder moest overwerken.

'Luister, als het gaat over dat vriendje van je, die leraar: die laten we gaan, hoor.' Wilden nam plaats op de bank naast de magnetron en schonk Aria een schuchter glimlachje. 'We konden hem niet langer vasthouden. Enne... we hebben het stilgehouden, hoor. We zullen hem niet straffen, tenzij jij een aanklacht wilt indienen, natuurlijk. Al zal ik waarschijnlijk wel je ouders moeten inlichten.'

Al het bloed trok uit Aria's gezicht. Ach, natuurlijk wist Wilden wat er de vorige avond was voorgevallen, met haar en Ezra Fitz – haar grote liefde én docent Engels-plus. Het was nu vast hét gespreksonderwerp bij de politie van Rosewood: een tweeentwintigjarige leraar Engels die had liggen vozen met een minderjarige en vervolgens door haar vriendje erbij was gelapt. Ze roddelden er vast al over bij Hooters naast het politiebureau, tussen de Buffalo-kipvleugels met friet en de meiden met de grote borsten.

'N-nee, ik wil geen aanklacht indienen,' stamelde Aria. 'En alsjeblieft, alsjeblieft: zeg niks tegen mijn ouders.' Het laatste wat ze wilde, was wel bonje in haar toch al uit elkaar gevallen familie.

Ze ging anders zitten. 'Maar eh... da's niet waar ik het met je over hebben wilde. Ik... ik denk dat ik misschien weet wie Alison heeft vermoord.'

Wilden trok één wenkbrauw op. 'Ik luister...'

Aria haalde diep adem. 'Ten eerste: Ali had iets met Ian Thomas.'

'Ian Thomas,' herhaalde Wilden, terwijl zijn ogen groter werden. 'De vriend van Melissa Hastings?'

Aria knikte. 'Er is me iets opgevallen in dat filmpje dat vorige week naar de pers is gelekt: als je goed kijkt, dan zie je dat Ian en Ali elkaar even aanraken.' Ze schraapte haar keel. 'En Spencer Hastings had ook een oogje op hem. Ali en Spencer waren dus concurrenten. De avond van Ali's verdwijning kregen zij een afschuwelijke ruzie: Ali rende de woonschuur uit, Spencer ging achter haar aan en bleef zeker tien minuten weg.'

Wilden keek haar vol ongeloof aan.

Aria haalde diep adem. A had haar meerdere tips over Ali's moordenaar gestuurd: het zou iemand uit hun naaste omgeving zijn, iemand die iets wilde wat Ali had én iemand die elke vierkante centimeter van haar achtertuin kende. Dat alles, plús het feit dat Ian en Ali blijkbaar iets met elkaar hadden, maakte Spencer gewoon tot de meest logische verdachte. 'Na een tijdje ben ik naar buiten gegaan om hen te zoeken,' zei ze. 'Maar ze waren nergens te bekennen... en nu heb ik het afgrijselijke gevoel dat Spencer...'

Wilden leunde achterover. 'Spencer en Alison wogen ongeveer hetzelfde, is het niet?'

Aria knikte. 'Ja, zoiets.'

'Zou jíj iemand van je eigen lengte naar een gat kunnen slepen en erin kunnen duwen?'

'D-dat weet ik niet,' stamelde Aria. 'Misschien wel... als ik kwaad genoeg was?'

Wilden schudde zijn hoofd. Aria's ogen vulden zich met tranen. Ze wist ineens weer hoe akelig stil het was geweest die avond. Ali was maar een paar honderd meter verderop geweest, maar ze hadden helemaal niets gehoord.

'En Spencer zou , toen ze terugging naar de woonschuur, ook weer kalm genoeg moeten zijn geweest om niet verdacht over te komen,' voegde Wilden eraan toe. 'Daar moet je wel een verdomd goede actrice voor zijn... en geen brugpiepertje. Als je het mij vraagt, was de dader wel degelijk in de buurt, maar heeft het hem in totaal veel meer tijd gekost.' Hij trok zijn wenkbrauwen op. 'Is dat wat Rosewood-meiden tegenwoordig doen: oude vriendinnetjes van moord beschuldigen?'

Aria's mond viel open, verbluft door Wildens strenge toon. 'Nee, maar...'

'Spencer Hastings is een prestatiegerichte meid, een opgewonden standje, maar ze komt op mij niet over als een moordenares,' onderbrak Wilden haar. Toen glimlachte hij bedroefd. 'Ik snap het heus wel. Dit moet vreselijk moeilijk voor je zijn; je wilt gewoon weten wat er met je vriendin is gebeurd. Ik wist trouwens niet dat Alison stiekem iets met Melissa's vriendje had: da's wél interessant.'

Toen schonk hij Aria een knikje en liep terug naar de gang. Aria bleef even bij de automaten staan, haar blik gericht op het mintgroene linoleum. Ze voelde zich warm en verward, alsof ze te lang in de sauna had gezeten. Misschien moest ze zich inderdaad schamen dat ze een oude vriendin de schuld in de schoenen schoof. En de gaten die Wilden in haar theorie had geprikt, klonken best logisch. Misschien was het wel stom van haar geweest om op die aanwijzingen van A te vertrouwen.

Er trok een rilling over haar rug. Misschien had A haar die tips juist wel gestuurd om haar van de wijs te brengen, om haar aandacht af te leiden van de werkelijke moordenaar. En misschien, heel misschien, was die echte moordenaar wel... A zelf.

Diep in gedachten verzonken, voelde ze opeens een hand op haar schouder. Ze kromp ineen en draaide zich met bonzend hart om. Achter haar, gekleed in een morsig Hollis College-sweatshirt en een spijkerbroek met een gat in de linkervoorzak, stond haar vader, Byron. Ze voelde zich plots erg ongemakkelijk en sloeg haar armen over elkaar: ze had haar vader al een paar weken niet meer gesproken.

'Jezus, Aria! Alles goed met je?' zei Byron. 'Ik zag je gister op het nieuws.'

'Ja hoor, ik voel me prima,' zei Aria stijfjes. 'Hanna is degene die is aangereden, ik niet!'

Toen haar vader haar naar zich toe trok, wist Aria niet of ze hem stevig moest beetpakken of dat ze haar armen slap moest laten hangen. Ze had hem vreselijk gemist sinds hij een maand geleden uit huis was getrokken. Maar ze was ook woedend dat er een ernstig ongeluk én een tv-optreden voor nodig waren om te zorgen dat hij Meredith even in de steek liet om een hand uit te steken naar zijn bloedeigen dochter.

'Toen ik je moeder vanochtend belde om te vragen hoe je eronder was, vertelde zij me dat je niet meer thuis woonde.' Byrons stem trilde van bezorgdheid. Hij streek over zijn haar, waardoor het nog erger in de war raakte. 'Waar woon je nu dan?'

Aria staarde naar de kleurige, half achter de cola-automaat weggestopte poster van de Heimlich-manoeuvre. Iemand had een paar blote borsten op het stikkende slachtoffer getekend, waardoor het net was of de hulpverlener haar stond te betasten. Tja, ze logeerde eigenlijk bij haar vriendje Sean Ackard, maar die had haar heel duidelijk gemaakt dat ze daar niet langer welkom was... nadat hij Ezra's appartement had laten bestormen en al haar bezittingen op de stoep had gedumpt. En wie had hem over haar verhouding met Ezra getipt? *Ding dong!:* A.

Ze was eerlijk gezegd nog niet zo bezig geweest met waar ze nu heen moest. 'Eh... De Olde Hollis Inn,' verzon ze maar.

'Ach, daar stikt het van de ratten! Waarom trek je niet bij mij in?'

Aria schudde beslist haar hoofd. 'Jij woont samen met...'

'Meredith,' zei Byron ferm. 'Ik zou het fijn vinden als jullie elkaar wat beter leerden kennen.'

'Maar...' protesteerde Aria.

Haar vader schonk haar echter een van zijn klassieke blikken – de boeddhistische monnik – een blik die Aria maar al te goed kende. Zo had ze hem gezien toen hij weigerde haar naar een artistiekerig zomerkamp in The Berkshires te laten gaan, in plaats van (voor de vierde zomer op rij) naar Hollis Happy Hooray: tien lange weken vol poppen van papieren zakken maken en rauw-ei-op-lepel-wedstrijden. Hij had die blik opnieuw gebruikt toen ze had gevraagd of ze de American Academy in Reykjavík mocht afmaken, in plaats van met de rest van het gezin terug te keren naar Rosewood. Deze Byron-blik werd vaak gevolgd door een gezegde dat hij had geleerd van een monnik die hij tijdens zijn afstudeerproject in Japan had ontmoet: *Het obstakel is de weg* – wat ongeveer inhield dat alles waar je niet dood aan ging, je juist sterker maakte.

Maar als ze bedacht hoe het zou zijn om bij Meredith in te trekken, kwam er een veel geschikter gezegde bij haar op: *Sommige middelen zijn erger dan de kwaal.*

2

# ABRACADABRA... EN TOEN HIELDEN WE WEER VAN ELKAAR

Ali nam een uitdagende houding aan en keek Spencer, die tegenover haar op het pad stond dat van de woonschuur van de familie Hastings naar het bos leidde, venijnig aan. 'Jij probeert altijd alles van mij af te pakken,' siste ze. 'Maar dit krijg je niet!'

Spencer rilde in de koude avondlucht. 'Wát niet?'

'Dat weet je wel,' zei Ali. 'Dat heb je toch in mijn dagboek gelezen, is het niet?' Ze gooide haar honingblonde haren over haar schouders. 'O, je denkt dat je heel wat bent en doet een beetje duf, alsof je niet weet dat Ian iets met mij heeft. Maar dat weet je natuurlijk wel, Spence! Da's precies waarom je hem zo leuk vindt, toch? Omdat ík iets met hem heb, omdat je zus iets met hem heeft...'

Spencers ogen vlogen heen en weer. De avondlucht werd ineens scherp, bijna bitter. Ali stak haar onderlip naar voren. 'O, Spence... dacht je wérkelijk dat hij je leuk vond?'

Opeens voelde Spencer een enorme vlaag van woede in zich opkomen. Haar armen schoten naar voren en ze gaf Ali een gigantische douw. Ali wankelde naar achteren, struikelend over de gladde stenen. Alleen was het nu ineens Ali niet meer, maar Hanna Marin: haar lichaam vloog door de lucht en raakte de grond met een scherpe *krak*. En in plaats dat Hanna's make-up en BlackBerry uit haar tas vlogen alsof het een opengespleten *piñata* was, glibberden Hanna's ingewanden uit haar lichaam en kwamen op het wegdek terecht.

Spencer vloog overeind, haar haar kletsnat van het zweet. Het was zondagochtend en ze lag in haar eigen bed, in de zwartsatijnen jurk en ongemakkelijke string die ze de avond tevoren naar Mona Vanderwaals verjaarsfeest had willen dragen. Een zachtgouden licht streek over haar bureau, een wolk spreeuwen zat onschuldig te tsjilpen in de grote eik naast haar slaapkamerraam. Ze had bijna de hele nacht wakker gelegen, wachtend op een telefoontje met nieuws over Hanna. Maar er had niemand gebeld. En ze had geen idee of geen nieuws goed nieuws betekende... of afschuwelijk.

*Hanna.* Zij had haar gisteravond laat gebeld, net nadat Spencer die lang onderdrukte herinnering had herbeleefd waarin ze Ali een douw gaf, die avond dat ze verdween. Hanna had gezegd dat ze iets belangrijks had ontdekt en dat ze haar vriendinnen bij de schommels van Rosewood Day wilde treffen. Spencer was de parkeerplaats op gedraaid, juist op het moment dat Hanna's lichaam door de lucht vloog. Ze was de berm in gereden en te voet het bos in gevlucht, geschokt door wat ze had gezien. 'Bel 911!' gilde Aria, terwijl Emily doodsbang zat te snikken. En Hanna lag daar maar, bewegingloos. Ze had in haar hele leven nog nooit zoiets lugubers gezien.

Slechts een paar tellen later had haar Sidekick gerinkeld: een sms van A. Nog steeds verstopt tussen de bomen had ze Emily en Aria eveneens hun telefoons tevoorschijn zien halen. Haar maag draaide zich om toen ze besefte dat ze allemaal dezelfde huiveringwekkende boodschap moesten hebben ontvangen: *Zij wist te veel.* Had A ontdekt wat Hanna had uitgepuzzeld – iets wat A verborgen probeerde te houden – en had hij haar vervolgens aangereden om haar tot zwijgen te brengen? Dat móést het zijn, maar ze had er grote moeite mee te geloven dat dat ook werkelijk gebeurd was. Het was zo... duivels.

Maar misschien was zijzelf minstens zo duivels. Immers, slechts een paar uur voor Hanna's ongeluk had ze haar eigen zus van de trap geduwd. Én ze had zich eindelijk herinnerd wat er die avond van Ali's vermissing precies was gebeurd: de verloren tien minuten die ze zo lang had onderdrukt. Ze had Ali tegen de grond gegooid, misschien zelfs hard genoeg om haar te vermoorden. Ze wist niet wat er vervolgens was gebeurd, maar A blijkbaar wel. Deze had haar nog maar een paar dagen terug een sms gestuurd waarin hij liet doorschemeren dat Ali's moordenaar recht voor haar stond. Ze had dit bericht gelezen terwijl ze voor de spiegel stond te kijken naar... zichzelf.

Spencer was niet de parkeerplaats op gerend om haar vriendinnen bij te staan. Nee, ze had zich als een gek naar huis gespoed, omdat ze dit alles hoognodig in haar eentje moest overdenken. Kon het echt zijn dat zij Ali had vermoord; had ze dat in zich? Maar na een hele nacht zonder slaap kon ze wat zij Melissa en Ali had aangedaan toch niet vergelijken met wat A Hanna had aangedaan. Goed, ze kon haar zelfbeheersing verliezen; oké, ze kon tot het uiterste worden getergd... maar diep vanbinnen had ze gewoon niet het gevoel dat ze ook kon doden.

Hoe kon A dan zo zeker weten dat zij het had gedaan? Was het ook mogelijk dat A het mis had... of zelfs loog? Maar toch... A wist van haar brugklasgeflikflooi met Ian Thomas; en van haar verboden relatie met Wren, Melissa's vriend van de universiteit; en dat zij er met hun vijven verantwoordelijk voor waren dat Jenna Cavanaugh blind was – allemaal dingen die klopten. A wist zoveel van hen, dat hij het helemaal niet nodig had om ook nog dingen te verzinnen.

Maar terwijl ze het zweet van haar gezicht veegde, bedacht ze opeens iets waardoor de moed haar in de schoenen zonk. Ze wist opeens een heel goede reden waarom A zou liegen en opperen dat zíj Ali had vermoord: misschien had A ook wel geheimen. En daardoor behoefte aan een zondebok...

'Spencer?' Haar moeders stem zweefde de trap op. 'Kun je even naar beneden komen?'

Ze sprong op en wierp een vlugge blik in de spiegel van de kaptafel. Haar ogen waren gezwollen en bloeddoorlopen, haar lippen gebarsten en in haar haar zaten zelfs nog een paar blaadjes van haar bosavontuur de afgelopen nacht. O nee, even geen gezinsoverleg!

Beneden rook het naar verse Nicaraguaanse Segovia-koffie, Fresh Fields-koffiebroodjes en de aronskelken die hun huishoudster Candace elke ochtend kocht. Spencers vader stond bij het kookeiland met het granieten werkblad, in een zwarte lycra fietsbroek en U.S. Postal Service-sportshirt. Dat was misschien een goed teken: zo kwaad konden ze immers niet zijn als haar vader zijn gebruikelijke rondje om vijf uur 's ochtends al had gemaakt.

Op de keukentafel lag de zondageditie van de *Philadelphia Sentinel*. In eerste instantie dacht ze dat die er lag omdat er iets over Hanna's ongeluk in stond. Maar toen staarde haar eigen gezicht haar ineens vanaf de voorpagina aan. Ze droeg een slank gesneden donker pak en grijnsde zelfverzekerd in de camera. AAN DE KANT, TRUMPS! luidde de kop. HIER KOMT GOUDEN ORCHIDEE-GENOMINEERDE SPENCER HASTINGS!

Spencers maag draaide zich om. Helemaal vergeten! En die krant lag nu bij iedereen in de bus.

Toen maakte zich een figuur los uit de bijkeuken. Spencer deinsde geschrokken achteruit. Het was Melissa. Ze keek haar woest aan en hield een pak Raisin Bran zo stevig beet dat het leek alsof ze het kapot wilde knijpen. Er zat een bescheiden kras op haar linkerwang, een pleister boven haar rechterwenkbrauw, een geel ziekenhuisarmbandje om haar linkerpols en een roze gipsverband om haar rechter – de souvenirs van hun gevecht van gisteren.

Spencer keek naar de grond. Ze werd overspoeld door schuldgevoelens. A had Melissa gister de eerste zinnen van haar oude economie-pluswerkstuk gestuurd – het werkstuk dat Spencer van Melissa's computer had gepikt en als haar eigen huiswerk bij economie-plus had ingeleverd én het stuk dat haar economieleraar, meneer McAdam, vervolgens voor een Gouden Orchidee had genomineerd – 's lands meest prestigieuze essaycompetitie op highschoolniveau. Melissa had meteen begrepen wat haar zus had uitgevreten. En hoewel Spencer haar om vergeving had gesméékt, had ze afschuwelijke dingen gezegd – veel erger dan Spencer vond dat ze verdiende. De ruzie was abrupt geëindigd toen Spencer, die door Melissa's harde woorden een steeds roder waas voor de ogen had gekregen, haar zus per ongeluk van de trap had geduwd...

'Zo, meisjes...' Mevrouw Hastings zette haar koffiekop op tafel en gebaarde naar Melissa dat ze moest gaan zitten. 'Jullie vader en ik hebben een paar belangrijke besluiten genomen.'

Spencer zette zich schrap voor wat er komen ging. Ze gingen

haar aangeven wegens plagiaat... ze mocht niet naar de universiteit, maar moest naar een praktijkopleiding en zou eindigen als telemarketeer bij QVC: bestellingen opnemen voor buikspiertrainers en nepdiamanten... En Melissa zou er, zoals altijd, ongestraft onderuit komen. Op de een of andere manier wist haar zus er altijd uit te komen als de winnaar.

'Ten eerste willen we dat jullie niet langer naar dokter Evans gaan.' Mevrouw Hastings vouwde haar vingers. 'Zij heeft meer kwaad dan goed gedaan. Begrepen?'

Melissa knikte zwijgend, maar Spencer trok verward haar neus op. Dokter Evans, de psychiater van zowel haar als Melissa, was een van de weinigen die Melissa níét constant stroop om de mond probeerde te smeren. Ze wilde net protesteren toen ze de waarschuwende blik op het gezicht van haar ouders zag. 'Oké dan,' mompelde ze, al voelde ze zich best hopeloos.

'Ten tweede...' Meneer Hastings tikte op de *Sentinel*, waardoor zijn duim in Spencers afgedrukte gezicht drukte. 'Melissa's werkstuk overschrijven was heel erg verkeerd, Spencer.'

'Ja, weet ik,' zei Spencer vlug. Ze durfde Melissa voor geen goud aan te kijken.

'Maar na rijp beraad hebben je moeder en ik besloten dat we dit niet in de openbaarheid zullen brengen. Dit gezin heeft al genoeg meegemaakt. Dus Spencer: je blíjft in de race voor de Gouden Orchidee. We vertellen dit aan niemand.'

'Párdon?' Melissa's koffiekop landde met een klap op tafel.

'Dat is wat wij hebben besloten,' zei haar moeder afgemeten, haar mondhoek deppend met een servet. 'En we gaan er tevens van uit dat Spencer wint.'

'W-wint?' herhaalde Spencer geschokt.

'Jullie belónen haar ook nog?' krijste Melissa.

'Genoeg hierover,' zei haar vader op de toon die hij gewoonlijk reserveerde voor medewerkers van zijn advocatenfirma die het waagden hem thuis te bellen.

'Ten derde,' zei mevrouw Hastings, 'moeten jullie tweeën weer een band met elkaar gaan krijgen.'

Hun moeder trok twee kiekjes uit de zak van haar vest. Het eerste was van Spencer en Melissa op respectievelijk vier- en negenjarige leeftijd, liggend in een hangmat bij het strandhuis van hun oma in Stone Harbor, New Jersey. De tweede foto was genomen in de speelkamer van hetzelfde strandhuis, een paar jaar later. Melissa droeg een hoed en cape; Spencer haar Stars & Stripes-bikini van Tommy Hilfiger en aan haar voeten de zwarte motorlaarzen die ze had gedragen tot ze zo klein waren geworden dat ze haar tenen helemaal afknelden. De zussen deden een goochelshow voor hun ouders: Melissa was de goochelaar, Spencer haar lieftallige assistente.

'Deze kwam ik vanochtend tegen.' Mevrouw Hastings gaf de foto's aan Melissa, die er vluchtig naar keek en ze toen teruggaf aan haar moeder. 'Weten jullie nog dat jullie ooit heel goede vriendinnen waren? Jullie zaten op de achterbank van de auto altijd samen te kletsen en wilden nooit zonder de ander ergens naartoe.'

'Dat is tien jaar geleden, mam,' zei Melissa vermoeid.

Haar moeder staarde naar de foto van Spencer en Melissa in de hangmat. 'Jullie waren dol op Nana's strandhuis; daar waren jullie altijd vriendinnen. En daarom hebben jullie vader en ik besloten om vandaag een tripje naar Stone Harbor te maken. Nana is er niet, maar wij hebben de sleutel. Dus ga maar gauw je spullen pakken!'

Verwoed knikkend keken hun ouders hen hoopvol aan.

'Wat een stom idee,' zeiden Spencer en Melissa tegelijk. Spencer keek haar zus aan, verbluft dat ze precies hetzelfde hadden gedacht.

Mevrouw Hastings legde de foto's op het aanrecht en zette haar kopje in de gootsteen. 'We gaan... en daarmee uit!'

Toen Melissa opstond, hield ze haar pols ongemakkelijk scheef. Ze keek Spencer aan en heel even verzachtte haar blik; Spencer schonk haar een piepklein glimlachje terug. Misschien was dat wel iets van een connectie: dat ze samen baalden van hun ouders' naïeve plannetje! En misschien dat Melissa Spencer daarom kon vergeven dat ze haar van de trap had geduwd en haar werkstuk had gepikt. Als ze dat deed, dan zou Spencer Melissa vergeven dat ze ooit had gezegd dat hun ouders niet van haar hielden...

Spencer keek naar het kiekje en dacht aan de goochelshows die zij en Melissa altijd gaven. Nadat hun vriendschap was versplinterd, had ze vaak bedacht dat ze door het murmelen van een paar van hun oude magische spreuken ervoor kon zorgen dat ze weer beste vriendinnen werden. Tja, wás het maar zo makkelijk.

Maar toen ze haar zus weer aankeek, was haar gezicht helemaal veranderd. Melissa kneep haar ogen tot spleetjes en draaide zich om. 'Kreng,' riep ze over haar schouder terwijl ze de gang in beende.

Spencer balde haar handen tot vuisten en voelde hoe alle woede er weer in terugvloeide. Ja, er was heel wat meer voor nodig dan een beetje magie voordat zij tweeën weer met elkaar door één deur konden. Daar was eerder een wonder voor nodig.

## 3

# EMILY'S EIGEN AMERICAN GOTHIC

Aan het eind van die zondagmiddag stapte Emily Fields achter een oude dame met een rollator op de loopband van het vliegveld van Des Moines, haar sjofele blauwe zwemtas achter zich aan slepend. In deze tas zaten al haar bezittingen: kleren, schoenen, haar twee favoriete walrusknuffels, haar dagboek, haar iPod en meerdere, zorgvuldig opgevouwen briefjes van Alison DiLaurentis waar ze niet van had kunnen scheiden. Pas boven Chicago had ze zich gerealiseerd dat ze geen ondergoed bij zich had. Dat kreeg je nou van dat hectische inpakgedoe. Ze had maar drie uurtjes geslapen en verkeerde 's ochtends nóg in shock door dat beeld van Hanna die na haar botsing met die SUV door de lucht was gevlogen.

In de hoofdterminal dook ze het eerste toilet binnen dat ze zag, perste zich langs een superdikke vrouw in een veel te strakke spijkerbroek en staarde naar haar wazige spiegelbeeld in de spiegel boven de wastafel. Ja hoor, haar ouders hadden het gedaan: ze hadden haar echt verbannen naar Addams, Iowa, om te gaan wonen bij tante Helene en oom Allen. En dat allemaal omdat A haar voor het oog van de hele school uit de kast had gesleurd én omdat haar moeder haar gisteravond op het feest van Mona Vanderwaal had betrapt in een innige omhelzing met Maya St.Germain, het meisje van wie ze hield. En ze kende de afspraak: ze had beloofd het 'ho homo'-traject van Tree Tops te volgen om zichzelf van haar gevoelens voor Maya te bevrijden, of anders: vaarwel, Rosewood. Maar toen ze erachter kwam dat zelfs haar Tree Tops-mentor Becka haar ware aard niet kon negeren, had ze het opgegeven.

Het vliegveld van Des Moines was klein. Er waren maar een paar restaurantjes, een boekhandel en een winkeltje waar ze kleurige Vera Bradley-tassen verkochten. Toen ze bij de ruimte met de bagagebanden kwam, keek ze onzeker om zich heen. Het enige wat ze zich nog van haar oom en tante herinnerde, was hun gigantische soberheid: zij meden alles wat seksuele prikkels kon teweegbrengen – zelfs sommige soorten voedsel. Terwijl ze de menigte afzocht, verwachtte ze al half de strenge boer met zijn lange gezicht en zijn eenvoudige, bitter kijkende vrouw van het bekende schilderij *American Gothic* bij de bagageband te zien staan.

'Emily?'

Ze draaide zich om. Daar stonden Helene en Allen Weaver, met hun handen in de zij tegen een Smarte Carte-apparaat aan geleund. In oom Allens mosterdgele, in zijn broek gestopte golfshirt hing een prominente buik en tante Helenes korte grijze kapsel leek wel op haar hoofd geboetseerd. Geen van beiden glimlachte.

'Had je nog meer bagage?' informeerde oom Allen nors.

'Nee, oom Allen,' zei Emily beleefd, terwijl ze zich afvroeg of ze hen nu moest omhelzen. Waren ooms en tantes normaal gesproken niet blij om hun nichtje te zien? Oom Allen en tante Helene deden eerder geïrriteerd.

'Nou, laten we dan maar gaan,' zei tante Helene. 'Het is nog zo'n twee uur rijden naar Addams.'

Emily's oom en tante hadden een oude stationcar met houten zijpanelen, die vanbinnen naar nepdennengeur rook – een geur die Emily altijd deed denken aan ellenlange autoritten met haar knorrige opa en oma. Oom Allen reed wel vijfentwintig kilometer ónder de toegestane maximumsnelheid: zelfs een magere, over haar stuur gebogen oude vrouw haalde hen in. En haar tante noch haar oom zei de hele rit een woord – niet tegen Emily en niet tegen elkaar. Het was zo stil dat Emily gewoon kon horen hoe haar hart in zeven miljoen piepkleine stukjes brak...

'Iowa is inderdaad mooi,' probeerde Emily eerst nog, wijzend naar het eindeloze vlakke land rondom hen. Ze had nog nooit zo'n verlaten gebied gezien; er waren zelfs geen wegrestaurants of rustplaatsen. Oom Allen maakte slechts een gromgeluidje, tante Helene perste haar lippen nóg strakker op elkaar. Als ze nog harder kneep, slikte ze haar lippen in, dacht Emily.

Haar mobieltje, koel en glad in haar jaszak, voelde als een van de laatste links met de beschaving. Ze haalde het tevoorschijn en tuurde naar het schermpje. Geen nieuwe berichten, zelfs niet van Maya. Ze had Aria voordat ze vertrok nog een sms'je gestuurd, over hoe het met Hanna ging, maar ook zij had nog niet gereageerd. Het laatste bericht in haar inbox was de sms die A haar gisteravond had gestuurd: *Zij wist te veel*. Was A echt degene die Hanna had aangereden? En al die dingen dan, die Aria haar vóór het ongeluk had verteld: kon Spencer werkelijk Ali's moordenaar zijn? Emily kreeg tranen in haar ogen. Dit was wel het allerslechtste moment om zo ver van Rosewood te zijn.

Opeens maakte oom Allen een scherpe draai naar rechts en reed een hobbelige, onverharde weg op. De auto stuiterde over de ongelijke ondergrond. Ze passeerden een aantal wildroosters en een paar gammel uitziende huizen. Een stel honden rende vervaarlijk blaffend een heel eind met hen mee. Ten slotte draaiden ze weer een ander pad op, dat leidde naar een hek, waar tante Helene uitstapte en het slot opende, zodat oom Allen er met de auto doorheen kon. Voor hen doemde nu een huis op. Het had twee verdiepingen en was betimmerd met witte planken. Het zag er sober en bescheiden uit en deed Emily een beetje denken aan die amish-huizen in Lancaster, Pennsylvania, waar haar ouders altijd stopten voor *shoofly pie*.

'Daar zijn we dan,' zei tante Helene toonloos.

'Goh, mooi hier,' zei Emily toen ze uitstapte, in een poging vrolijk te klinken.

Net als de andere huizen die ze waren gepasseerd, was het erf van de familie Weaver afgezet met een hek en liepen overal honden, kippen, eenden en geiten. Een kloeke geit, die met een lange ketting aan het wildrooster was vastgemaakt, kwam op Emily af gedraafd en gaf haar een por met zijn smerig uitziende hoorns. Ze slaakte een gil.

Tante Helene keek haar streng aan terwijl de geit weer wegwaggelde. 'Niet zo schreeuwen! Daar houden de kippen niet van.'

*O, fijn!* De kippen waren belangrijker dan zij. Ze wees naar de geit. 'Waarom ligt hij eigenlijk aan de ketting?'

'Zíj,' corrigeerde tante Helene. 'Omdat ze stout is geweest, daarom.'

Emily beet nerveus op haar lip toen tante Helene haar een krappe keuken binnenleidde, die sinds de jaren vijftig niet meer leek te zijn gemoderniseerd. Ze miste meteen haar moeders vrolijke keuken met zijn kippenverzameling, zijn 'alle-maanden-van-het-jaar'-handdoeken en koelkastmagneten in de vorm van monumenten uit Philadelphia. Tante Helenes koelkast was kaal en rook naar rotte groente. Daarna liepen ze naar de kleine woonkamer, waar tante Helene naar een meisje van Emily's leeftijd wees dat op een kotskleurige stoel in *Jane Eyre* zat te lezen. 'Ken je Abby nog?'

Emily's nichtje droeg een vale kaki overgooier tot op haar knieën en een zedige bloes. Haar haar was achter in de nek samengebonden en ze droeg geen spoortje make-up. Emily voelde zich bijna een prostituee met haar strakke LOVE AN ANIMAL, HUG A SWIMMER-shirtje, gescheurde Abercrombie-spijkerbroek, getinte dagcrème en lipgloss met kersensmaak.

'Hallo Emily,' zei Abby stijfjes.

'Abby is zo aardig geweest om aan te bieden haar kamer met je te delen,' zei tante Helene. 'Hij is direct naast de trap. We zullen 'm even laten zien.'

Boven waren vier slaapkamers. Een voor tante Helene en oom Allen en een voor John en Matt, de tweeling van zeventien. 'En daar slapen Sarah, Elizabeth en baby Karen,' zei tante Helene, wijzend naar een hokje dat Emily in eerste instantie had aangezien voor een bezemkast.

Emily's mond viel open: van die nichtjes had ze zelfs nog nooit gehoord! 'Hoe oud zijn ze dan?'

'Nou, Karen is nu een half jaar oud, Sarah is twee en Elizabeth vier. Ze zijn momenteel bij hun grootmoeder.' Emily moest haar best doen om niet te lachen: voor mensen die niets met seks te maken wilden hebben, hadden ze aardig wat nakomelingen...

Toen leidde tante Helene haar een bijna lege kamer binnen en wees naar een lits-jumeaux in de hoek. Abby nam meteen plaats op haar eigen bed en vouwde haar handen in haar schoot. Emily kon bijna niet geloven dat er in deze kamer werd geleefd. Het enige meubilair bestond uit de twee bedden, een eenvoudige ladekast, een klein rond vloerkleed en een plank met een paar boeken. Haar kamer thuis was volgestouwd met posters en foto's en haar bureau lag altijd bezaaid met parfumflesjes, knipsels, cd's en boeken. Maar ja, de laatste keer dat ze hier was, had Abby haar bekend dat ze non wilde worden; misschien hoorde supersober leven wel bij de vooropleiding... Toen ze door het grote raam aan de andere kant van de kamer keek, zag ze het enorme erf van de familie Weaver, met onder andere een grote stal en een graansilo. Haar twee oudere neven, John en Matt, stonden hooibalen uit de stal te trekken en achter op een pickuptruck te gooien. Aan de horizon was niets te zien – helemaal niets.

'Eh... hoe ver is jouw school eigenlijk?' vroeg Emily aan Abby.

Abby's gezicht klaarde meteen op. 'Heeft moeder je dat dan nog niet verteld? Wij krijgen thuis les.'

'O...' Emily's levenslust sijpelde traag via de zweetklieren in haar voeten haar lichaam uit.

'Ik zal je morgen het rooster geven.' Tante Helene smeet een paar grauwe handdoeken op Emily's bed. 'Je zult eerst een paar examens moeten maken, zodat ik kan bepalen waar ik je moet plaatsen.'

'Ik zit in de onderbouw van de highschool,' zei Emily behulpzaam. 'En ik volg een aantal plusvakken.'

'Nogmaals, we zullen zien waar ik je moet plaatsen,' zei tante Helene met een strenge blik.

Abby stond op en liep naar de gang. Emily tuurde wanhopig naar buiten. *Als er binnen vijf seconden een vogel voorbijvliegt, ben ik volgende week terug in Rosewood.* Maar net toen ze een spichtige mus zag vliegen, bedacht Emily dat ze zich had voorgenomen niet langer van die bijgelovige spelletjes te spelen. Door wat er in de afgelopen maand allemaal was gebeurd – dat de bouwvakkers Ali's lichaam in het gat voor het prieel hadden gevonden, Toby's zelfmoord, A's... alles – geloofde ze niet langer dat alles een reden had.

Haar mobieltje ging over. Ze haalde het uit haar zak. Maya had haar een sms'je gestuurd: *Ben je echt in Iowa? Bel me ajb zsm!*

*Help*, begon Emily te typen. Maar tante Helene rukte de telefoon plotseling uit haar handen.

'In dit huis zijn gsm's niet toegestaan.' Ze zette de telefoon uit.

'Maar...' protesteerde Emily. 'Als ik mijn ouders dan wil bellen?'

'Dat doe ík dan wel voor je,' zei tante Helene. Toen kwam ze met haar gezicht heel dicht bij dat van Emily. 'Je moeder heeft me het een en ander over jou verteld. Ik weet niet hoe ze de dingen in Rosewood aanpakken, maar hier gelden míjn regels. Begrepen?'

Emily deinsde terug. Tante Helene sprak nogal spetterend en haar wang voelde ineens verdacht vochtig aan. 'B-begrepen,' zei ze met trillende stem.

'Mooi zo.' Vervolgens liep tante Helene naar de gang en gooide Emily's telefoontje in een grote lege pot die daar op een houten bijzettafel stond. 'Die bewaren we hier.' Op het deksel was het woord VLOEKENPOT geschreven.

Haar mobieltje lag daar zo eenzaam op de bodem, maar Emily durfde het deksel niet los te draaien: tante Helene had er vast een alarm op gezet. Dus liep ze terug naar de kale slaapkamer en liet zich op het bed vallen. In het midden van de matras zat een scherpe balk en het hoofdkussen leek wel een blok cement. Terwijl de lucht boven Iowa van roodbruin in paars veranderde en daarna van nachtblauw in zwart, voelde Emily hete tranen over haar wangen stromen. Als dit de eerste dag van de rest van haar leven was, dan ging ze net zo lief dood.

Een paar uur later ging de deur van de slaapkamer met een trage *pie-ie-iep* open. Een steeds langere schaduw kroop over de vloer. Emily kwam met bonzend hart overeind. Ze dacht aan A's bericht, *Zij wist te veel*, en aan Hanna's lichaam dat op het wegdek plofte.

Maar het was Abby maar. Ze knipte het lampje op haar nachtkastje aan en liet zich toen op haar buik naast het bed vallen. Emily beet op de binnenkant van haar wang en deed maar alsof haar neus bloedde. Was dit hier in Iowa soms de een of andere typische manier van bidden of zoiets?

Toen Abby weer overeind kwam, had ze iets in haar handen wat leek op kleding. Vervolgens trok ze haar kaki overgooier over haar hoofd, maakte haar beige bh los, stapte in een spijkerminirok en wriemelde zich toen in een knalrood topje. Ze reikte nog een keer onder haar bed, kwam terug met een roze-wit make-uptasje en begon mascara op haar wimpers en rode lipgloss op haar lippen te doen. Ten slotte trok ze haar haar uit het elastiekje, hield haar hoofd naar beneden en rommelde even flink door haar haar. Toen ze weer rechtop kwam, deinde er een brede, wilde bos haar rond haar gezicht.

Abby zocht Emily's blik en grijnsde breed, alsof ze zeggen wilde: *Pas op, je mond hangt open: straks vliegt er nog wat in.* 'Je gaat toch zeker met ons mee, hè?'

'W-waarheen?' stamelde Emily, toen ze haar stem weer terug had.

'Dat zul je wel zien.' Abby liep naar haar toe en pakte haar hand. 'Emily Fields, jouw eerste avond in Iowa is nog maar net begonnen.'

# 4

# ALS JE HET GELOOFT, DAN IS HET WAAR

Toen Hanna Marin haar ogen opende, was ze helemaal alleen in een lange witte tunnel. Achter haar was alleen maar duisternis, voor haar alleen maar licht. Lichamelijk voelde ze zich fantastisch – niet opgeblazen van te veel Cheez-its, geen droge huid, geen onhandelbaar haar, niet duf door te weinig slaap, niet gestrest door hoe ze bij anderen overkwam. Eigenlijk kon ze niet bedenken wanneer ze zich voor het laatst zo... perfect had gevoeld.

Het voelde niet als een gewone droom, maar als iets veel gewichtigers. Plots danste er een flintertje licht voor haar ogen. En nog eentje... en nog eentje. Heel langzaam bouwde haar omgeving zich op, als een foto die op een webpagina geladen wordt.

Ze zag dat ze met haar drie beste vriendinnen op de achterveranda van de familie DiLaurentis zat. Spencers asblonde haar zat in een hoge paardenstaart; Aria droeg haar golvende blauwzwarte manen in vlechten; Emily had een blauwgroen T-shirt aan en een boxershort met ROSEWOOD ZWEMTEAM op haar billen. Met een groeiend gevoel van ontzetting staarde Hanna naar haar eigen weerspiegeling in het raam, waar haar brugklas-ik haar aankeek. Ze had groene en roze elastiekjes aan haar beugel, haar poepbruine haar zat in een knotje, haar armen waren net varkenspootjes en haar benen weke wittebroden. Zo fantastisch als ze zich voelde, zo beroerd zag ze er dus uit!

'Jongens?'

Hanna draaide zich om. Ali was er ook! Ze stond recht voor haar en keek hen aan alsof ze net uit het niets waren verschenen. Toen ze dichterbij kwam, róók Hanna haar pepermuntkauwgum en Ralph Lauren Blue-parfum gewoon. En daar waren ook Ali's paarse Puma-teenslippers: die was ze helemaal vergeten! En Ali's voeten! Zij kon haar kromme tweede teen over haar grote teen leggen en beweerde dat dat geluk bracht. Hanna wilde dat Ali haar tenen nu ook over elkaar legde en al die andere unieke Ali-dingen deed die zij zich zo vreselijk graag weer wilde herinneren.

Spencer stond op. 'Waar heeft ze je voor gepakt?'

'Zeg... heb jij je soms zónder ons in de nesten gewerkt?' riep Aria uit. 'Hé, waarom heb je je eigenlijk omgekleed? Dat topje van net stond juist zo leuk.'

'Wil je soms dat wij... weggaan?' vroeg Emily angstig.

Hanna herinnerde zich deze dag exact. Er stond nog een spiekbriefje voor het geschiedenisexamen op de muis van haar hand. En toen ze haar hand in haar canvas Manhattan Portage-tas stak, voelde ze de rand van haar witkatoenen Rosewood Day-baret. Die had ze in de lunchpauze in het gymlokaal opgehaald, voor de afstudeerceremonie van morgen.

Maar afstuderen was niet het enige wat er morgen zou gebeuren...

'Ali,' zei Hanna, zo abrupt opstaand dat een van de citronellakaarsen op tafel omviel. 'Ik moet met je praten.'

Maar Ali negeerde haar volkomen – bijna alsof ze helemaal niets had gezegd. 'Ik had mijn hockeykleren weer eens bij mijn moeders fijne wasgoed gegooid,' zei ze tegen de anderen.

'Was ze dáárom zo kwaad op je?' zei Emily met een ongelovige blik.

'Áli!' riep Hanna, met haar handen voor Ali's gezicht wapperend. 'Je móét naar me luisteren. Er gaat iets vreselijks met je gebeuren. En dat moeten we voorkomen!'

Ali's blik vloog heel even naar Hanna. Ze trok haar schouders op en schudde haar haar uit haar gestippelde haarband. Toen keek ze weer naar Emily: 'Ach, je kent mijn moeder, Em. Die is nog analer gericht dan Spencer!'

'Wat kan je moeder ons nu schelen!' krijste Hanna. Haar hele huid voelde warm en jeukerig, alsof ze door duizenden bijen was gestoken.

'Raad eens waar wij morgenavond ons slaapfeest ter ere van het einde van de brugklas gaan houden?' zei Spencer nu.

'Nou?' zei Ali, naar voren leunend op haar elleboog.

'In Melissa's woonschuur!' riep Spencer.

'Gaaf!' juichte Ali.

'Néé!' riep Hanna, en ze klom op tafel, zodat ze haar wel móésten zien. Hoe konden ze haar over het hoofd zien? Ze was zo dik als een zeekoe. 'Nee, jongens, dat moeten we niet doen. We moeten dat slaapfeest ergens anders houden: met meer mensen in de buurt, waar het veilig is.'

Toen begon haar hoofd te malen. Misschien zat er wel een knik in het universum en was ze echt terug in de brugklas, vlak voor Ali's dood – mét voorkennis van de toekomst. En dus mét de mogelijkheid om dingen te veranderen. Ze kon de politie van Rosewood bellen en zeggen dat ze een afgrijselijk voorgevoel had dat er morgen iets met haar beste vriendin ging gebeuren; of prikkeldraad zetten rond dat gat in de tuin van de familie DiLaurentis...

'Of misschien moeten we wel helemaal geen slaapfeest houden,' riep ze vertwijfeld. 'Of moeten we het gewoon op een andere avond doen.'

En ja hoor: eindelijk greep Ali haar bij haar polsen en trok haar van de tafel af. 'Hou nou eens op,' fluisterde ze. 'Je maakt je druk om niks.'

'Druk om niks?' protesteerde Hanna. 'Ali, jij gaat morgen dood! Tijdens dat slaapfeest zul jij uit die woonschuur wegrennen en dan gewoon... verdwijnen.'

'Nee, Hanna, luister: dat gebeurt niet.'

Hanna voelde zich klam worden. Ali keek haar recht in de ogen. 'Dat gebeurt... niet?' stamelde ze.

Ali streek over haar hand. Het was een troostend gebaar, zoals Hanna's vader altijd deed als ze ziek was. 'Maak je niet druk,' zei Ali zacht in Hanna's oor. 'Het gaat prima met mij.'

Haar stem klonk zo dichtbij, zo echt. Hanna knipperde een paar keer met haar ogen en opende ze. Maar toen was ze ineens niet meer in Ali's achtertuin. Ze lag plat op haar rug in een witte kamer, met boven haar een paar felle tl-lampen. Ergens links van haar piepte iets en hoorde ze het gelijkmatige gehijg van een machine – in en uit, in en uit.

Een wazige figuur hing boven haar: een meisje met een hartvormig gezicht, helderblauwe ogen en spierwitte tanden. Ze streelde traag Hanna's hand. Hanna deed haar uiterste best om haar blik scherp te stellen. Het meisje leek op...

'Het gaat prima met mij,' zei Ali's stem nogmaals en haar adem voelde warm tegen Hanna's wang. Hanna hapte naar adem. Haar vuisten openden en sloten zich. Ze worstelde om dit moment, dit besef vast te houden... maar daarna zakte alles weer weg: de geluiden, de geuren, het gevoel van Ali's hand op de hare...

En toen was er alleen nog maar duisternis.

# 5

# DAT WORDT OORLOG

Laat die zondagmiddag, nadat Aria het ziekenhuis had verlaten – Hanna's toestand was onveranderd – liep ze de scheve verandatrap op van het oude huis in Old Hollis waar Ezra woonde. Ezra's appartement op de benedenverdieping was maar twee blokken verwijderd van het huis dat haar vader nu met Meredith deelde. Aria was er nog niet klaar voor om daarheen te gaan. Ze rekende er niet op dat Ezra thuis was, maar had hem een brief geschreven met daarin haar nieuwe adres én dat ze hoopte dat hij met haar wilde praten. Terwijl ze deze met veel moeite door zijn brievenbus stond te duwen, hoorde ze achter zich iets kraken.

'Aria?' Ezra kwam de hal in, gekleed in een gebleekte spijkerbroek en een tomaatkleurig Gap-T-shirt. 'Wat doe je daar?'

'O, ik eh...' Aria kon bijna niets zeggen van de schrik. Ze stak de brief daarom maar omhoog. Hij was helemaal gekreukeld van haar pogingen hem door de brievenbus te duwen. 'Ik wilde je deze geven. Er staat gewoon in of je me wilt bellen.' Ze zette voorzichtig een stap in zijn richting, maar durfde hem niet aan te raken. Hij rook precies zoals gisteravond, toen ze hier ook was: een deel whisky en een deel handcrème. 'Ik dacht dat je niet thuis zou zijn,' stamelde ze. 'Alles goed?'

'Nou, ik heb gelukkig niet de nacht in de cel hoeven doorbrengen,' lachte Ezra. Toen fronste hij zijn voorhoofd. 'Maar... ik ben wel ontslagen. Je vriendje heeft de directie alles verteld;

hij had zelfs foto's van ons tweeën als bewijsmateriaal! Maar... alle partijen houden het 't liefst onder de pet. Dus tenzij jíj een klacht wilt indienen, komt het niet op mijn staat van dienst te staan.' Hij stak zijn duimen achter zijn riemlussen. 'Ik moet morgen mijn kantoortje uitruimen. Ik denk dat jullie voor de rest van het jaar een nieuwe docent krijgen.'

Aria drukte ontzet haar handen tegen haar wangen. 'O, wat erg! Wat spijt me dat vreselijk voor je!' Ze pakte Ezra's hand. Eerst verzette hij zich nog, maar toen zuchtte hij traag, trok haar tegen zich aan en zoende haar stevig. En Aria zoende terug zoals ze nog nooit iemand had gezoend. Ezra's handen gleden onder de sluiting van haar bh; Aria greep naar zijn shirt en scheurde het haast van zijn lijf. Het kon hun niet schelen dat ze buiten stonden, dat de hasj rokende studenten op de veranda van de buren stonden toe te kijken. Aria kuste Ezra's blote hals; Ezra legde zijn armen rond haar middel...

Maar toen ze een politiesirene hoorden, vlogen ze geschrokken uiteen.

Aria dook achter de gevlochten wand van de veranda; Ezra kroop met een rood gezicht naast haar. Langzaam reed de politiewagen langs het huis... De agent achter het stuur zat echter net te bellen en lette totaal niet op hen.

Toen Aria Ezra weer aankeek, was de opgewonden stemming vervlogen. 'Kom binnen,' zei Ezra, terwijl hij zijn shirt weer aantrok en zijn appartement in liep. Aria volgde hem. Ze moest om de voordeur heen stappen, die nog steeds scheef hing van de trap die de agenten er gisteren tegen hadden gegeven. Het appartement rook zoals altijd naar stof en Kraft-macaroni met kaas.

'Ik zou kunnen proberen of ik een andere baan voor je kan vinden,' opperde Aria. 'Misschien heeft mijn vader wel een assistent nodig, of kan hij op Hollis iets anders voor je regelen.'

'Aria...' Ezra keek haar aan met een blik van berusting. Toen pas zag Aria de verhuisdozen achter hem staan. En alle boeken uit de badkuip in de woonkamer waren weg, de blauwe druipkaarsen op de schoorsteenmantel waren verdwenen, en Bertha, het opblaasbare Franse dienstmeisje dat een paar vrienden van de universiteit hem voor de grap hadden gegeven, zat niet langer op haar plekje op een van de keukenstoelen. Kortom: alle persoonlijke bezittingen van Ezra waren weg. Er stonden alleen nog een paar eenzame, oude meubelstukken.

Een koud, klam gevoel trok door haar lichaam. 'Ga je weg?'

'Een neef van me woont in Providence,' bromde Ezra voor zich uit. 'Daar ga ik een poosje naartoe. Mijn hoofd leegmaken, leren pottenbakken op de Rhode Island School of Design, weet ik veel...'

'Neem me mee!' flapte Aria er uit. Ze liep naar hem toe en begon aan de zoom van zijn shirt te friemelen. 'Ik heb altijd al naar de Rhode Island School of Design gewild: die staat boven aan mijn lijstje! Misschien kan ik me er wel vervroegd aanmelden.' Ze keek Ezra aan. 'Ik sta op het punt bij mijn vader en Meredith in te trekken, maar ik ga nog liever gewóón dood. En bij jou... voel ik me anders dan ik me ooit bij iemand heb gevoeld. Ik weet niet of ik dat bij een ander kan vinden.'

Ezra kneep met zijn ogen, pakte Aria's handen en begon ermee te zwaaien. 'Ik geloof dat jij mij over een paar jaar maar eens moet komen opzoeken. Want ik denk dus precies zo over jou. Maar op dit moment moet ik hier weg – dat weet jij net zo goed als ik.'

Aria maakte haar handen los. Ze voelde zich alsof iemand haar borstkas had opengezaagd en haar hart eruit had gerukt. Gisteravond – nog maar een paar uur geleden – was alles perfect. Maar toen had Sean – met hulp van A – alles geruïneerd.

'Hé...' zei Ezra toen hij de tranen over haar wangen zag biggelen. Hij trok haar naar zich toe en hield haar stevig vast. 'Het komt allemaal goed.' Toen rommelde hij even in een van zijn dozen en gaf haar zijn William Shakespeare-knikhoofdje. 'Dit is voor jou.'

Aria schonk hem een voorzichtig glimlachje. 'Meen je dat nou?' De eerste keer dat ze hier kwam – begin september, na afloop van Noel Kahns feest – had hij haar verteld dat hij een zwak had voor dat maffe ding.

Ezra streek met zijn wijsvinger langs haar kaak, van haar kin tot aan haar oorlel. De rillingen liepen over haar rug. 'Ja, dat meen ik,' fluisterde hij.

Terwijl ze zich omdraaide naar de deur, vóélde ze gewoon hoe zijn ogen haar volgden.

'Aria!' riep hij, net toen ze over een stapel oude telefoonboeken heen de gang in stapte.

Ze stopte, haar hart bloeide meteen weer op.

Er lag een kalme, wijze blik op Ezra's gezicht. 'Jij bent het sterkste meisje dat ik ooit heb ontmoet,' zei hij. 'Dus eh... laat ze allemaal maar doodvallen, jij komt er wel!' Toen boog hij zich weer en ging verder met het dichtplakken van zijn dozen met brede doorzichtige tape.

Als verdoofd liep Aria verder. Ze vroeg zich af waarom hij zich ineens meende te moeten gedragen als haar decaan. Alsof hij wilde benadrukken dat híj de volwassene was, met verantwoordelijkheden en consequenties, en zij nog maar een kind, met nog een heel leven voor zich.

En dat was nou precies wat ze op dat moment níét wilde horen.

'Aria! Welkom!' riep Meredith uit. Ze stond in een hoek van de keuken, met een zwart-wit gestreept schort voor – dat Aria probeerde te zien als een boevenpak – en een ovenwant in de vorm van een koe om haar rechterhand, te grijnzen als een haai die op het punt stond een voorntje te verslinden.

Aria sleurde de laatste van de tassen naar binnen die Sean gisteravond bij haar voeten had gedumpt en keek om zich heen. Ze wíst al dat Meredith een eigenaardige smaak had – ze was kunstenares en gaf les op Hollis College, waar Byron ook in dienst was – maar haar woonkamer leek wel te zijn ingericht door een psychopaat! In een hoek stond een tandartsstoel, compleet met plankje voor de martelwerktuigen, en één hele wand was bekleed met plaatjes van oogballen. Meredith uitte haar creativiteit onder andere door allerlei boodschappen in hout in te branden. Zo hing er boven de schoorsteen een enorme knoest met daarop de tekst: UITERLIJK SCHOON IS SLECHTS VERTOON, MAAR LELIJKHEID GAAT TOT OP HET BOT. En op de eettafel was een grote tekening van de boze heks van het Westen geschilderd. Aria wilde er bijna naar wijzen en zeggen dat ze niet wist dat Merediths moeder uit Oz kwam... maar toen zag ze in de hoek een wasbeer zitten en slaakte een gil.

'Wees maar niet bang,' zei Meredith vlug. 'Hij is opgezet. Ik heb hem gekocht bij een preparateur in Philly.'

Aria trok haar neus op. Dit huis was bijna nog erger dan het Mütter Museum in Philadelphia, waar je medische curiosa kon zien (een museum dat haar broer bijna net zo geweldig vond als al die seksmusea die hij in Europa had bezocht).

'Aria!' Byron kwam binnen, zijn handen afvegend aan zijn spijkerbroek. Het viel Aria op dat hij een donkere spijkerbroek mét riem droeg en een zachtgrijze trui – zijn gebruikelijke outfit van een bezweet Sixers-T-shirt op een versleten geruite boxershort was zeker niet goed genoeg voor Meredith. 'Welkom!'

Aria gromde wat en tilde haar tas weer op. Ze snuffelde in de lucht. Ze rook een soort combinatie van verbrand hout met Cream of Wheat. Ze keek achterdochtig naar de pan op het fornuis. Misschien maakte Meredith wel watergruwel, als zo'n nare schooldirectrice uit een oude Dickens-roman.

'Ik zal je je plekje eens wijzen.' Byron pakte Aria bij de hand en leidde haar de gang door, naar een grote vierkante kamer met een paar enorme houtblokken, brandijzers, een gigantische lintzaag en lasapparatuur. Aria nam aan dat dit Merediths atelier was – of de kamer waar ze haar slachtoffers uitschakelde.

'Deze kant op,' zei Byron, en hij liep naar een hoek van het atelier die door middel van een bloemetjesgordijn werd gescheiden van de rest van de ruimte. Hij schoof het gordijn opzij en kraaide: 'Ta-dáááááá!'

In een ruimte net iets groter dan een badkamer stonden een lits-jumeaux en een ladekast die drie laden miste. Byron had haar andere koffers al eerder hierheen gebracht en omdat er op de vloer geen plek was, had hij ze maar op het bed gelegd. Tegen het hoofdeinde lag een plat, vergeeld hoofdkussen en in de vensterbank was een piepkleine draagbare tv neergezet. Er zat een sticker op, die in verbleekte jaren zeventig schreeuwde: SAVE A HORSE, RIDE A WELDER.

Aria draaide zich om naar Byron. Ze voelde zich draaierig worden. 'Moet ik in Merediths atelier slapen?'

'Ze werkt 's avonds nooit,' zei Byron vlug. 'En kijk: je eigen tv én je eigen open haard!' Hij wees naar het bakstenen gevaarte dat het grootste deel van de achterwand in beslag nam. De meeste huizen in Old Hollis hadden nog in elk vertrek een schouw, omdat de cv voor geen meter werkte. 'Je kunt het je hier 's avonds heel knus maken!'

'Pap, ik heb geen idee hoe zoiets werkt!' En toen zag ze ineens een rij kakkerlakken van de ene hoek van het plafond naar de andere lopen. 'Jezus!' gilde ze, naar boven wijzend en zich achter haar vader verschuilend.

'Joh, die zijn niet echt!' zei Byron. 'Die heeft Meredith erop geschilderd! Ze heeft deze ruimte heel creatief een persoonlijke draai meegegeven.'

Aria stond op het punt van hyperventileren. 'Maar ze líjken wel echt!'

Byron keek haar oprecht verbouwereerd aan. 'Ik dacht echt dat je het leuk zou vinden. Meer konden we op zo korte termijn gewoon niet organiseren.'

Aria sloot haar ogen. Ze miste Ezra's sjofele appartement met zijn badkuip, boeken en plattegrond van de New Yorkse metro als douchegordijn. En zonder kakkerlakken – echt of nep.

'Schatje?' klonk Merediths stem vanuit de keuken. 'Het eten is klaar.'

Byron schonk Aria een zuinig glimlachje en liep naar de keuken. Aria nam aan dat het de bedoeling was dat ze hem volgde.

In de keuken zette Meredith net een kom op hun bord – gelukkig geen watergruwel, maar een onschuldig uitziend kippensoepje. 'Dit leek me nu het beste voor mij,' zei ze.

'Meredith heeft de laatste tijd wat last van haar buik,' lichtte Byron toe. Aria draaide zich grijnzend richting het raam; misschien had ze wel geluk en had Meredith de builenpest of zoiets opgelopen...

'En hij is zoutarm.' Meredith gaf Byron een kneepje in zijn arm. 'Dus ook geschikt voor jou.'

Aria keek haar vader verbluft aan. Die gooide zelfs nog zout op elke hap die hij aan zijn vork prikte! 'Sinds wanneer eet jij zoutarm?'

'Ik heb een te hoge bloeddruk,' zei Byron, wijzend op zijn hart.

Aria trok een rimpel in haar neus. 'Echt niet!'

'Jawel, hoor.' Byron stopte zijn servet in zijn kraag. 'Heb ik al een tijdje last van.'

'M-maar... zoutarm? Dat heb je nog nooit gegeten!'

'Tja, ik ben nu eenmaal een slavendrijver...' zei Meredith, terwijl ze een stoel naar achteren trok en ging zitten. Aria had ze bij het hoofd van de boze heks neergezet – ze schoof haar kom over het erwtengroene gezicht van de heks. 'Ik heb hem op dieet gezet,' ging Meredith verder. 'En laat hem nog vitaminen slikken ook!'

Aria zakte onderuit. Haar ontzetting groeide met de minuut: die Meredith deed nú al alsof ze haar vaders vrouw was, en ze woonden pas een maand samen!

Meredith wees naar Aria's handen. 'Wat is dat eigenlijk?'

Pas toen Aria naar beneden keek, realiseerde ze zich dat ze Ezra's Shakespeare-knikhoofdje nog steeds vasthield. 'O, gewoon... van een vriend.'

'Een vriend die van literatuur houdt, zo te zien.' Meredith stak haar hand uit en liet Shakespeares hoofd heen en weer springen. Er verscheen een kleine glinstering in haar ogen.

Aria verstijfde: wist Meredith soms van Ezra? Ze wierp een blik op haar vader. Maar die zat argeloos van zijn soep te slurpen. Zonder erbij te lezen, zoals hij thuis altijd deed. Was hij bij hen nu echt ongelukkig geweest? Hield hij werkelijk meer van die insecten schilderende opgezettedierengek Meredith dan van haar leuke lieve moeder Ella? En hoe kwam hij erbij dat zij dat gewoon kon accepteren?

'O ja... Meredith heeft nog een verrassing voor je,' zei Byron ineens. 'Ze kan zich op Hollis elk semester kosteloos inschrijven voor een cursus en dacht dat jij het wel leuk zou vinden om deze keer te gaan.'

'Inderdaad.' Meredith gaf Aria een boekje met het extra cursusaanbod van Hollis College. 'Misschien heb je wel zin in schilderles... van mij.'

Aria beet op de binnenkant van haar wang. Ze at nog liever glasscherven dan dat ze één minuut extra met Meredith doorbracht!

'Toe maar, kies maar wat uit,' drong Byron aan. 'Ik weet zeker dat er iets voor je tussen zit.'

Mm, wilden ze haar soms dwingen of zo? Aria sloeg het boekje open. Wat zou ze kiezen: Duitse cinema, microbiologie, of verwaarloosde kinderen en onaangepast gezinsgedrag?

Maar toen viel haar oog op het tekstje: *Gedachteloze Kunst: creëer unieke meesterwerken die harmoniëren met de behoeften, wensen en verlangens van je ziel. Door middel van voelen in combinatie met beeldhouwen leer je je minder te verlaten op je ogen en meer op je innerlijk.*

Ze omcirkelde de cursus met het grijze STENEN ZIJN KEIGOED!-potlood van de geologiefaculteit dat bij het boekje zat. Dit klonk geschift genoeg: misschien werd het wel zoiets als die yogalessen die ze in IJsland had gevolgd, waar ze in plaats van stretchen met gesloten ogen en krijsend als een roofvogel in het rond hadden gedanst. Daarbij, een beetje gedachteloosheid kon ze nu wel gebruiken. Bovendien was het een van de weinige creatieve vakken die níét door Meredith werden gegeven. Al met al: perfect.

Byron verontschuldigde zich, stond op en liep naar Merediths minuscule badkamer. Ze hoorden de plafondventilator aan springen.

Meredith legde haar vork neer en keek Aria recht in de ogen. 'Ik weet heus wel wat jij denkt,' sprak ze koel, met haar duim over de roze spinnenwebtattoo op haar pols wrijvend. 'Je baalt ervan dat je vader iets met mij heeft. Maar je kunt er maar beter aan wennen, Aria... want Byron en ik zijn van plan te gaan trouwen, zodra de scheiding van je ouders erdoor is.'

Aria slikte een hele hap kip met vermicelli door zonder te kauwen. Meteen daarop kreeg ze een enorme hoestbui, waarbij de soep over de tafel spoot.

Meredith schoof met grote ogen achteruit. 'Is je iets niet goed gevallen?' vroeg ze quasi-bezorgd.

Aria wendde haar blik af. Haar keel deed zeer. Er was haar zeker iets niet goed gevallen, maar het was niet de soep van de boze heks.

# 6

# EMILY: GEWOON EEN LIEF, ONSCHULDIG MEISJE

'Kom nou!' spoorde Abby Emily aan, terwijl ze haar over het erf meesleurde. De zon was net bezig achter de vlakke horizon van Iowa te zakken en allerlei langpotige insecten kwamen eens lekker buiten spelen. En blijkbaar gingen Emily, Abby en Emily's twee oudere neven, Matt en John, hetzelfde doen...

Bij de weg stopten ze. John en Matt hadden hun simpele witte T-shirt en werkbroek verruild voor een baggy spijkerbroek en een T-shirt met bierslogan. Abby trok aan haar topje en controleerde haar lippenstift in een piepklein zakspiegeltje. Emily, in dezelfde spijkerbroek en hetzelfde zwem-T-shirt als toen ze aankwam, voelde zich bij hen een beetje gewoontjes – eigenlijk net als wanneer ze thuis in Rosewood uitging met haar vriendinnen.

Ze keek over haar schouder naar de boerderij. Alle lichten waren uit, maar de honden renden nog steeds als gekken over het erf en de 'stoute' geit zat nog steeds met haar ketting vast aan het wildrooster. De bel rond haar nek klingelde. Nog een wonder dat tante Helene en oom Allen hun kinderen geen bel omhingen! 'Is dit echt wel een goed plan?' vroeg ze zich hardop af.

'Ja hoor,' antwoordde Abby. De grote zilveren ringen in haar oren bengelden heen en weer. 'Pa en ma gaan altijd stipt om acht uur slapen. Moet wel, hè, als je altijd om vier uur opstaat...'

'We doen dit al maanden en we zijn nog niet één keer gesnapt,' verzekerde Matt haar.

Opeens verscheen er een zilverkleurige pick-up aan de horizon, het zand erachter stoof hoog op. Hij reed tot vlak bij hen en stopte toen. Een hiphopnummer dat Emily niet kon thuisbrengen dreef door de ramen naar buiten, tezamen met de overheersende geur van mentholsigaretten. Een donkerharige Noel Kahn zwaaide naar Emily's familieleden en glimlachte toen naar haar. 'Zooooo... dus dit is dat nichtje van jullie!'

'Inderdaad,' zei Abby. 'Helemaal uit Pennsylvania. Emily, dit is Dyson.'

'Stap in.' Dyson klopte op de stoel naast hem. Abby en Emily kropen voorin, John en Matt klommen in de laadbak. Toen ze wegreden, keek Emily hoe de boerderij langzaam in de verte verdween. Er knaagde een ongemakkelijk gevoel in haar buik.

'En wat brengt jou naar het glamoureuze Addams?' vroeg Dyson terwijl hij log schakelde.

Emily wierp een korte blik op Abby. 'Ik ben door mijn ouders hiernaartoe gestuurd.'

'Uit huis getrapt?'

'Kun je wel zeggen!' onderbrak Abby hem. 'Ik hoorde dat jij heel erg stout bent geweest, Emily.' Ze keek Dyson aan. 'Emily leeft graag op het scherp van de snede.'

Emily moest haar best doen om niet in lachen uit te barsten. Het enige rebelse dat Abby haar ooit had zien doen, was dat ze bij het toetje stiekem een extra Oreo-koekje had gepakt. Ze vroeg zich af of haar neven en nichtje wisten waarom ze werkelijk was verbannen. Waarschijnlijk niet; 'lesbienne' was vast een woord voor de vloekenpot...

Enkele minuten later reden ze over een hobbelig pad op een grote oranje silo af. Ze parkeerden op het gras, naast een auto met een bumpersticker met: IK REM VOOR GROTE TOETERS. Twee bleke jongens sprongen uit een rode pick-up en duwden hun knokkels vriendschappelijk tegen die van een paar vlezige, vlasharige jongens uit een zwarte Dodge. Emily grinnikte. Ze had 'uit de klei getrokken' voor lui uit Iowa altijd maar een stom cliché gevonden, maar het was echt de enige omschrijving die nu bij haar opkwam.

Abby gaf een kneepje in haar arm. 'De verhouding jongens-meiden is hier vier op één,' fluisterde ze. 'Je slaat vanavond dus honderd procent zeker iemand aan de haak. Ikzelf blijf nooit lang alleen.'

Aha, Abby wist het dus niet. 'Zo... te gek,' zei Emily, terwijl ze erbij probeerde te glimlachen. Toen gaf Abby haar een vette knipoog en wipte uit de auto. Emily volgde haar naar de silo. Het rook er naar Clinique Happy-parfum, zepig bier en gedroogd gras. Ze liep naar binnen, in de verwachting hooibalen te zien, een stel boerderijdieren en misschien een wiebelige ladder naar de slaapkamer van de een of andere maffe griet, net zoals in *The Ring*. Maar de silo bleek helemaal te zijn leeggeruimd. Er hingen kerstlichtjes aan het plafond, langs de muren stonden donkerrode pluchen banken, in de hoek zag Emily een draaitafel en achterin stonden een paar gigantische vaten.

Abby, die al een biertje in haar handen had, trok een paar jongens naar Emily toe. Zij zouden zelfs in Rosewood populair zijn, met hun sluike haren, hoekige gezichten en stralend witte tanden. 'Brett, Todd, Xavi... dít is nou mijn nicht Emily. Uit Pennsylvania.'

'Hoi,' zei Emily terwijl ze hun een hand gaf.

'Pennsylvania, zo zo...' Ze knikten er waarderend bij – alsof Abby had gezegd dat ze uit Stout & Schunnig Seksland kwam.

Toen Abby met een van de jongens wegliep, slenterde Emily richting de biertap. Ze stond in de rij achter een blond stelletje dat constant tegen elkaar aan stond te rijden. De muziek ging langzaam over op Timbaland, waar iedereen in Rosewood tegenwoordig ook helemaal gek van was. Nee, hier in Iowa leken ze helemaal niet zo anders dan bij haar op school. De meiden droegen spijkerrokjes en sleehakken, de jongens oversized capuchonsweaters en baggy spijkerbroeken en ze experimenteerden allemaal met baardjes, snorren en bakkebaarden. Ze vroeg zich af waar deze lui naar school gingen, of dat ze ook allemaal les kregen van hun ouders.

'Hé... ben jij dat nieuwe meisje?'

Achter haar stond een lange meid met witblond haar, een gestreepte tuniek en een donkere spijkerbroek. Ze had de brede schouders en het krachtige postuur van een beroepsvolleybalster en in haar linkeroor zaten maar liefst vier oorringetjes, maar haar ronde gezicht, lichtblauwe ogen en mooie smalle lippen gaven haar iets heel liefs en opens. En – anders dan praktisch elk meisje in de silo – ze had geen jongenshanden over haar borsten gedrapeerd.

'Eh... ja,' antwoordde Emily. 'Ik ben vandaag aangekomen.'

'Jij komt uit Pennsylvania, toch?' Ze draaide haar heup naar voren en nam Emily nauwgezet in zich op. 'Daar ben ik weleens geweest... op Harvard Square.'

'O, dan denk ik dat je Boston bedoelt, in Massachusetts,' verbeterde Emily haar. 'Daar is Harvard namelijk. Bij Pennsylvania hoort Philadelphia, de Liberty Bell, Benjamin Franklin... dat soort dingen.'

'O.' Het gezicht van het meisje betrok. 'Dan ben ik dus níét in Pennsylvania geweest.' Ze trok haar kin in en keek Emily ernstig aan. 'Maar zeg eens... als jij een snoepje was, wat zou je dan zijn?'

'Párdon?' Emily knipperde met haar ogen.

'Ah joh, kom op!' Ze gaf haar een por. 'Ik zou dus een M&M zijn.'

'Hè? Hoezo?' vroeg Emily.

Het meisje keek verleidelijk. 'Omdat ik smelt in je mond, natuurlijk.' Ze gaf Emily nog een por. 'Nou? En jij?'

Emily trok haar schouders op. Dit was wel de vreemdste openingszin die ze ooit had gehoord, maar hij beviel haar eigenlijk wel. 'Daar heb ik nog nooit over nagedacht. Een Tootsie Roll misschien?'

Het meisje schudde heftig haar hoofd. 'Nee, jij bent geen Tootsie Roll. Da's een soort uitgerekte drol! Jij zou iets vééls sexiers zijn.'

Emily ademde heel, heel langzaam in. Was deze blondine soms met haar aan het flirten? 'Eh, ik vind wel dat ik je naam moet weten voor we het hebben over... sexy snoepgoed.'

Het meisje stak haar hand uit. 'Ik ben Trista.'

'Emily.' Tijdens het handen schudden keek Trista haar strak aan, terwijl ze met haar duim een rondje op Emily's handpalm tekende. Dat was misschien gewoon hoe ze elkaar in Iowa begroetten, dacht Emily.

'J-jij ook een biertje?' stamelde ze en ze draaide zich weer naar de tap.

'Zeker weten,' zei Trista. 'Maar laat mij dat maar doen, Pennsylvania. Jij weet waarschijnlijk niet eens hoe je een biertje direct uit het vat tapt.' Emily keek hoe Trista het handvat van de tap een paar maal op en neer bewoog en het bier toen langzaam in een glas liet lopen, waardoor er bijna geen schuim ontstond.

'Bedankt,' zei Emily terwijl ze een slok nam.

Trista tapte zichzelf ook een biertje en leidde Emily toen naar een van de banken tegen de silowand. 'Zijn jullie hier net komen wonen of zo?'

'Nee, ik logeer een tijdje bij familie.' Emily wees naar Abby, die met een lange blonde jongen stond te dansen, en naar Matt en John, die stonden te roken met een tengere roodharige in een superstrakke roze trui en skinny jeans.

'Een soort vakantie?' vroeg Trista, fladderend met haar wimpers.

Emily wist het niet zeker, maar het leek wel alsof Trista steeds dichter naar haar toe schoof. Ze deed haar uiterste best om haar lange benen niet aan te raken, die nog maar enkele centimeters van de hare verwijderd waren. 'Niet echt,' flapte ze er uit. 'Mijn ouders hebben me het huis uit geschopt, omdat ik me niet aan hun regels kon houden.'

Trista frunnikte wat aan het bandje van haar geelbruine schoenen. 'Mijn moeder is net zo. Die denkt dat ik op dit moment bij een uitvoering van het koor ben. Anders had ik nooit weg gemogen.'

'Ik moest ook altijd liegen tegen mijn ouders als ik naar een feest ging,' zei Emily. Ze vreesde opeens dat ze weer in huilen ging uitbarsten. Ze dacht aan wat er op dit moment bij haar thuis gebeurde. Waarschijnlijk had iedereen zich na het eten rond de tv verzameld en zaten haar moeder, haar vader en Carolyn vrolijk met elkaar te kletsen, opgelucht dat die heidense Emily er niet meer was. Het deed zo'n pijn dat ze er misselijk van werd.

Trista keek Emily meelevend aan, alsof ze voelde dat er iets mis was. 'Maar eh... hier heb je er nog eentje: als jij een feest was, wat voor feest zou je dan zijn?'

'Een verrassingsfeest,' flapte Emily er meteen uit. Dat leek de laatste tijd immers haar levenslot: de ene grote verrassing na de andere.

'Goeie!' zei Trista met een grijns. 'Ik zou een togafeest zijn.'

Ze glimlachten lang naar elkaar. Er was iets aan Trista's hartvormige gezicht en grote blauwe ogen wat Emily een heel... veilig gevoel gaf. Trista leunde naar voren; Emily deed hetzelfde. Bijna leek het alsof ze zouden gaan zoenen, maar toen zakte Trista uiterst traag door haar knieën en trok weer aan het bandje van haar schoen.

'Maar waarom hebben ze je dan hierheen gestuurd?' vroeg ze, terwijl ze weer overeind kwam.

Emily nam een stevige slok. 'Omdat ze me hebben betrapt toen ik zat te zoenen met een meisje,' gooide ze eruit.

Toen Trista met grote ogen achteroverleunde, dacht Emily even dat ze een vreselijke vergissing had gemaakt. Misschien was Trista gewoon vriendelijk, zoals ze hier in het midden-westen nu eenmaal waren; had ze haar gedrag helemaal verkeerd geïnterpreteerd. Maar toen verscheen er een kokette grijns op Trista's gezicht en bracht ze haar lippen vlak bij Emily's oor: 'Nee, jij zou écht geen Tootsie Roll zijn! Als ík het voor het zeggen had, dan was jij een knalrood snoephart.'

Emily's hart maakte zomaar drie salto's. Trista stond op, bood Emily haar hand en leidde haar toen zwijgend naar de dansvloer, waar ze verleidelijk voor haar begon te dansen. Toen er een snel nummer kwam, gaf ze een gil en begon in het rond te springen alsof ze op een trampoline stond. Haar enthousiasme was aanstekelijk. Emily kreeg meteen het gevoel dat ze met Trista lekker gek en melig kon doen – niet alsmaar zo evenwichtig en cool als ze zich bij Maya dacht te moeten gedragen.

*Maya!* Emily stopte meteen met springen en werd zich bewust van de ranzige, vochtige lucht in de silo. Nog maar gisteravond hadden zij en Maya elkaar de liefde verklaard! Hádden zij nog wel iets met elkaar, nu zij hier – mogelijk voorgoed – vastzat tussen maïs en mest? Oftewel: gold dit als vreemdgaan? En wat betekende het eigenlijk dat ze tot op dit moment nog niet één keer aan Maya had gedacht?

Trista's mobieltje piepte. Ze stapte uit de kring van dansers en trok het uit haar zak. 'Die achterlijke moeder van me sms't vanavond al voor de triljoenste keer,' gilde ze hoofdschuddend boven de muziek uit.

Er ging een schok door Emily's lichaam: zij ontving vast ook zo een berichtje! A leek immers altijd precies te voelen wanneer ze stoute plannetjes had.

Alleen... haar mobieltje lag in de vloekenpot! Emily giechelde opgewonden. Ja, haar telefoon lag in de vloekenpot en zij was op een feest in Iowa, duizenden kilometers van Rosewood! Tenzij A een bovennatuurlijk wezen was, kon hij of zij met geen mogelijkheid weten wat zij op dit moment aan het doen was!

Opeens leek Iowa zo slecht nog niet. Integendeel zelfs.

# 7

# BARBIE... OF VOODOOPOP?

Die zondagavond hing Spencer zachtjes te schommelen in de hangmat op de veranda rond haar grootmoeders vakantiehuis. Terwijl ze lag te kijken naar de zoveelste lekkere gespierde surfer die bij Nun's een golf bereed, het surfstrandje iets verderop naast een klooster, viel er een schaduw over haar gezicht.

'Je vader en ik gaan even naar de jachtclub,' zei haar moeder, terwijl ze haar handen in de zakken van haar beige linnen broek stak.

'O.' Ze probeerde uit de hangmat te klimmen zonder met haar voeten in de touwen verstrikt te raken. De jachtclub van Stone Harbor bevond zich in een oude strandhut die rook naar pekel in een schimmelige kelder. Ze verdacht haar ouders er stiekem van dat ze er alleen naartoe gingen omdat ze het wel chique vonden dat de club enkel voor leden was. 'Mag ik mee?'

Haar moeder pakte haar bij de arm. 'Nee, jij en Melissa blijven hier.'

Een naar surfplankenwas en vis ruikende bries waaide in Spencers gezicht. Ze probeerde het met haar moeders blik te bekijken: het moest vreselijk zijn geweest om haar twee kinderen zo bloeddorstig met elkaar te zien vechten. Maar ze wenste dat haar moeder het ook eens met háár ogen kon zien: Melissa was een gemeen superkreng en ze wilde haar leven lang niet meer met haar praten.

'Ook goed,' zei Spencer dramatisch. Ze trok de glazen schuifdeur open en slenterde de imposante woonkamer binnen. Ook al had Nana Hastings' vakantiehuis acht slaapkamers, zeven badkamers, een eigen pad naar het strand, een luxe speelkamer, een huisbioscoop, een professionele keuken en overal Stickley-meubilair, toch noemde Spencers familie het altijd liefhebbend 'de tacohut' – misschien omdat Nana's villa in Longboat Key, Florida, beschikte over fresco's, marmeren vloeren, drie tennisbanen en een wijnkelder met klimaatbeheersing...

Spencer liep hooghartig langs Melissa, die languit op een van de bruinleren banken tegen haar iPhone lag te mompelen, waarschijnlijk met Ian Thomas. 'Ik ben op mijn kamer,' riep ze theatraal onder aan de trap. 'De hele avond.'

Ze liet zich op haar empirebed vallen en constateerde tevreden dat haar slaapkamer er nog precies zo uitzag als ze hem vijf jaar geleden had achtergelaten. De laatste keer dat ze hier logeerde, was Alison mee geweest. Samen hadden ze urenlang vanuit het kraaiennest naar de surfers zitten gluren, met de antieke mahoniehouten kijker van wijlen opa Hastings. Het was aan het begin van het najaar geweest, toen ze nog maar net in de brugklas zaten. Alles was toen nog vrij normaal tussen hen. Misschien dat Ali toen nog niets met Ian had...

Ze rilde. Ali had iets met Ian gehad! Wist A daar ook van? En wist A ook van haar ruzie met Ali, de avond dat zij verdween – was A daar soms bij geweest? Ze wilde dat ze de politie gewoon over A kon vertellen, maar hij of zij leek wel boven de wet te staan! Ze keek aarzelend om zich heen, plotseling bang. De zon was net achter de bomen verdwenen, de kamer vulde zich met een griezelig duister.

Toen haar telefoon klonk, maakte ze dan ook een sprongetje van schrik. Ze trok het ding uit de zak van haar badjas en keek met half toegeknepen ogen naar het nummer. Ze herkende het nummer niet, dus hield ze hem tegen haar oor en meldde zich met een weifelend: 'Hallo?'

'Spencer?' kwinkeleerde een meisjesstem. 'Met Mona Vanderwaal.'

'O.' Spencer kwam iets te snel overeind, haar hoofd tolde. Ze kon maar één reden bedenken waarom Mona haar zou bellen. 'Alles goed... met Hanna?'

'Nou... nee,' klonk Mona verbaasd. 'Heb je het dan niet gehoord? Ze ligt in coma. Ik ben nu in het ziekenhuis.'
'O, mijn god,' fluisterde Spencer. 'Wordt ze wel weer beter?'
'Dat weten ze nog niet,' zei Mona met een trillerige stem. 'Het kán zijn dat ze nooit meer ontwaakt.'
Spencer begon door de kamer te ijsberen. 'Ik zit op dit moment met mijn ouders in New Jersey, maar ik kom morgenochtend terug, dus eh...'
'Ik bel niet om je een schuldgevoel te bezorgen, hoor,' onderbrak Mona haar. Ze hoorde haar zuchten. 'Sorry, ik ben nogal gestrest. Nee, ik bel jou omdat ik heb gehoord dat jij goed bent in dingen organiseren.'
Het was koud in de slaapkamer en het rook er een beetje naar zand. Spencer streek over de gigantische trompetschelp op haar bureau. 'Ja, dat klopt wel.'
'Mooi zo,' zei Mona. 'Ik wil namelijk een kaarsenwake houden voor Hanna. Het lijkt me fantastisch als iedereen de handen ineenslaat... voor Hanna.'
'Klinkt geweldig,' zei Spencer zacht. 'Mijn vader vertelde toevallig pas over een feest waar hij een paar weken geleden was: in een heel mooie tent, op de vijftiende green. Zou dat wat zijn?'
'Perfect! Laten we het dan op vrijdag doen. Dan hebben we vijf dagen om alles te regelen.'
'Oké, aanstaande vrijdag.' Nadat Mona had beloofd de uitnodigingen te schrijven als Spencer voor de locatie en de catering zou zorgen, hingen ze op. Spencer liet zich weer op het bed vallen en staarde naar de kanten hemel. Zou Hanna doodgaan? Ze stelde zich voor hoe ze helemaal alleen en bewusteloos in een ziekenhuiskamer lag. Haar keel voelde droog en heet.
*Tik... tik... tik...*
De wind was gaan liggen en zelfs de oceaan was nu stil. Spencer spitste haar oren. Was daar buiten iemand?
*Tik... tik... tik...*
Ze vloog rechtop en riep: 'Wie is daar?' Vanuit het slaapkamerraam zag ze alleen maar zand en de zon was zo snel ondergegaan dat ze in de verte alleen nog de verweerde hoge houten stoel van de strandwacht zag staan. Ze sloop de gang op – leeg;

ze vloog een van de logeerkamers binnen en keek naar beneden, naar de voorveranda – niemand.

Toen streek ze met haar handen langs haar gezicht. *Kalm nou*, zei ze tegen zichzelf, *A is hier heus niet!* Toen stommelde ze de kamer weer uit en rende de trap af, waarbij ze bijna struikelde over een stapel baddoeken. Melissa lag nog steeds op de bank. In haar goede hand hield ze een *Architectural Digest*, haar gebroken pols had ze op een groot fluwelen kussen gelegd.

'Melissa,' hijgde Spencer. 'Ik geloof dat er buiten iemand is.'

Haar zus draaide zich geërgerd om. 'Hè?'

*Tik... tik... tik...*

'Luister dan!' riep Spencer, wijzend naar de deur. 'Hoor je dat dan niet?'

Melissa stond op en fronste haar voorhoofd. 'Ja, ik hoor ook iets.' Ze keek Spencer verontrust aan. 'Laten we naar de speelkamer gaan, daar kun je goed om het huis heen kijken.'

De zussen controleerden eerst alle sloten – en toen nog een keer – voor ze de trap naar de speelkamer op de eerste verdieping op renden. Het rook er muf en zag eruit alsof een veel jongere Melissa en Spencer er net uit waren weggelopen om te gaan eten, alsof ze elk moment terug konden komen om verder te spelen. Daar had je het Lego-dorp waar ze drie weken over hadden gedaan; daar lag de maak-je-eigen-sieradendoos, met de kralen en sluitinkjes nog steeds verspreid over de tafel; de midgetgolfholes voor binnen lagen nog op de vloer en de gigantische poppenkist stond nog open.

Melissa was het eerst bij het raam. Ze schoof het met zeilboten bedrukte gordijn open en gluurde de voortuin in, die was versierd met door de zee gladgeslepen kiezelsteentjes en tropische bloemen. Haar roze gips klonk hol toen het tegen het raam tikte. 'Ik zie niemand.'

'Vóór had ik al gekeken; misschien is hij nu aan de zijkant van het huis.'

Toen hoorden ze het opnieuw: *tik...tik....* En het werd nog luider ook! Spencer greep Melissa's arm. Samen gluurden ze opnieuw door het raam.

Opeens begon een stuk regenpijp onder aan het huis te rammelen en stoof er iets uit... Het was een zeemeeuw, die op de een of andere manier in de pijp moest zijn beland. Die tikgeluiden waren natuurlijk van zijn vleugels of snavel, terwijl hij zich probeerde los te wurmen. Het dier waggelde schuddend met zijn veren weg.

Spencer liet zich op het antieke FAO Schwarz-hobbelpaard zakken. Eerst keek Melissa nog boos, maar toen begonnen haar mondhoeken te trillen en proestte ze het uit van het lachen.

Spencer begon ook te lachen. 'Stomme vogel!'

'Ja...' Melissa slaakte een gigantische zucht. Ze keek om zich heen – eerst naar de Lego-blokken, toen naar de zes grote My Little Pony-koppen op een tafel. Ze wees ernaar. 'Weet je nog dat we die dingen altijd opmaakten?'

'Tuurlijk.' Hun moeder gaf hun dan alle Chanel-oogschaduw en -lippenstift van het afgelopen seizoen, waarna zij uren bezig waren om de pony's zwoele ogen en volle lippen te geven.

'Jij deed ook altijd oogschaduw boven hun neusgaten,' plaagde Melissa.

Spencer giechelde terwijl ze de manen van een roze pony aaide. 'Ik wilde hun neus net zo mooi maken als de rest van hun gezicht.'

'En ken je deze nog?' Melissa liep naar de bovenmaatse speelgoedkist en keek erin. 'Niet te geloven hoeveel poppen we hadden!'

Er lagen niet alleen meer dan honderd poppen in de kist – van barbiepoppen tot antieke Duitse poppen die eigenlijk niet achteloos in een speelgoedkist behoorden liggen – maar ook tientallen bij elkaar passende outfits, schoenen, tasjes, auto's, paarden en zelfs schoothondjes. Spencer trok een barbiepop tevoorschijn met een zakelijk uitziende blauwe blazer en kokerrok. 'Weet je nog dat we altijd directrices van ze maakten? De mijne was directrice van een suikerspinnenfabriek, die van jou van een make-upfirma.'

'En deze hebben we eens president gemaakt.' Melissa trok een pop uit de kist waarvan het asblonde haar op kinhoogte recht was afgeknipt, net als bij haarzelf.

'En deze had heel veel vriendjes.' Spencer stak een mooie pop omhoog met lang blond haar en een hartvormig gezicht.

De zussen zuchtten; Spencer kreeg een brok in haar keel. Ze speelden vroeger uren samen. Soms wilden ze daarom niet eens mee naar het strand en tegen bedtijd huilde zij altijd en smeekte ze haar ouders of ze bij Melissa op de kamer mocht... 'Het spijt me van dat gedoe met die Gouden Orchidee,' gooide ze er plots uit. 'Ik wou dat ik het nooit had gedaan.'

Melissa pakte de mooie pop – die met de vele vriendjes. 'Ze willen vast dat je naar New York komt... om voor een heel panel van juryleden over je essay te vertellen. Je zult het onderwerp dus van voren naar achteren moeten kennen.'

Spencer kneep in directrice-barbies onmogelijk smalle middel. Als haar ouders haar geen straf gaven omdat ze de boel had opgelicht, deed het Gouden Orchidee-comité dat wel.

Melissa slenterde naar de andere kant van de kamer. 'Maar jij redt je er wel uit. Waarschijnlijk win je nog ook. En je weet dat je van mam en pap dan iets geweldigs krijgt.'

Spencer knipperde met haar ogen. 'En jij? Vind je dat dan niet erg? Ook al is het... jouw werkstuk?'

Melissa trok haar schouders op. 'Daar ben ik onderhand wel weer overheen.' Ze zweeg even en begon toen te rommelen in een hoge kast die Spencer nog niet was opgevallen. Ze haalde er een grote fles Grey Goose-wodka uit. Ze schudde ermee, zodat de heldere vloeistof heen en weer walste. 'Ook een beetje?'

'G-graag,' stamelde Spencer.

Melissa liep naar het kastje boven de speelgoedkoelkast en haalde er twee kopjes van het speelgoedservies uit. Met haar goede hand schonk ze deze onhandig vol wodka. Met een nostalgische glimlach gaf ze Spencer vervolgens haar favoriete lichtblauwe theekopje aan – Spencer kreeg vroeger altijd een rolberoerte als ze uit een van de andere kopjes moest drinken. Het verbaasde haar dat haar zus dit nog wist.

Spencer nam een piepklein slokje en voelde de wodka in haar keel branden. 'Hoe wist je dat die fles daar lag?'

'Jaren geleden zijn Ian en ik hier eens binnengeslopen, tijdens de laatstejaarsweek,' vertelde Melissa. Ze ging in een paars-roze gestreepte kinderstoel zitten, haar knieën tot aan haar kin opgetrokken. 'En omdat het overal stikte van de politie en we als de dood waren om met die fles te worden betrapt, verstopten we hem hier. We wilden er later voor terugkomen... maar dat is er nooit meer van gekomen.'

Melissa kreeg een afwezige blik in haar ogen. Kort na de laatstejaarsweek in de zomer dat Ali vermist raakte, was het onverwacht uit geraakt tussen haar en Ian. Ze had zich die zomer extra uitgesloofd: maar liefst twee parttimebaantjes én vrijwilligerswerk voor het Brandywine River-museum. En al zou haar zus het nooit toegeven, Spencer verdacht haar er stiekem van dat ze dat vooral had gedaan omdat ze kapot was van haar breuk met Ian. Misschien kwam het door Melissa's gekwetste blik of omdat ze haar net had verteld dat ze die Gouden Orchidee vast ging winnen, maar opeens wilde Spencer haar de waarheid vertellen.

'Er is iets wat je moet weten,' begon ze. 'Ik heb met Ian gezoend, in de brugklas... toen jullie nog met elkaar gingen.' Ze slikte hoorbaar. 'Het was maar één keer en het betekende niets... dat zweer ik je.' Toen dat er eindelijk uit was, kon ze zichzelf niet meer stoppen: 'Het was echt niet zoals wat Ian met Ali had, hoor!'

'Wat Ian met Ali had?' herhaalde Melissa, starend naar de barbiepop in haar handen.

'Ja.' Spencers binnenste voelde als een vulkaan vol gesmolten lava: alles rommelde en borrelde en leek elk moment te kunnen uitbarsten. 'Dat heeft Ali me verteld, vlak voordat ze verdween. Maar ik had het heel diep weggestopt.'

Melissa begon het haar van de populaire blonde barbiepop te kammen. Ze trok een beetje zenuwachtig met haar mond.

'Ik heb nog wel meer weggestopt,' vervolgde Spencer trillerig, zich vreselijk ongemakkelijk voelend. 'Die avond pestte Ali me heel erg. Ze riep dat ik gek was op Ian, dat ik hem van haar af probeerde te pakken – bijna alsof ze wílde dat ik door het lint ging. En toen... heb ik haar een douw gegeven. Ik wilde haar echt geen pijn doen, maar ik vrees dat ik...'

Ze sloeg haar handen voor haar gezicht. Door haar verhaal aan Melissa op te biechten beleefde ze die hele afschuwelijke avond weer opnieuw. *De regenwormen van de bui eerder die avond die over het pad kronkelden, Ali's roze bh-bandje dat van haar schouder gleed, haar teenring die glinsterde in het maanlicht.* Het was echt, het was allemaal echt gebeurd!

Melissa legde de barbiepop in haar schoot en nam traag een

slok wodka. 'Dat wist ik eigenlijk al, dat Ian jou had gezoend. En ook dat hij iets met Ali had.'

Spencer staarde haar zus aan. 'Heeft Ian je dat verteld?'

Melissa haalde haar schouders op. 'Nee, dat heb ik zelf geraden. Ian was er niet zo goed in om dat soort zaken geheim te houden – althans, niet voor mij.'

Spencer keek naar haar zus en er trok een rilling over haar rug. Melissa's stem klonk hoog, bijna alsof ze zich moest inhouden om niet te lachen. En toen ze zich naar haar omdraaide, was haar grijns breed en eigenaardig. 'Maar maak je maar niet langer druk of jij degene bent geweest die Ali heeft vermoord; ik geloof niet dat jij dat in je hebt.'

'Niet?'

Melissa schudde traag haar hoofd, waarna ze de pop uit haar schoot eveneens nee liet schudden. 'Daar moet je een unieke persoonlijkheid voor hebben, om te kunnen doden... en die heb jij niet.' Ze pakte haar theekopje en dronk het leeg. Vervolgens pakte ze de barbiepop met haar goede hand bij de nek, trok het plastic hoofdje eraf en gaf het aan Spencer. Haar pupillen waren wijd. 'Nee, die heb jij totaal niet.'

Het poppenhoofdje paste precies in het kuiltje van Spencers hand. De lippen van de pop tuitten zich tot een flirterige glimlach, haar ogen waren helder saffierblauw. Een golf van misselijkheid overspoelde Spencer. Het was haar nog niet eerder opgevallen, maar deze pop leek werkelijk sprekend op... Ali.

# 8

# BESPREEK JE DIT SOORT ZAKEN DAN NIET IN EEN ZIEKENHUISKAMER?

In plaats van zich vóór de bel naar de Engelse les te haasten, holde Aria maandagochtend naar de uitgang van Rosewood Day. Ze had namelijk zojuist op haar Treo een sms van Lucas ontvangen. *Aria, kom naar het ziekenhuis als je kunt*, stond erin. *Ze laten eindelijk bezoek bij Hanna.*

En ze werd zo in beslag genomen door haar gedachten dat ze haar broer Mike pas opmerkte toen hij recht voor haar stond. Onder zijn Rosewood Day-jasje droeg hij een Playboy Bunny-shirt met een blauwe Rosewood Day-lacrossearmband. In het rubber ervan was zijn teambijnaam gestanst: Buffalo. Aria durfde niet te vragen waarom hij zo werd genoemd: het was vast een grapje over de lengte van zijn penis of zoiets. Dat lacrosseteam van hem werd met de dag corpsballeriger.

'Hoi,' zei Aria, vrij afwezig. 'Hoe is-ie?'

Mikes handen leken wel aan zijn heupen vast te zitten en de honende blik op zijn gezicht liet zien dat hij absoluut niet in was voor prietpraat. 'Ik hoorde dat jij bij pap bent ingetrokken.'

'Als laatste redmiddel,' antwoordde Aria vlug. 'Het is uit met Sean.'

Mike kneep zijn ijsblauwe ogen tot spleetjes. 'Weet ik; heb ik ook gehoord.'

Aria deed verrast een stap naar achteren. Hij wist toch niet ook van Ezra, wel?

'Ik wilde je gewoon even laten weten dat jullie elkaar verdienen,' beet hij haar toe. Toen draaide hij zich zo abrupt om dat hij bijna tegen een meisje in een cheerleaderoutfit op botste. 'Ik zie je!'

'Mike, wacht nou even!' riep Aria hem na. 'Ik ga zorgen dat het goed komt, dat beloof ik je.'

Maar haar broer liep stug door. Vorige week was hij erachter gekomen dat zijn zus al drie jaar van hun vaders verhouding wist. Tegenover de buitenwereld deed hij vreselijk stoer en cool over het mislukte huwelijk van zijn ouders: hij speelde lacrosse in het universiteitsteam, riep schunnige opmerkingen tegen meisjes, deed mee aan pesterige teamspelletjes (zoals elkaar bij het passeren in de gang in de tepels knijpen)... Maar Mike was net een Björk-nummer: op het eerste oog een en al vrolijkheid, lichtzinnigheid en leut, maar vlak daaronder borrelend van pijn en verwarring. Aria wist niet wat hij zou doen als hij ontdekte dat Byron en Meredith van plan waren te trouwen.

Ze slaakte een gigantische zucht en beende toen verder in de richting van de zijuitgang. Vanuit haar ooghoek zag ze een figuur in driedelig grijs aan de andere kant van de hal naar haar staan kijken.

'Gaat u ergens naartoe, mejuffrouw Montgomery?' vroeg directeur Appleton.

Aria kromp ineen en haar hele gezicht werd warm. Ze had de directeur niet meer gezien sinds Sean de leiding van Rosewood Day over haar en Ezra had verteld. Appleton leek echter niet kwaad maar eerder... nerveus – alsof zij iemand was die je met fluwelen handschoenen moest aanpakken. Ze deed haar best een grijns te onderdrukken; hij wilde waarschijnlijk voorkomen dat zij een klacht tegen Ezra indiende of met iemand over dit incident sprak. Dat zou immers maar ongepaste aandacht vestigen op zijn school en dat konden ze op Rosewood Day niet gebruiken.

Ze draaide zich zelfverzekerd om. 'Ja, ik ben ergens anders nodig,' zei ze.

En ook al druiste het volkomen tegen het beleid van Rosewood Day in om lessen te verzuimen, toch deed Appleton niets om haar tegen te houden. Mmm, misschien dat die hele toestand met Ezra toch nog érgens goed voor was geweest...

Algauw was ze bij het ziekenhuis, waar ze zich naar de intensivecareafdeling op de tweede verdieping haastte. De patiënten stonden er in een kring opgesteld, slechts gescheiden door gordijnen. In het midden van de ruimte stond een breed, U-vormig bureau voor de verpleegkundigen. Aria passeerde een oude, zwarte vrouw die wel dood leek, een zilverharige man met een nekkraag en een verdwaasd kijkende vrouw van in de veertig die wat voor zich uit lag te mompelen. Hanna's afgeschermde gedeelte lag langs de wand. Met haar lange, gezond uitziende, kastanjebruine haren, rimpelloze huid en strakke jonge lichaam hoorde Hanna hier eigenlijk niet thuis. In haar hokje barstte het van de bloemen, snoepdozen, stapels tijdschriften en knuffels. Zo had iemand een grote witte teddybeer met een bedrukt wikkeljurkje voor haar meegenomen – op het labeltje aan zijn pluchen poot zag Aria dat hij Diane von FurstenBEER heette... Om Hanna's arm zat een hagelnieuw wit gipsverband. Lucas Beattie, Mona Vanderwaal en Hanna's ouders hadden er al iets op gezet.

Lucas zat op een gele plastic stoel naast Hanna's bed, met een *Teen Vogue* op schoot. '"Zelfs de bleekste benen profiteren van Lancôme Soleil Flash Browner getinte mousse, die de huid een subtiele schittering meegeeft,"' las hij voor, waarna hij aan zijn vinger likte om de bladzijde om te slaan. Toen hij Aria zag, stopte hij abrupt en keek haar schaapachtig aan. 'Volgens de artsen is het goed om tegen Hanna te blijven praten, ze beweren dat ze ons kan horen. Maar misschien is het najaar niet zo'n geschikte tijd om het over zelfbruiners te hebben... misschien moet ik haar dat artikel over Coco Chanel maar voorlezen, of dat over de nieuwe stagiaires van *Teen Vogue*. Die schijnen dus beter te zijn dan de *Hills*-meiden...'

Toen Aria naar Hanna keek, kreeg ze een brok in haar keel. Aan de zijkanten van haar bed zaten ijzeren stangen, alsof ze een peuter was die er niet uit mocht vallen; haar gezicht zat vol met inmiddels groen geworden bloeduitstortingen en haar ogen leken wel dichtgeplakt. Het was de eerste keer dat ze een comapatiënt van dichtbij zag. Een monitor die Hanna's hartslag en bloeddruk registreerde, riep constant paniekerig: *bliep, bliep, bliep*. Aria voelde zich onbehaaglijk en kon het niet helpen dat ze zich voorstelde hoe dat gebliep ineens veranderde in één lange *pie-ie-ie-ie-iep* en een rechte lijn – zoals altijd in films, vlak voor iemand overleed. 'Hebben de artsen ook iets gezegd over haar vooruitzichten?' vroeg Aria met trillende stem.

'Nou, ze fladdert soms met haar hand. Zo... zie je wel?' Lucas wees naar Hanna's rechterhand, die met het gips. Haar nagels zagen eruit alsof ze nog maar pasgeleden knalrood waren gelakt. 'Dat lijkt hoopgevend, maar volgens de artsen kan het ook helemaal niets betekenen. Ze weten nog steeds niet óf en hoeveel hersenbeschadiging ze heeft opgelopen.'

Aria kreeg het gevoel alsof er een steen op haar maag werd gedropt.

'Maar ik probeer positief te blijven denken: dat gefladder betekent vast dat ze ieder moment kan ontwaken,' zei Lucas en hij klapte het tijdschrift dicht en legde het op Hanna's nachtkastje. 'Een van de uitdraaien van haar hersenactiviteit schijnt te hebben aangetoond dat ze gisteravond even bij is geweest... alleen heeft niemand het gemerkt.' Hij stond met een zucht op. 'Ik ga even een blikje fris halen. Wil jij ook wat?'

Aria schudde haar hoofd en ging op de stoel zitten die Lucas vrijmaakte. Voordat hij de gang op liep, roffelde hij nog even op de deurpost. 'Heb je gehoord dat er vrijdag een kaarsenwake voor Hanna wordt gehouden?'

Aria knikte en zei schouderophalend: 'Vind jij het ook niet een beetje bizar om zoiets op een buitensociëteit te doen?'

'Beetje wel,' fluisterde Lucas. 'Niet erg gepast ook.'

Hij schonk haar een grijns en beende weg. Toen ze hem op de knop van de automatische deuren hoorde slaan, glimlachte Aria. Ze mocht die Lucas wel. Hij leek net zo te balen van al die pretentieuze Rosewood-nonsens als zij. En hij was beslist een geweldige vriend voor Hanna. Ze snapte niet hoe hij het redde om zoveel van school te missen, maar het was fijn dat er iemand zoveel tijd bij haar doorbracht.

Ze stak haar hand uit naar die van Hanna. Hanna's vingers krulden zich meteen om de hare heen. Geschrokken trok Aria zich terug, waarna ze zichzelf meteen bestraffend toesprak. Hanna was immers niet dood: ze had niet in een lijk geknepen, waarop die dode had teruggeknepen!

'Oké... ik kan er vanmiddag zijn, dan nemen we samen alles door,' klonk het opeens achter haar. 'Is dat wat?'

Toen Aria zich omdraaide, viel ze zowat van haar stoel. Spencer drukte net haar Sidekick uit en schonk haar een verontschuldigende grijns. 'Sorry,' zei ze, rollend met haar ogen. 'Het jaarboek kan echt niet zonder mij.' Pas daarna keek ze naar Hanna en trok bleek weg. 'Ik ben meteen na mijn laatste les gekomen. Hoe gaat het met haar?'

Aria maakte zo'n harde vuist dat haar duimgewricht onheilspellend *knak* zei. Niet te geloven dat Spencer te midden van dit alles nog steeds zo'n achtduizend comiteetjes leidde en zelfs nog tijd had gevonden om gisteren voor op de *Philadelphia Sentinel* te staan! Agent Wilden had haar dan wel min of meer van alle blaam gezuiverd, toch twijfelde Aria nog een beetje.

'Waar kom jij vandaan?' vroeg ze fel.

Spencer deed een stap achteruit, alsof ze haar had geduwd. 'Ik moest met mijn ouders mee naar New Jersey. Ik ben zo gauw als ik kon gekomen.'

'Heb jij zaterdag A's bericht ook ontvangen?' wilde Aria weten. '*Zij wist te veel*?'

Spencer knikte, maar zei niets. Frunnikend aan de kwastjes van haar tweed Kate Spade-tas keek ze behoedzaam naar alle medische apparatuur rondom Hanna.

'Heeft Hanna jou verteld wie het is?' wilde Aria weten.

Spencer fronste haar voorhoofd. 'Wie wíé is?'

'A.' Spencer keek nog steeds verward. Aria's maag begon op te spelen. 'Hanna wist wie A was, Spencer.' Ze keek haar onderzoekend aan. 'Heeft Hanna je dan niet verteld waaróm ze je wilde zien?'

'Nee,' zei Spencer. Haar stem brak. 'Ze zei alleen dat ze me iets belangrijks moest vertellen.' Ze zuchtte diep.

Aria dacht aan de sluwe, waanzinnige blik waarmee Spencer vanuit het bos achter Rosewood Day had toegekeken. 'Ik heb je gezien, weet je,' flapte ze er uit. 'Ik heb je zaterdag in het bos gezien. J-je stond daar maar wat te... te staan. Wat deed je daar eigenlijk?'

Alle kleur trok uit Spencers gezicht. 'Ik was bang,' fluisterde ze. 'Ik had van mijn leven nog nooit zoiets griezeligs gezien. Ik kon gewoon niet geloven dat iemand Hanna zoiets kon aandoen.'

Spencer keek er werkelijk doodsbang bij. Aria voelde hoe alle achterdocht uit haar wegvloeide. Ze vroeg zich af wat Spencer wel niet zou denken als ze wist dat zij haar voor Ali's moordenaar had aangezien; dat ze die theorie zelfs met agent Wilden had gedeeld! En ze herinnerde zich diens harde woorden: *Is dat wat Rosewood-meiden tegenwoordig doen: oude vriendinnetjes van moord beschuldigen?* Misschien had hij wel gelijk. Spencer mocht dan meerdere malen in een schooltoneelstuk hebben gestaan, ze was ook weer niet zó'n geweldige actrice dat ze Ali kon hebben vermoord en vervolgens was teruggesjokt naar de woonschuur om haar resterende hartsvriendinnen op de mouw te spelden dat zij even onschuldig, onwetend en bang was als zij...

'Ik kan ook nog steeds niet geloven dat iemand zoiets kan doen,' zei ze stilletjes. Toen zuchtte ze en zei: 'Ik heb zaterdagavond iets bedacht. Ik geloof... dat Ali in de brugklas iets met Ian Thomas had.'

Spencers mond viel open. 'Dat heb ik zaterdagavond ook net uitgevogeld.'

'Maar... wist jij dat dan niet allang?' Aria krabde op haar hoofd – hiermee overrompelde Spencer haar nogal.

Spencer deed een stap naar voren, haar blik strak gericht op de heldere vloeistof in Hanna's infuuszak. 'Nee.'

'Denk je dat nog iemand anders ervan wist?'

Er trok een niet te beschrijven uitdrukking over Spencers gezicht. Ze leek totaal niet op haar gemak bij dit onderwerp. 'Mijn zus, geloof ik.'

'Hè? Melissa wist het al die tijd, maar heeft nooit iets gezegd?' Aria streek over haar kin. 'Merkwaardig.' Ze dacht aan A's drie hints over Ali's moordenaar: dat hij uit de buurt kwam, dat hij iets wilde wat Ali had én dat hij elke vierkante centimeter van Ali's achtertuin kende. Die omschrijving paste slechts bij een handvol mensen. En als Melissa destijds van Ali en Ian wist, dan behoorde zij daar misschien ook wel toe.

'Moeten we dat de politie vertellen, van Ian en Ali?' opperde Spencer.

Aria draaide met haar handen. 'Ik heb het Wilden al gezegd.'

Er trok een verraste blos over Spencers gezicht. 'O,' zei ze met een klein stemmetje.

'Vind je dat niet erg?' vroeg Aria, met één wenkbrauw opgetrokken.

'Natuurlijk niet,' zei Spencer vlug, trachtend haar zelfbeheersing te bewaren. 'Maar eh... vind je dat we hem ook over A moeten vertellen?'

Aria's ogen werden groot. 'Als we dát doen, zal A misschien...' Ze zweeg, voelde zich opeens misselijk.

Spencer keek Aria lang aan. 'Die A beheerst ons hele leven,' fluisterde ze.

Hanna lag nog steeds roerloos in haar bed. Aria vroeg zich af of ze hen werkelijk horen kon, zoals Lucas had gezegd. Misschien had ze dan ook alles verstaan wat zij zojuist over A hadden gezegd, wilde ze hun vertellen wat zíj wist... maar lag ze gevangen in dat akelige coma. Of misschien had ze alles gehoord... maar baalde ze ervan dat zij het hierover hadden, terwijl ze zich druk moesten maken of zij ooit nog bijkwam...

Aria trok Hanna's laken op tot aan haar kin, net zoals Ella altijd deed als zij griep had of zoiets. Toen viel haar oog ineens op een piepkleine glinstering achter Hanna's bed. Trillend van de zenuwen rechtte ze haar rug. Het leek wel alsof iemand zich naast Hanna's afgescheiden gedeelte achter een lege rolstoel verschool.

Haar hart bonsde in haar keel toen ze zich omdraaide en het gordijn met een ruk opentrok.

'Wat is er?' riep Spencer, zich eveneens omdraaiend.

Aria haalde diep adem. 'Niets.'

Wie het ook was geweest: hij was weer verdwenen.

# 9

# HET IS NIET LEUK OM DE ZONDEBOK TE ZIJN

Licht prikte in Emily's ogen. Ze sloeg haar armen om haar hoofdkussen en dommelde weer weg. De ochtendgeluiden van Rosewood waren even voorspelbaar als de opgaande zon: het geblaf van de hond van de familie Kloses, die samen met een van de familieleden aan zijn vaste rondje begon; het gerommel van de vuilniswagen; de geluiden van de *Today Show*, waar haar moeder elke ochtend naar keek; het kraaien van een haan...

Emily's ogen vlogen open. Een háán?

De kamer rook naar hooi en wodka. Abby's bed was leeg. Omdat haar neven en nichtje gisteravond nog wat langer op het feest wilden blijven, had Emily zich door Trista laten afzetten bij het hek van de familie Weaver. Misschien was Abby nog niet thuis – het laatste wat ze van haar had gezien, was dat ze zat te rotzooien met een vent in een University of Iowa-shirt met een grote, kwaad kijkende Herky the Hawk-mascotte op zijn rug.

Toen ze zich omdraaide, zag ze tante Helene in de deuropening staan. Ze slaakte een gil en trok gauw de lakens over zich heen. Haar tante was gekleed in een lange patchwork overgooier en een T-shirt met ruches; haar bril wiebelde gevaarlijk op het puntje van haar neus. 'Zo, ik zie dat je wakker bent,' zei ze. 'Kom dan maar gauw naar beneden.'

Emily rolde traag uit bed en trok een T-shirt, een Rosewood Day Zwemteam-pyjamabroek en een paar geruite sokken aan. Ze herinnerde zich ineens nog meer van de afgelopen nacht.

Het was alsof ze zich in een warm bad liet zakken: zij en Trista hadden de hele avond de een of andere idiote dans lopen verzinnen, waaraan allerlei lui vrolijk hadden meegedaan. Op de terugweg naar het huis van haar oom en tante hadden ze aan één stuk door zitten kletsen, ook al waren ze allebei geradbraakt. En voordat Emily uitstapte, had Trista de binnenkant van haar pols gestreeld. 'Ik ben erg blij dat ik jou heb leren kennen,' had ze gefluisterd. En daar kon Emily het alleen maar mee eens zijn.

John, Matt en Abby zaten al aan de keukentafel. Ze staarden schaapachtig in hun kom Cheerio's. Midden op tafel stond een bord pannenkoeken. 'Hoi, jongens,' zei Emily opgewekt. 'Is er nog meer dan Cheerio's en pannenkoeken?'

'Ik geloof niet dat jij je nu erg druk moet maken over je ontbijt, Emily.'

Toen ze zich omdraaide, bevroor het bloed zowat in haar aderen. Oom Allen stond bij het aanrecht – zijn hele houding stug en een teleurgestelde blik op zijn rimpelige, verweerde gelaat. Tante Helene stond tegen het fornuis geleund – al even streng. Emily keek nerveus van Matt naar John en toen naar Abby, maar geen van hen beantwoordde haar blik.

'Zo!' Tante Helene begon door de keuken te ijsberen. Haar schoenen met de vierkante neuzen klakten op de houten vloer. 'Wij weten wat jullie vieren gisteravond hebben gedaan.'

Emily liet zich op een stoel zakken en voelde hoe de hitte over haar wangen kroop en haar hart begon te bonzen.

'En ik wil graag weten wiens idee dat was.' Tante Helene beende om de tafel heen, als een havik die zijn prooi insloot. 'Wie wilde er naar die lui van de openbare school? Wie vond het wel een goed idee om alcohol te drinken?'

Abby hengelde naar een eenzame Cheerio in haar kom, John krabde aan zijn kin. Emily hield haar lippen stijf op elkaar: zíj ging echt niets zeggen! Zij en haar neven en nichtje zouden solidair zijn: ze zouden allen zwijgen, om elkaar te beschermen. Zo hadden Emily, Ali en de rest het jaren terug immers ook altijd gedaan, die zeldzame keren dat iemand hen ergens op betrapte.

'Nou?' vroeg tante Helene fel.

Abby's kin ging heen en weer. 'Het was Emily,' barstte ze los.

'Ze bedreigde me, mam. Ze wist van dat feest en eiste gewoon dat ik haar ernaartoe bracht. Dus heb ik John en Matt maar meegevraagd om ons te beschermen.'

'Párdon?' stootte Emily uit. Het voelde alsof Abby haar had geramd met dat grote houten kruis dat boven de deuropening hing. 'Daar is niks van waar! Hoe kan ík nu weten dat er hier ergens zo'n feest is? Ik ken hier niemand, alleen jullie!'

Tante Helene keek haar vol walging aan. 'Jongens? Was het Emily?'

Matt en John bleven naar hun ontbijtkommen staren en knikten traag.

Emily keek om zich heen. Ze was zo woest, voelde zich zo verraden, dat ze bijna niet meer kon ademen. Ze wilde wel uitschreeuwen wat er werkelijk was gebeurd: Matt, die close-ups had lopen maken van de navel van een meisje; John, die in zijn boxershort op Chingy had gedanst; Abby, die met wel vijf jongens had liggen rommelen en misschien zelfs met een koe! Al haar ledematen begonnen te trillen. Waarom deden ze haar dit aan? Waren ze dan geen vrienden? 'Jullie leken het anders geen van allen erg vervelend te vinden om daar te zijn!'

'Dat lieg je!' krijste Abby. 'We vonden het er verschrikkelijk!'

Oom Allen trok Emily aan haar schouder van haar stoel – zo heftig en ruw als ze nog nooit had meegemaakt. 'Dit gaat dus niet werken,' zei hij met een lage stem, terwijl hij zijn gezicht eng dicht bij het hare bracht. Hij rook naar koffie en iets organisch – aarde wellicht. 'Jij bent hier niet langer welkom!'

Emily zette aarzelend een stap naar achteren. De moed zakte haar in de schoenen. 'Pardon?'

'We wilden jouw ouders een gunst bewijzen,' gromde tante Helene. 'Zij zeiden ons al dat ze hun handen vol aan jou hadden, maar dít... dit hadden we nooit verwacht!' Ze pakte hun draadloze telefoon. 'Ik ga ze maar bellen. Wij zullen je wel terugbrengen naar het vliegveld, maar zij zullen een manier moeten bedenken om je terugreis te betalen. En dan moeten ze zelf maar beslissen wat ze met je willen.'

Emily voelde de vijf paar ogen van de familie Weaver op haar gericht. Ze dwong zichzelf niet in huilen uit te barsten door een paar flinke happen muffe boerderijlucht in te ademen. Verraden door haar eigen familie! Geen van hen had het voor haar opgenomen, niemand stond aan haar kant.

Ze draaide zich om en vluchtte naar boven, naar de kleine slaapkamer. Daar stopte ze haar kleren terug in haar zwemtas. De meeste roken nog steeds naar thuis – een mengeling van Snuggle-wasverzachter en haar moeders keukenkruiden – ze was blij dat ze nooit naar deze rotplek zouden ruiken.

Vlak voordat ze haar tas dichtritste, aarzelde ze even. Tante Helene zat nu waarschijnlijk haar ouders alles te vertellen. Ze stelde zich haar moeder voor in haar keuken in Rosewood en hoe ze met de telefoon tegen haar oor zei: 'O nee, stuur Emily alsjeblieft niet terug! Zonder haar is ons leven juist zo perfect.'

Het visioen werd meteen wazig van de tranen en haar hart stak letterlijk. Niemand wilde haar! En wat zou tante Helene dán doen? Zou ze proberen haar ergens anders naartoe te sturen? Het leger? Een klooster soms? Bestonden die eigenlijk nog?

'Ik moet hier zien weg te komen,' fluisterde ze tegen de koude lege kamer. Haar mobieltje lag nog steeds op de overloop, op de bodem van de vloekenpot. Het deksel ging er gemakkelijk af en er ging ook geen alarm af. Ze liet het in haar zak glijden, griste de rest van haar spullen bij elkaar en sloop de trap af. Als het haar lukte het erf van de familie Weaver te verlaten, dan zou ze naar het supermarktje gaan, een kilometer of anderhalf verderop. Daar zou ze haar volgende stap kunnen regelen.

Ze stormde de voorveranda op. Daar zag ze Abby bijna over het hoofd, die ineengedoken op de schommelbank zat. Ze schrok zo dat ze haar tas op haar voeten liet vallen.

Abby's mondhoeken hingen naar beneden. 'Ze heeft ons nog nooit betrapt. Dus móét jij iets gedaan hebben waarmee je haar aandacht hebt getrokken.'

'Ik heb helemaal niks gedaan,' zei Emily machteloos. 'Dat zweer ik je.'

'En nu zitten wij – dankzij jou – dus maandenlang opgesloten,' zei Abby, rollend met haar ogen. 'O, en trouwens: Trista Taylor is een gigantische slet. Die bespringt werkelijk alles wat beweegt – jongen of meid.'

Emily stommelde achteruit, niet wetend wat ze hierop moest zeggen. Toen greep ze haar tas en sprintte het pad af. Bij het hek bleek de geit nog steeds vastgebonden te zitten. De bel om haar nek rinkelde zacht. Het touw waaraan ze vastzat was zo kort dat ze niet eens kon gaan liggen en tante Helene had zelfs geen bak water voor haar neergezet. Emily keek in de gele ogen met die rare rechthoekige pupillen en voelde een band: de stoute geit en de zondebok... Ze wist nu uit eigen ervaring hoe het was om hardvochtig en onrechtvaardig te worden gestraft.

Ze haalde diep adem en liet het touw over de nek van de geit glijden. Toen opende ze het hek en zwaaide met haar armen. 'Toe dan, meid,' fluisterde ze. 'Huplakee!' De geit keek haar aan en tuitte haar lippen. Ze zette één stap vooruit... en nog één... Eenmaal over het wildrooster heen, zette ze het op een lopen en waggelde de weg af. Ze leek werkelijk opgelucht dat ze vrij was.

Emily smeet het hek achter zich dicht. Ja, ook zij was verdomde opgelucht dat ze van deze plek bevrijd was.

# 10

# NOG GEDACHTELOZER KAN BIJNA NIET

Maandagmiddag rolden de wolken binnen: ze verduisterden de lucht en brachten winden mee die door Rosewoods geelbebladerde suikerahorns joegen. Aria trok haar aardbeienrode wollen baret over haar oren en holde het Frank Lloyd Wright Memorial-gebouw voor Beeldende Kunsten binnen, voor haar allereerste les Gedachteloze Kunst. In de hal hingen de muren vol kunstwerken van leerlingen, aankondigingen van exposities en 'kamergenoten gezocht'-advertenties. Aria zag zelfs een briefje hangen met HEB JIJ DE ROSEWOOD-STALKER GEZIEN? met een gekopieerde foto van een wazige figuur in het bos – even mysterieus als die duistere kiekjes van het monster van Loch Ness. Vorige week had het nog gebarsten van de berichten over de Rosewood-stalker, die mensen volgde en overal bespioneerde. Nu had ze al een paar dagen geen stalkernieuwtjes meer gehoord – ongeveer net zo lang als A zweeg...

Omdat de lift buiten dienst bleek, nam ze de kille, grijsbetonnen trap naar de eerste verdieping. Het klaslokaal waar de cursus Gedachteloze Kunst zou worden gegeven, was tot haar verbazing stil en donker. Maar terwijl haar ogen zich aanpasten, tekende zich tegen het raam een aantal vormen af, waardoor ze besefte dat het lokaal absoluut niet leeg was.

'Kom erin,' riep een hese vrouwenstem haar toe.

Aria zocht met haar handen langs de achterwand. Het oude pand van Hollis College kraakte en kreunde. Iemand vlak bij haar rook naar menthol en knoflook, iemand anders naar sigaretten. Ze hoorde iemand giechelen.

'Nou, ik geloof dat we er allemaal zijn,' zei de stem. 'Mijn naam is Sabrina. Ik heet jullie van harte welkom bij de cursus Gedachteloze Kunst. Jullie vragen je vast allemaal af waarom we hier nu in het donker staan. Bij kunst draait het immers allemaal om kijken? Nou, zal ik jullie eens wat vertellen? Dat is dus niet waar – althans niet helemaal: kunst betekent ook betasten, ruiken... en niet te vergeten voelen... maar vooral loslaten. Kunst is alles wat je altijd voor waar hebt aangenomen, oppakken en het raam uit flikkeren. Kunst is het omarmen van de onvoorspelbaarheid van het leven, het loslaten van grenzen en overnieuw beginnen.'

Aria onderdrukte een geeuw. Die Sabrina had zo'n lage, slaapverwekkende stem dat ze het liefst zou gaan liggen, met haar ogen dicht.

'Ik heb het licht expres uit gelaten, omdat we een kleine oefening gaan doen,' zei Sabrina. 'In ons hoofd vormen we ons allemaal een beeld van hoe iemand eruitziet, aan de hand van allerlei simpele aanwijzingen: de hoogte van zijn stem, de muziek waarvan hij houdt, dingen die je uit zijn verleden weet, wellicht. Maar soms schatten we het verkeerd in en zitten we er helemaal naast.'

Jaren geleden hadden Aria en Ali samen op zaterdag een creatief vak gevolgd. Als Ali hier nu was, zou ze beslist met haar ogen rollen en Sabrina een maffe mueslivreter met okselbeharing of zoiets noemen. Maar Aria vond dat Sabrina wel een punt had, zeker als ze het op Ali betrok. De laatste tijd bleek immers niets te kloppen van wat zij over Ali dacht te weten. Zo had ze nooit gedacht dat Ali een stiekeme verhouding had gehad met de vriend van de zus van haar beste vriendin – hoewel dat wel haar stiekeme, grillige gedrag van vlak voor haar verdwijning verklaarde. Zo hadden de vriendinnen haar in die laatste maanden soms meerdere weekends achter elkaar niet gezien. Dan was ze zogenaamd met haar ouders de stad uit geweest – maar dat was natuurlijk geheimtaal voor 'bij Ian'. Of die keer dat Aria onverwacht naar Ali's huis was gefietst en haar op een van de grote keien in hun achtertuin had gevonden, fluisterend in haar mobieltje. 'Ik zie je van 't weekend, oké?' zei ze net. 'Praten we er dan verder over.' Toen Aria haar naam riep, draaide ze zich geschrokken om. 'Wie was dat?' vroeg Aria argeloos. Ali klapte haar telefoontje vliegensvlug dicht, kneep haar ogen nadenkend tot spleetjes en zei toen: 'Zeg, die meid met wie jouw vader laatst zat te zoenen... Ik wed dat het zo'n *Girls Gone Wild*-studente is, die zich op elke vent stort. Je moet het maar willen: flikflooien met je leraar!' Gekwetst draaide Aria zich om. Ali was erbij geweest, die dag dat ze haar vader had zien zitten zoenen met Meredith en ze blééf er maar over bezig... Zwijgend stapte Aria weer op haar fiets. Pas toen ze alweer bijna thuis was, realiseerde ze zich dat Ali haar vraag niet eens had beantwoord.

'Ik wil daarom dat jullie het volgende doen,' onderbrak Sabrina luid Aria's herinneringen. 'Zoek degene die het dichtst bij je staat en pak hem of haar bij de hand. En probeer je dan een beeld te vormen van je buurman of buurvrouw – enkel door aan zijn of haar handen te voelen. Vervolgens doen we het licht aan en kunnen jullie elkaars portret tekenen, op basis van wat je in je hoofd hebt.'

Aria schuifelde wat rond in het blauwzwarte duister. Iemand greep haar hand, voelde aan de botjes van haar pols en de heuvels in haar handpalm.

'Wat voor gezicht zie je voor je als je deze persoon aanraakt?' riep Sabrina.

Aria sloot haar ogen en probeerde zich te concentreren. De hand was klein, vrij koud en droog. Langzaam begon zich een gezicht in haar gedachten te vormen: eerst een paar uitgesproken jukbeenderen, toen een paar helderblauwe ogen, afgemaakt met lang blond haar en roze ronde lippen.

Haar maag trok zich samen. Ze dacht aan Ali!

'Draai je nu weg van je partner,' instrueerde Sabrina, 'en pak je tekenblok. Dan doe ik het licht aan. Maar kijk alsjeblieft niet om: ik wil dat je exact tekent wat er in je hoofd zit. Daarna kijken we hoe dicht je bij de waarheid zat.'

De felle plafondlampen deden pijn aan Aria's ogen toen ze beverig haar schetsblok opensloeg. Ze streek voorzichtig met het houtskool over het papier, maar hoe hard ze haar best ook deed, ze kon niet anders dan Ali's gezicht tekenen. Toen ze een stap achteruit deed om te kijken hoe het eruitzag, kreeg ze een enorme brok in haar keel: Ali had een vage glimlach rond haar lippen en een sluwe sprankeling in haar ogen.

'Heel goed,' zei Sabrina – wier uiterlijk precies paste bij haar stem, met haar warrelige bruine haardos, grote borsten, vlezige buik en iele vogelbenen. Ze liep naar Aria's partner en mompelde: 'Goh, práchtig.' Aria voelde een steek van ergernis: waarom vond ze háár tekening niet prachtig? Had er soms iemand beter getekend dan zij? Dat kon nooit!

'De tijd is om,' riep Sabrina. 'Draai je maar om en laat je partner het resultaat zien.'

Aria draaide zich langzaam om. Gulzig taxeerden haar ogen die zogezegd prachtige tekening van haar partner. En eigenlijk... wás die ook prachtig. Ook al leek het totaal niet op haar, toch was het een stukken betere weergave van een mens dan zijzelf ooit voor elkaar had gekregen. Aria's blik ging via het lichaam van haar partner omhoog: het meisje droeg een strak, roze Nanette Lepore-topje, haar donkere haar golfde overvloedig over haar schouders en ze had een smetteloze, roomwitte huid. En toen herkende Aria opeens die wipneus en viel haar die gigantische Gucci-zonnebril op... en de hond met het blauwe canvas dekje die bij de voeten van het meisje lag te slapen... Alles in Aria's lichaam verstijfde.

'Ik kan helaas niet zien hoe jij mij hebt getekend,' zei haar partner met een lieve, zachte stem, terwijl ze als verklaring naar haar blindengeleidehond wees. 'Maar het is vast prachtig gedaan.'

Aria kon geen woord uitbrengen: haar tong lag als een loden lap in haar mond. Haar tekenpartner was Jenna Cavanaugh...

# 11

# WELKOM TERUG... OF ZOIETS

Na voor haar gevoel dagenlang tussen de sterren rondgezweefd te hebben, werd Hanna opeens opnieuw het licht in geduwd. En alweer zat ze op Ali's achterveranda, alweer voelde ze zichzelf uit haar American Apparel-T-shirt en Seven-spijkerbroek barsten.

'We mogen ons slaapfeest houden in Melissa's woonschuur!' riep Spencer.

'Gaaf,' zei Ali met een grijns.

Hanna kromp ineen. Zat ze soms vast in de tijd en moest ze deze dag steeds weer opnieuw beleven – net als die vent uit *Groundhog Day*? Misschien moest ze deze ene dag wel blíjven herbeleven, net zolang tot het goed ging en ze Ali ervan had weten te overtuigen dat ze in groot gevaar verkeerde. Maar de laatste keer dat ze in deze herinnering zat, hing Ali ergens vlak voor haar gezicht en had ze gezegd dat het prima met haar ging. Maar dat wás niet zo; er was helemaal niets prima.

'Ali,' zei Hanna dringend. 'Hoe bedoel je dat het prima met je gaat?'

Maar Ali schonk geen aandacht aan haar. Zij stond te kijken naar Melissa, die door de tuin van de familie Hastings stapte, met haar afstudeertoga over haar arm. 'Hé Melissa!' koerde Ali. 'Zin in Praag?'

'Wat kan zíj ons nou schelen?' riep Hanna. 'Geef mij gewoon eens antwoord!'

'Z-zegt ze iets?' hijgde een stem ver weg.

Hanna draaide haar hoofd; dat klonk niet als een van haar oude vriendinnen!

Aan de andere kant van het hek legde Melissa haar hand op haar heup. 'Natuurlijk.'

'Gaat Ian ook mee?' vroeg Ali.

Hanna pakte Ali's gezicht beet. 'Ian doet er niet toe,' sprak ze fel. 'Luister nu eens naar mij, Ali!'

'Wie is Ian?' zei de verre stem, die vanuit het eind van een heel lange tunnel leek te komen. Het was de stem van Mona Vanderwaal.

Hanna keek om zich heen in de achtertuin van de familie DiLaurentis, maar zag Mona nergens.

Ali draaide zich met een vermoeide zucht naar Hanna toe. 'Laat het toch gaan, Hanna.'

'Maar je bent in gevaar,' wierp Hanna tegen.

'Niet alles is zoals het lijkt,' fluisterde Ali.

'Hoe bedoel je?' vroeg Hanna wanhopig. Maar toen ze haar hand naar Ali uitstak, ging deze gewoon door Ali's arm heen – alsof zij slechts op een scherm werd geprojecteerd.

'Wat bedoelt wíé?' riep Mona's stem.

Hanna's ogen vlogen open. Ze werd meteen verblind door een pijnlijk fel licht. Ze lag op haar rug op een ongemakkelijke matras en werd omringd door een aantal figuren: Mona, Lucas Beattie, haar moeder en haar vader.

Haar váder? Hanna probeerde haar voorhoofd te fronsen, maar dat deed onbeschrijfelijk pijn.

'Hanna!' zei Mona met een trillende kin. 'O, mijn god. Je bent... wakker!'

'Alles goed, liefje?' vroeg haar moeder. 'Kun je al iets zeggen?'

Hanna keek naar haar armen: die waren gelukkig dun en geen varkenspootjes. Toen pas zag ze de infuusslang vanuit haar elleboog omhoogsteken en het gips om haar arm. 'Wat is er toch aan de hand?' zei ze schor, terwijl ze om zich heen keek. Het tafereel dat ze voor zich zag, leek wel in scène gezet. Waar ze zojuist was – op Ali's achterveranda, samen met haar beste vriendinnen – leek veel echter. 'Waar is Ali eigenlijk?' vroeg ze.

Haar ouders keken elkaar ongemakkelijk aan. 'Ali is overleden,' zei haar moeder zacht.

'Rustig aan met d'r, hoor.' Een witharige man met een haviksneus verscheen in een witte jas vanachter het gordijn aan het voeteneind van Hanna's bed. 'Hanna? Mijn naam is dokter Geist. Hoe voel je je?'

'Waar ben ik, verdomme?' wilde Hanna weten, haar stem schril van de paniek.

Haar vader pakte haar hand. 'Je hebt een ongeluk gehad. We hebben ons allemaal heel erg zorgen over je gemaakt.'

Hanna keek rusteloos om zich heen: eerst naar de gezichten rondom haar, toen naar al die dingen die in allerlei delen van haar lichaam staken. Naast het infuus was er ook nog een apparaat dat haar hartslag bijhield en een slangetje dat zuurstof in haar neus pompte. Ze kreeg het warm, meteen daarna weer koud en haar huid prikte van angst en verwarring. 'Een ongeluk?' fluisterde ze.

'Ja, je bent aangereden door een auto,' zei haar moeder. 'Bij Rosewood Day. Herinner je je dat nog?'

Haar lakens voelden vies plakkerig aan, alsof iemand er een berg geraspte kaas overheen had gestrooid. Ze zocht koortsachtig haar geheugen af, maar vond niets over een ongeluk. Het laatste wat ze zich herinnerde – voordat ze in Ali's achtertuin zat – was de champagnekleurige Zac Posen-jurk die ze voor Mona's feest toegestuurd had gekregen. Dat was vrijdagavond geweest: de dag voor Mona's verjaarsfeest. Ze keek naar Mona, die zowel bezorgd als opgelucht keek – met een paar enorme, best lelijke paarse kringen onder haar ogen, alsof ze al dagen niet had geslapen. 'Ik heb jouw feest toch niet gemist, wel?'

Lucas snoof; Mona's schouders verstrakten. 'Eh...'

'Het ongeluk is erná gebeurd,' zei Lucas. 'Weet je dat dan niet meer?'

Hanna probeerde het zuurstofslangetje uit haar neus te trekken – hoe kon je er nu aantrekkelijk uitzien als er iets uit je neus bungelde? – maar merkte dat het zat vastgeplakt. Ze sloot haar ogen en probeerde iets te vinden – wát dan ook – om dit alles te verklaren.

Het enige wat ze zag, was Ali's gezicht boven haar. Ze fluisterde iets... en loste toen op in het donkere niets.

'Nee,' fluisterde Hanna. 'Ik herinner me er helemaal niets van.'

# 12

# OP DE VLUCHT

Maandagavond laat kroop Emily op een verschoten blauwe barkruk aan de bar van wegrestaurant M&J, recht tegenover het Greyhound-busstation van Akron, Ohio. Ze had de hele dag nog niets gehad en overwoog een stuk van die goor uitziende kersentaart bij haar metalig smakende koffie te bestellen. Naast haar lepelde een oude man traag een bakje tapiocapudding leeg; aan de andere kant zaten twee mannen – de één peervormig, de ander een breinaald – een vettige portie hamburger met friet naar binnen te werken. Uit de jukebox klonk een nasaal gezongen countrynummer. De serveerster hing tegen de kassa geleund de koelkastmagneten in de vorm van de staat Ohio af te stoffen ('99 cent per stuk').

'Waar gaat de reis naartoe?' vroeg een stem.

Emily keek op, recht in de ogen van de kok, een stevige vent die eruitzag alsof hij er graag met pijl en boog op uittrok als hij niet stond te bakken. Ze zocht naar een naamkaartje, maar dat had hij niet. Er stond alleen een grote A op zijn rode baseballpet. Toen ze haar lippen vochtig maakte, merkte ze dat ze een beetje trilde. 'Hoe weet u dat ik onderweg ben?'

Hij schonk haar een veelbetekenende blik. 'Nou... je bent niet van hier, de Greyhounds stoppen hier aan de overkant én je hebt een grote tas bij je. Slim van mij, hè?'

Emily zuchtte en tuurde in haar koffiekop. Ze had, stevig doorstappend, amper twintig minuten gedaan over de anderhalve kilometer van het huis van tante Helene naar het supermarktje, terwijl ze toch best een zware tas meezeulde. Daar had ze een lift naar het busstation weten te krijgen, waar ze een kaartje had gekocht voor de eerste bus die de grens van Iowa over ging. Helaas reed deze naar Akron, waar ze totaal niemand kende. Bovendien rook het in de bus alsof iemand iets verkeerds had gegeten en had de jongen naast haar zijn iPod de hele tijd op z'n hardst staan en zong hij luid mee met Fall Out Boy, een band die ze verafschuwde. En net toen de bus het station van Akron in draaide, had ze onder haar stoel een levende krab zien zitten (terwijl er in de verste verte geen zee te bekennen was). Ze was de bus uit geklommen en had op het grote vertrekbord gezien dat er pas om tien uur een bus naar Philadelphia ging. Er ging een steek door haar hart: ze had Pennsylvania nog nooit zo gemist!

Ze sloot haar ogen. Niet te geloven dat ze nu werkelijk een wegloper was! Ze had al zo vaak bedacht dat ze thuis weg wilde... En Ali wilde dan altijd met haar mee. Hawaï stond steeds in hun top vijf, net als Parijs. Volgens Ali moesten ze dan ook een andere identiteit aannemen. Toen Emily protesteerde dat dat veel te ingewikkeld klonk, had ze haar schouders opgetrokken en gezegd: 'Welnee, iemand anders worden is vast hartstikke makkelijk.' Maar waar ze ook naartoe gingen, ze zouden sowieso gigantisch veel tijd voor elkaar hebben. Stiekem hoopte Emily dat Ali zich dan misschien, heel misschien, eindelijk zou realiseren dat zij net zoveel van Emily hield als Emily van haar. Maar uiteindelijk had ze zich er toch niet goed bij gevoeld en gezegd: 'Ach Ali, jij hebt toch helemaal geen reden om weg te lopen? Jouw leven hier is perfect!' Dan trok Ali haar schouders op en zei dat ze gelijk had: haar leventje was inderdaad behoorlijk perfect.

Ja... totdat iemand haar vermoordde.

De kok draaide het geluid van het tv'tje wat hoger dat naast de acht-sneden-tegelijk-broodrooster en een open zak Wonder Bread stond. Emily keek omhoog en zag een CNN-verslaggeefster voor het Rosewood Memorial Hospital staan. Dat kende ze heel goed: ze kwam er elke ochtend langs als ze naar Rosewood Day reed.

'Wij hebben zojuist vernomen dat Hanna Marin, de zeventienjarige inwoonster van Rosewood en vriendin van Alison DiLaurentis – het meisje wier lichaam geheimzinnig genoeg een maand geleden in haar eigen voormalige achtertuin werd gevonden – is ontwaakt uit het coma waarin ze al sinds haar tragische ongeval van zaterdagavond lag,' zei de verslaggeefster in haar microfoon.

Emily zette haar koffiekop net iets te hard terug op het schoteltje. In cóma? Hanna's ouders kwamen in beeld. Zij vertelden dat hun dochter inderdaad wakker was en ogenschijnlijk in orde. Ze wisten echter nog steeds niet wie haar had aangereden of waarom.

Emily sloeg een hand voor haar mond (hij rook naar de namaakleren zitting van de Greyhound-bus), trok haar Nokia uit de zak van haar spijkerjasje en zette hem aan. Ze trachtte de batterij te sparen, omdat ze haar oplader per ongeluk in Iowa had achtergelaten. Met trillende vingers toetste ze Aria's nummer in. Hij sprong op de voicemail. 'Aria, met Emily,' zei ze na de piep. 'Ik heb het net gehoord van Hanna en...'

Ze zweeg. Haar blik was weer naar het scherm gedwaald. Vanuit de rechterbovenhoek keek ineens haar eigen gezicht haar aan, van de jaarboekfoto van vorig jaar. 'Nog meer Rosewoodnieuws: een andere vriendin van mejuffrouw DiLaurentis, Emily Fields, is als vermist opgegeven,' vertelde de nieuwslezer. 'Zij was deze week op familiebezoek in Iowa, maar is daar vanochtend spoorloos verdwenen.'

De kok, die net een cheeseburger stond te bakken, draaide zich om. Er trok een ongelovige blik over zijn gezicht, terwijl hij van Emily naar het scherm keek en weer terug. Met veel gekletter viel zijn metalen spatel op de grond.

Emily drukte op EINDE, zonder haar bericht aan Aria af te maken. Op de tv stonden haar ouders voor de blauwe gevel van hun huis. Haar vader droeg zijn beste geruite poloshirt, haar moeder had een kasjmier vest over haar schouders gedrapeerd. Daarnaast stond Carolyn, die haar zwemteamfoto voor de camera omhooghield. Emily was zo verbluft dat ze het niet eens erg vond dat ze voor het oog van het hele land in haar superhoog opgesneden Speedo-badpak stond.

'We zijn erg ongerust,' zei haar moeder. 'En we willen Emily laten weten dat we van haar houden; dat we alleen maar willen dat ze gewoon weer naar huis komt.'

Tranen welden op in Emily's ogen. Het was met geen pen te beschrijven hoe het voelde om haar moeder die vijf woordjes te horen uitspreken: *Dat wij van haar houden.* Ze liet zich van de kruk glijden en stak haar armen in de mouwen van haar jack.

Een rood-blauw-zilveren Greyhound-bus aan de overkant van de straat meldde op het bord boven de voorruit: PHILADELPHIA; volgens de grote 7-Up-klok boven de bar was het 9.53 uur. *Alsjeblieft, alsjeblieft*, bad Emily, *laat die bus van tien uur niet al vol zitten!*

Ze wierp een vlugge blik op de geschreven bon naast haar koffie. 'Ik kom zo terug,' riep ze tegen de kok, terwijl ze haar spullen bij elkaar graaide. 'Maar ik moet echt eerst even een buskaartje kopen!'

De kok keek nog steeds alsof hij door een tornado was opgepakt en op een andere planeet gedropt. 'Is goed, joh,' zei hij zacht. 'Die koffie krijg je van het huis.'

'Goh, dank u wel!'

Toen Emily de deur uit rende, rinkelden de bellen boven de deur van het restaurant. Ze stak de verlaten weg over naar het busstation en dankte alle krachten in de kosmos die ervoor hadden gezorgd dat er geen lange rij voor het loket stond.

Zij had weer een bestemming: thuis.

# 13

# ALLEEN LOSERS LATEN ZICH OMVERRIJDEN

Dinsdagochtend, terwijl ze eigenlijk bij Sportschool Body Tonic had moeten binnenwandelen voor haar Pilates II-les, lag Hanna plat op haar rug te wachten tot twee dikke verpleegsters haar met een spons hadden gewassen. Toen zij weg waren, beende haar arts, dokter Geist, de kamer binnen. Hij knipte het plafondlicht aan.

'Uit!' riep Hanna fel, terwijl ze vlug haar gezicht bedekte.

Maar dokter Geist negeerde haar. Hanna had al een verzoek ingediend voor een andere dokter: als ze hier zoveel tijd moest doorbrengen, kon ze dan niet op zijn minst een arts krijgen die er wat appetijtelijker uitzag? Het leek er echter op dat niemand in dit ziekenhuis zin had om naar haar te luisteren.

Ze liet zich half onder de dekens glijden om in haar Chanel-poederdoos te gluren. Jazeker, haar monstergezicht was er nog, compleet met hechtingen op de kin, twee blauwe ogen, een dikke paarsige onderlip en enorme bloeduitstortingen op haar sleutelbeen – het zou nog eeuwen duren eer ze weer een strapless topje aan kon. Met een zucht klapte ze de poederdoos dicht. Ze kon niet wachten tot ze naar Bill Beach kon om alles te laten rechttrekken!

Dokter Geist inspecteerde Hanna's levensfuncties op een computer die wel uit de jaren zestig leek te komen. 'Nou, je herstelt zeer goed. Nu die zwelling is geslonken, is er geen enkele resterende hersenbeschadiging te zien. En je inwendige organen zien er ook redelijk uit. Het is eigenlijk een wonder.'

'Hmm,' gromde Hanna.

'Ja, het is écht een wonder,' zei Hanna's vader, die achter de dokter kwam staan. 'We zijn echt ziek geweest van de zorgen, Hanna. En het maakt me kotsmisselijk te bedenken dat iemand jou dit gewoon heeft aangedaan... en dat diegene nog steeds los rondloopt!'

Hanna keek voorzichtig naar haar vader. Hij droeg een donkergrijs pak met smalle, glanzend zwarte instappers en het halve etmaal dat ze weer bij was, had hij ongelooflijk veel geduld met haar gehad en was gezwicht voor elke gril – waarvan ze er nogal wat had. Zo had ze allereerst een privékamer geëist: het laatste wat ze nu wilde, was dat oude mens aan de andere kant van het gordijn over haar stoelgang en haar naderende heupvervanging horen ratelen. Daarna had ze haar vader bij de dichtstbijzijnde Target een draagbare dvd-speler met wat films laten halen; die huur-tv's van het ziekenhuis hadden maar zes achterlijke zenders! Toen had ze hem gesmeekt te regelen dat de verpleegsters haar meer pijnstillers gaven. En een uur geleden had ze haar matras als volslagen oncomfortabel afgedaan, waardoor hij zich gedwongen had gevoeld naar een TempurPedic-winkel op zoek te gaan voor een ruimtevaartschuimen dek voor op haar matras. Te zien aan de gigantische TempurPedic-tas in zijn hand, was hij in zijn missie geslaagd.

Dokter Geist liet Hanna's clipboard weer in het vakje aan het voeteneind van haar bed glijden. 'Je mag waarschijnlijk over een paar dagen al naar huis. Heb je toevallig nog vragen?'

'Ja,' zei Hanna, haar stem nog steeds schor van het zuurstofapparaat waar ze haar direct na het ongeluk op hadden aangesloten. Ze wees op het infuus in haar arm. 'Hoeveel calorieën krijg ik daarmee eigenlijk binnen?' Te oordelen aan haar heupen léék ze in het ziekenhuis te zijn afgevallen – mooi meegenomen! – maar ze wilde het gewoon even zeker weten.

Dokter Geist keek haar bevreemd aan – hij zou waarschijnlijk ook het liefst van patiënt wisselen...

'Joh, dat is antibiotica en spul om te zorgen dat je niet uitdroogt,' riep Hanna's vader vlug. Hij gaf zijn dochter een klopje op haar arm. 'Daardoor zul je je gauw een stuk beter voelen.'

Pas bij het verlaten van Hanna's kamer knipte dokter Geist het licht weer uit.

Hanna staarde nog een poos boos naar de lege deuropening en liet zich toen terug op bed vallen. Het enige wat haar op dit moment beter kon opmonteren, was een extra lange massage door een paar lekkere Italiaanse mannelijke fotomodellen met ontbloot bovenlijf. O ja... en een gloednieuw gezicht!

Ze was zo verbijsterd dat haar dit was overkomen! Ze bleef zich maar afvragen of ze, als ze opnieuw buiten westen raakte, in haar eigen bed zou ontwaken, met zijn superfijn geweven katoenen lakens – mooi als voorheen, klaar voor een dagje shoppen met Mona... Want wie liet zich nu omverrijden door een auto? Ze lag verdorie niet eens in het ziekenhuis vanwege iets cools, zoals een riskante ontvoering of Petra Nemcova's tsunami-tragedie!

Maar wat ze nog veel, veel enger vond – en waar ze daarom ook liever maar niet aan dacht – was dat die hele avond een enorm gapend gat in haar geheugen was; ze kon zich zelfs Mona's feest niet meer herinneren.

Opeens stonden er twee figuren in een overbekende blauwe blazer in de deuropening. Toen ze zagen dat Hanna wakker én aangekleed was, renden Aria en Spencer de kamer binnen, hun gezicht vertrokken van ongerustheid. 'We hebben gisteravond al geprobeerd bij je te komen,' zei Spencer, 'maar de verpleegsters lieten ons er niet in.'

Hanna zag dat Aria haar groenige bloeduitstortingen vol walging stond te bestuderen. 'Wat nou?' beet ze haar toe, terwijl ze over haar lange kastanjebruine haar streek, dat ze zojuist had behandeld met Bumble & Bumble Surfspray. 'Probeer liever een beetje de Florence Nightingale uit te hangen, Aria, daar kickt Sean op.'

Het stak haar nog steeds dat haar ex, Sean Ackard, het om Aria met háár had uitgemaakt. Aria's haar hing vandaag als een donkere lap rond haar gezicht en in die rood-wit geruite tentjurk onder haar Rosewood Day-blazer leek ze wel een kruising tussen die maffe drumster van The White Stripes en een tafellaken... Wist die meid trouwens niet dat als ze zonder de verplichte plooirok werd betrapt, Appleton haar zonder pardon naar huis stuurde om zich om te kleden?

'Het is uit met Sean,' mompelde Aria.

Hanna trok verrast één wenkbrauw omhoog. 'Echt? Hoezo dát dan?'

Aria zette zich op een oranje plastic stoel naast Hanna's bed. 'Ach, dat doet er nu niet toe. Wat er wel toe doet is... dit hier... jij...' Ze kreeg tranen in haar ogen. 'Ik wou dat wij eerder bij die speeltuin waren geweest – dat blijf ik maar denken. Dan hadden we die auto misschien kunnen tegenhouden; misschien hadden we je er nog net voor weg kunnen trekken...'

Hanna keek haar aan. Haar keel kneep zich samen. 'W-waren jullie er dan bij?'

Aria knikte en keek toen naar Spencer. 'Wij allemaal... Emily ook. Jij wilde ons immers zien.'

Hanna's hart begon sneller te slaan. 'Is dat zo?'

Aria boog zich naar haar toe. Haar adem rook naar Orbit Mint Mojito-kauwgum – een smaak waar Hanna een hekel aan had. 'Je zei dat je wist wie A was.'

'Wát?' fluisterde Hanna.

'Weet je dat dan niet meer?' gilde Spencer. 'Hanna, A is degene die je heeft aangereden!' Ze haalde haar Sidekick tevoorschijn en begon tussen haar sms'jes te zoeken. 'Kijk dan!'

Hanna staarde naar het schermpje. *Zij wist te veel. A.*

'Dit kregen wij van A, vlak nadat jij was aangereden,' fluisterde Spencer.

Hanna knipperde traag met haar ogen. Haar hoofd was net zo'n grote, diepe Gucci-tas: zelfs als ze tot op de bodem woelde en zocht, kreeg ze de gewenste herinnering niet boven. 'Heeft A geprobeerd mij te vermoorden?' Haar maag begon zich om te draaien. De hele dag al had ze het verschrikkelijke gevoel, diep vanbinnen, dat het geen ongeluk was geweest. Maar ze had haar best gedaan dat idee de kop in te drukken, zichzelf ervan te overtuigen dat het onzin was.

'Heeft A misschien iets tegen je gezegd?' probeerde Spencer. 'Of misschien heb jij gezien dat A iets deed... Wil je er alsjeblieft over proberen na te denken? Wij vrezen namelijk dat als jij je niet gauw herinnert wie A is, hij of zij dan...' Ze maakte haar zin niet af en slikte.

'... opnieuw zal toeslaan,' fluisterde Aria.

Hanna begon heftig te trillen en het koude zweet brak haar

uit. 'H-het laatste waar ik nog wat van weet, is de avond vóór Mona's feest,' stamelde ze. 'Vervolgens zie ik ons met zijn allen in Ali's achtertuin zitten, als brugklassertjes. Het is de dag vóór Ali's verdwijning, als we het erover hebben dat we het slaapfeest in de woonschuur mogen houden. Weten jullie dat ook nog?'

Spencer kneep haar ogen tot spleetjes. 'Eh... ik geloof van wel.'

'Ik blééf Ali maar waarschuwen dat ze de volgende dag zou sterven,' vertelde Hanna met een steeds hogere stem. 'Maar ze wilde niet naar me luisteren. En toen keek ze me ineens recht aan en zei dat ik me niet druk moest maken, dat het prima met haar ging.'

Spencer en Aria keken elkaar aan. 'Hanna, dat was gewoon een droom,' zei Aria zacht.

'Ja, dat weet ik nu ook wel,' zei Hanna, met haar ogen rollend. 'En toch, het was net alsof Ali dáár stond.' Ze wees naar een roze BETERSCHAP!-ballon aan het voeteneind van haar bed. Er stond een gezicht op getekend en met zijn harmonica-armen en -benen was het net alsof hij kon lopen.

Voordat Hanna's oude vriendinnen hierop konden reageren, riep een luide stem: 'En waar ligt de meest sexy patiënte van het hele ziekenhuis?'

Daar stond Mona in de deuropening, met uitgestrekte armen. Zij was ook al in haar Rosewood Day-blazer en -rok, met daaronder een geweldig paar Marc Jacobs-laarzen dat Hanna nog niet kende. Ze wierp een korte, argwanende blik op Aria en Spencer en kwakte toen een stapel *Vogues*, *Elles*, *Lucky's* en *Us Weekly's* op het nachtkastje. '*Pour vous*, Hanna. D'r is een hele hoop met Lindsay Lohan gebeurd dat jij en ik hoognodig moeten bespreken.'

'O, wat ben ik toch dol op jou!' riep Hanna opgetogen uit, terwijl ze haar best deed om over te schakelen op een ander onderwerp. Ze kon toch niet bij dat A-verhaal blíjven hangen? Nee, dat moest ze echt niet doen.

Ze was blij dat ze niet net had liggen hallucineren toen ze gisteren ontwaakte en Mona boven haar bed hing. Ze herinnerde zich nog wel dat hun vriendschap de afgelopen week een wat onrustige tijd had doorgemaakt, maar haar allerlaatste herinnering was die hofdamejurk voor Mona's feest die ze per post had ontvangen. En dat was toch duidelijk een vredesteken geweest. Alleen vreemd dat ze zich niets kon herinneren van een goedmaaksessie; meestal gaven ze elkaar een presentje als ze een ruzie bijlegden, een nieuw iPod-hoesje of een paar geitenleren Coach-handschoenen of zoiets...

Spencer keek naar Mona. 'Nou, nu Hanna weer bij is, gaat dat ene, vrijdag, dus niet door, lijkt me.'

Hanna zat meteen rechtop. 'Dat ene...?'

Mona ging op haar bed zitten. 'We wilden een kleine wake voor je houden, op de Rosewood Country Club,' bekende ze. 'We hadden iedereen van school al uitgenodigd.'

Hanna sloeg ontroerd haar infuushand voor haar mond. 'Al die moeite... alleen voor mij?' Ze keek naar Mona. Wel een beetje vreemd dat zij samen met Spencer iets had georganiseerd – Mona had het niet zo op Hanna's oude vriendinnen – maar ze keek er zelfs opgetogen bij. Hanna kreeg ineens een idee.

'Maar eh... als de club toch al gereserveerd is... waarom houden we dan in plaats daarvan geen welkom terug-feest?' opperde ze met een voorzichtig stemmetje, met haar andere hand onder de dekens duimend dat Mona dit geen stom idee vond.

Maar Mona tuitte haar perfect ingekleurde lippen. 'Tegen een feest zeg ik nooit nee. Zeker niet eentje ter ere van jou, Han!'

Hanna's hele binnenste begon te tintelen. Dit was het beste nieuws van de hele dag – nog beter dan toen ze van de verpleegsters alleen naar het toilet had gemogen! Het liefst sprong ze nu op en gaf Mona een enorme, dankbare ik-ben-toch-zó-blij-dat-we-weer-vriendinnen-zijn-knuffel, maar ze zat aan te veel slangetjes vast. 'Alleen al omdat ik me van jouw verjaarsfeest dus helemaal niets herinner,' zei Hanna met een pruilgezicht. 'Was het gaaf?'

Mona sloeg haar ogen neer en plukte een pluisje van haar trui.

'Is niet erg, hoor,' zei Hanna vlug. 'Je mag best zeggen dat het te gek was; kan ik wel hebben.' Ze dacht even na. 'Ik krijg ineens een fantastisch idee! Omdat het bijna Halloween is én omdat ik er momenteel even niet héél geweldig uitzie...' Ze wees theatraal naar haar gezicht. '... maken we er een gemaskerd bal van!'

'Perfect!' riep Mona overdreven. 'O Han, dat wordt waanzinnig!'

Toen pakte Hanna Mona's handen beet en zetten de twee meiden het op een gillen. Aria en Spencer stonden er als buitenstaanders wat ongemakkelijk bij. Maar Hanna was echt niet van plan het ook met hen te gaan uitgillen; dat was uitsluitend iets voor BV's – en daar had je er in Hanna's wereld maar één van.

# 14

# EEN VERHOOR MET EEN TIKJE SPIONAGE

Dinsdagmiddag, na een vlugge jaarboekvergadering en een uur hockeytraining, reed Spencer hun ronde, blauwe leistenen oprit op en zag een wagen van de politie van Rosewood naast haar moeders grijze Range Rover staan.

Haar hart hing in één klap achter in haar keel – zoals de afgelopen dagen wel vaker was gebeurd. Was het een gigantische vergissing geweest om haar schuldgevoel rond Ali tegenover haar zus te bekennen? Stel dat Melissa dat van dat gebrek aan moordenaarsinstinct maar had verzonnen! Stel dat ze meteen daarna agent Wilden had gebeld om hem te vertellen dat Spencer het had gedaan!

Ze dacht terug aan die ene avond. Haar zus had zo'n griezelige blik in haar ogen gekregen toen ze zei dat Spencer Ali niet kon hebben vermoord! Ja, zelfs de woorden die ze had gebruikt, waren merkwaardig: ze had letterlijk gezegd dat je een uníéke persoonlijkheid moest hebben om te kunnen doden. Waarom niet een waanzinnige, of een harteloze...? Door dat woordje 'uniek' leek het wel iets bijzonders! In ieder geval was Spencer zo geschokt door dit gesprek, dat ze haar zus vanaf dat moment had ontlopen. Ze voelde zich niet op haar gemak en onzeker in haar nabijheid.

Toen ze via de voordeur het huis binnenglipte en haar Burberry-trenchcoat in de garderobekast hing, zag ze Melissa en Ian in de woonkamer stijfjes op de bank zitten – alsof ze een uitbrander van het schoolhoofd kregen. Tegenover hen in de leren clubfauteuil zat agent Wilden.

'H-hallo,' stamelde Spencer.

'Ah, Spencer,' zei Wilden met een knikje. 'Ik moet even met je zus en Ian praten. Zou je ons heel even alleen kunnen laten?'

Spencer deed een stap achteruit. 'W-waarover dan?'

'O, gewoon, nog een paar vragen over de avond van Alison DiLaurentis' vermissing,' zei Wilden, zijn blik alweer op zijn notitieblok. 'Ik probeer elke invalshoek mee te nemen.'

Het was doodstil in de kamer – op het geluid van de luchtbevochtiger na, die Spencers moeder had aangeschaft nadat haar allergoloog haar had verteld dat je van huismijt rimpels kon krijgen. Spencer liep langzaam achteruit de kamer uit.

'O, er ligt een brief voor je op de gangtafel,' riep Melissa haar na. 'Heeft mam voor je achtergelaten.'

Er lag inderdaad een stapeltje post naast de bijenkorfvormige terracotta vaas (een geschenk van Howard Hughes voor Spencers overgrootmoeder, zo ging het verhaal). Spencers brief lag helemaal bovenop, in een reeds opengemaakte crèmekleurige envelop. Er zat een uitnodiging in, gedrukt in gouden krulletters op zwaar crèmekleurig papier: *Het Gouden Orchidee-comité nodigt u, als een van de finalisten, uit voor een ontbijt c.q. interview in Restaurant Daniel te New York City, op vrijdag 15 oktober a.s.*

In een hoek zat een roze Post-it-briefje, waarop Spencers moeder had geschreven: *Spencer, we hebben het al geregeld met je docenten. En voor donderdagnacht hebben we kamers in het W. geboekt.*

Spencer drukte de kaart tegen haar gezicht. Hij rook een beetje naar Polo-eau de cologne – of was dat Wilden soms? Moedigden haar ouders haar nu werkelijk aan mee te doen – zelfs nu ze wisten hoe de vork in de steel zat? Het leek onwezenlijk... en verkeerd.

Of was het dat niet? Ze streek over de reliëfletters. Ze verlangde al sinds haar achtste naar een Gouden Orchidee. Misschien lieten haar ouders dat wel meetellen. En als ze het niet zo druk had gehad met haar obsessie voor Ali en A, had ze heus zelf wel een Gouden Orchidee-waardig essay kunnen schrijven. Zou ze er dus maar gewoon voor gaan? Ze dacht aan wat Melissa had gezegd: dat hun ouders haar flink zouden belonen als ze won. En ze kon nu eigenlijk best een beloning gebruiken.

De staande klok in de woonkamer sloeg zes keer. Spencer vermoedde dat Wilden zat te wachten tot zij boven was voor hij verderging met zijn verhoor. Dus stampte ze luid de eerste paar treden op, waarna ze even op de plaats bleef marcheren, zodat het leek alsof ze gewoon verder liep. Tussen de spijlen van de trapleuning door had ze nu een perfect zicht op Ian en Melissa, terwijl ze niet te zien was.

'Oké dan,' zei Wilden en hij schraapte zijn keel. 'Terug naar Alison DiLaurentis.'

Melissa trok haar neus op. 'Ik snap nog steeds niet wat dit met óns te maken heeft. U kunt veel beter met mijn zusje spreken.'

Spencer kneep haar ogen dicht. *Daar zou je het hebben...*

'Wacht nou even,' zei Wilden traag. 'Jullie willen mij toch wel helpen Alisons moordenaar te vinden?'

'Tuurlijk,' zei Melissa hooghartig, terwijl ze knalrood werd.

'Mooi zo,' zei Wilden. Toen hij zijn zwarte notitieblok met spiraalrug opensloeg, ademde Spencer voorzichtig uit.

'Dus...' ging Wilden verder, 'jullie waren ook nog even in de woonschuur met Alison en haar vriendinnen, kort voordat zij verdween, is het niet?'

Melissa knikte. 'We liepen elkaar per ongeluk tegen het lijf. Spencer had onze ouders gevraagd of ze haar slaapfeestje in de woonschuur mocht houden. Zij dacht namelijk dat ik diezelfde avond al naar Praag zou gaan, maar ik vertrok pas de volgende dag. Toch zijn wij weggegaan, zodat zij de woonschuur konden gebruiken.' Ze glimlachte erbij alsof ze iets zeer menslievends had gedaan.

'Oké...' Wilden krabbelde wat in zijn notitieblok. 'En er is jullie die avond niets vreemds in jullie tuin opgevallen? Iemand die er rondhing of iets dergelijks?'

'Nee, niets,' zei Melissa kalm. Opnieuw voelde Spencer zich dankbaar. Maar haar zus' antwoorden verwarden haar ook. Waarom verlinkte Melissa Hart-van-IJs haar nu niet?

'En waar zijn jullie toen naartoe gegaan?' wilde Wilden weten.

Die vraag leek Melissa en Ian te verrassen. 'Naar de tv-kamer. Daarzo,' zei Ian, wijzend naar het eind van de gang. 'Daar eh... hebben we gewoon wat gezeten, beetje tv-gekeken, weet ik veel...'

'En jullie zijn de hele avond bij elkaar geweest?'

Ian wierp Melissa een korte blik toe. 'Tja, het is ruim vier jaar geleden, dus een beetje lastig te herinneren... maar eh... ja, dat weet ik zo goed als zeker.'

'Melissa?' zei Wilden.

Melissa zat met een kwastje van een van de sierkussens te spelen. Een fractie van een seconde zag Spencer paniek in haar zus' blik, even later was die alweer verdwenen. 'Ja, we waren samen.'

'Oké.' Wilden keek even van de een naar de ander, alsof het hem nog niet helemaal lekker zat. 'En eh... Ian... Was er iets tussen jou en Alison?'

Ians mond viel open. Toen schraapte hij zijn keel. 'Ali was verkikkerd op mij. En ik flirtte een beetje met haar, da's alles.'

Spencers mond vormde een verraste O. Loog Ian nu zomaar, tegen een politieagent? Ze gluurde naar haar zus. Die zat strak voor zich uit te staren, een minieme grijns rond haar lippen. *Ik wist wel zo'n beetje dat Ian en Ali iets met elkaar hadden*, had ze tegen haar gezegd.

Spencer dacht aan die herinnering waar Hanna in het ziekenhuis mee op de proppen was gekomen: toen ze met zijn vieren naar Ali's huis waren gegaan, de dag voor Ali's vermissing. De details van die dag waren inmiddels vervaagd, maar ze wist nog wel dat ze Melissa naar de woonschuur van de familie Hastings hadden zien lopen. Ali had geroepen of ze niet bang was dat Ian terwijl zij in Praag zat, een ander vriendinnetje vond. Spencer had haar een tik gegeven, om haar te waarschuwen dat ze haar mond moest houden. Sinds zij tegenover Ali – echt uitsluitend tegenover haar! – had bekend dat ze met Ian had gezoend, had Ali gedreigd dat ze het haar zus zou vertellen als ze het niet gauw zelf opbiechtte. Spencer had daarom toen gedacht dat die opmerking van Ali was bedoeld om háár te jennen, niet Melissa...

Dát was Ali's bedoeling toch geweest, of niet soms? Ze wist het ineens niet zeker meer.

Melissa had haar schouders opgetrokken, wat gemompeld en was doorgelopen naar de woonschuur. Spencer herinnerde zich dat haar zus vervolgens even was blijven staan om naar de gravende bouwvakkers in Ali's achtertuin te kijken – bijna alsof ze de afmetingen van het gat in haar geheugen probeerde op te slaan.

Geschrokken sloeg Spencer een hand voor haar mond. Vorige week had ze een sms van A ontvangen, terwijl ze voor de spiegel van haar kaptafel zat: *Ali's moordenaar staat recht voor je.* Meteen nadat ze dit had gelezen, was Melissa in haar deuropening verschenen om te vertellen dat de verslaggeefster van de *Philadelphia Sentinel* beneden op haar wachtte. Zij had net zo recht voor Spencer gestaan als haar eigen spiegelbeeld...

Terwijl Wilden Ian en Melissa de hand schudde en opstond om te vertrekken, beklom Spencer voorzichtig de rest van de traptreden. Haar hoofd tolde. De dag voor haar vermissing had Ali gezegd: 'Zal ik jullie eens wat vertellen, meiden? Ik geloof dat dit de zomer van Ali gaat worden.' Ze had zo zeker geleken, zo vol vertrouwen dat alles zou gaan zoals zij dat wilde...

Maar hoewel Ali altijd de baas over hun vieren speelde en hen letterlijk alles kon laten doen wat zij wilde – niemand, maar dan ook niemand speelde dat soort spelletjes met Spencers zus. Want uiteindelijk won Melissa altijd...

# 15

# RAAD EENS WIE ER TERÚÚÚÚÚG IS!

Vroeg die woensdagochtend reed Emily's moeder hun busje rustig de parkeerplaats van het Greyhound-busstation van Philadelphia af, Route 76 op midden in de ochtendspits, langs de charmante rij huizen aan de rivier de Schuylkill, regelrecht naar Rosewood Memorial Hospital. Want ook al was Emily na een afmattende busreis van tien uur zwaar toe aan een verfrissende douche, toch wilde ze eerst zien hoe het met Hanna ging.

Tegen de tijd dat ze bij het ziekenhuis waren, vreesde Emily dat ze een ernstige vergissing had gemaakt. Ze had haar ouders gisteravond nog even gebeld voor ze de bus van tien uur naar Philadelphia pakte, om te zeggen dat ze hen op tv had gezien, dat het goed met haar ging en dat ze naar huis kwam. Zij hadden wel blij geklonken... maar toen was de batterij van haar mobieltje op geweest, zodat ze ook weer niet zó zeker wist hoe ze er precies over dachten. En nadat ze bij haar moeder was ingestapt, had deze alleen maar gevraagd: 'Alles goed?' waarop Emily 'ja' had gezegd, haar moeder nog had verteld dat Hanna uit haar coma was en verder... had gezwegen.

Haar moeder reed onder de luifel van de hoofdingang van het ziekenhuis door en zette de auto in de parkeerstand. Toen zuchtte ze diep en liet haar hoofd even op het stuur rusten. 'Ik blijf het doodeng vinden, rijden in Philly!'

Emily keek naar haar moeder. Met haar stijve grijze kapsel, smaragdgroene vest en dat parelsnoer dat ze elke dag droeg, was ze net Marge van *The Simpsons*. Ze realiseerde zich plots dat ze haar nooit ook maar in de búúrt van Philadelphia had zien autorijden en dat ze altijd al als de dood voor invoegen was geweest, ook al was er in de verste verte geen auto te zien. 'Bedankt voor het ophalen,' zei ze met een klein stemmetje.

Mevrouw Fields bestudeerde Emily zorgvuldig. Haar lippen trilden. 'We hebben ons zo'n zorgen over je gemaakt! Het idee dat we je misschien voorgoed kwijt waren heeft ons echt opnieuw over alles doen nadenken. Het was niet goed dat we je naar tante Helene hebben gestuurd... Emily, wij mogen dan moeite hebben met de keuzes die jij voor je... toekomst hebt gemaakt, we zullen proberen er zo goed mogelijk mee te leren leven. Dat hebben we van dokter Phil geleerd; je vader en ik hebben zijn boeken gelezen.'

Buiten duwde een jong stel hun Silver Cross-kinderwagen naar een Porsche Cayenne, twee knappe zwarte artsen van in de twintig gaven elkaar grappend een por, Emily rook de kamperfoelie en zag aan de overkant van de straat een Wawa-supermarkt. Jazeker, ze was terug in Rosewood. Ze had geen noodlanding in het leven van een ander gemaakt.

'Oké,' zei ze hees. Haar hele lichaam kriebelde, maar vooral haar handpalmen. 'Nou... dankjewel dan. Daar ben ik erg blij om.'

Haar moeder haalde een plastic zak van Barnes & Noble uit haar tas en gaf hem aan haar. 'Dit is voor jou.'

Er zat een dvd in: *Finding Nemo*. Emily keek haar moeder niet-begrijpend aan.

'Ellen DeGeneres doet de stem van die grappige vis,' lichtte haar moeder toe, op een merkwaardig soort 'snap je wel?'-toontje. 'We dachten dat je dat wel kon waarderen.'

Ineens viel het kwartje: Ellen DeGeneres, een vis... Net als zij een lesbische zwemmer dus. 'Bedankt,' zei ze en ze klampte de dvd tegen haar borst, op een vreemde manier ontroerd.

Ze struikelde de auto uit en liep als in een waas op de automatische deuren van het ziekenhuis af. Terwijl ze langs de receptie, de koffiebar en de chique cadeaushop liep, drong wat haar moeder had gezegd langzaam tot haar door. Had haar familie haar dan echt geaccepteerd? Ze vroeg zich af of ze Maya moest bellen om haar te vertellen dat ze terug was. Maar wat moest ze dan zeggen? *Ik ben thuis! Mijn ouders zijn nu cool! We mogen elkaar gewoon zien!* Dat leek zo... simpel.

Hanna's kamer was op de vierde verdieping. Toen ze de deur openduwde, zag ze Aria en Spencer naast Hanna's bed zitten, hun handen rond een beker Venti Starbucks-koffie. Op Hanna's kin zat een hele ris donkere hechtingen en ze had een kolossaal gipsverband om haar arm. Er stond een enorm boeket op haar nachtkastje en de kamer rook naar rozemarijn-aromatherapie-olie. 'Hé Hanna!' zei Emily, terwijl ze de deur zachtjes achter zich dichttrok. 'Hoe gaat het met je?'

Hanna zuchtte, bijna geërgerd: 'Ben jij soms ook gekomen om me over A uit te horen?'

Emily keek eerst naar Aria en toen naar Spencer, die nerveus aan de kartonnen rand van haar koffiebeker zat te plukken. Vreemd, om Aria en Spencer hier samen te zien: verdacht Aria Spencer er niet van Ali's moordenaar te zijn? Emily keek Aria met één opgetrokken wenkbrauw aan. Deze schudde haar hoofd en mimede: *Ik leg het je later wel uit.*

Toen keek Emily weer naar Hanna. 'Nou eh... nee, ik kwam gewoon kijken hoe het met je ging, maar eh...' begon ze.

'Ja ja, laat maar zitten,' zei Hanna laatdunkend, terwijl ze een haarlok om haar vinger wond. 'Ik herinner me totaal niet wat er is gebeurd. Dus kunnen we het maar beter over iets anders hebben.' Haar stem sloeg over.

Emily deed aarzelend een stap naar achteren, keek Aria smekend aan en zei met haar blik: *Weet ze echt niets meer?* Aria schudde van nee.

'Hanna, als wij niet blijven aandringen, zul je het je nooit herinneren,' zei Spencer. 'Heb je een sms'je ontvangen, een briefje? Heeft A soms iets in je jaszak gestopt?'

Hanna schonk Spencer een woeste blik en perste haar lippen op elkaar.

'Je hebt tijdens of na Mona's feest iets ontdekt,' probeerde Aria haar op gang te brengen. 'Heeft het daar soms mee te maken?'

'Misschien heeft A iets gezegd waarmee hij of zij de verdenking op zich laadde?' probeerde Spencer. 'Of heb je de bestuurder van die SUV die je heeft aangereden soms gezien?'

'Hou nou eens op!' Er verschenen tranen in Hanna's ooghoeken. 'Volgens de dokter is mij onder druk zetten niet goed voor mijn herstel.' Na een korte stilte streek ze over haar zachte kasjmier deken en haalde diep adem. 'Als jullie terug konden naar de tijd vóór Ali's dood, denken jullie dan dat je het had kunnen voorkomen?'

Emily keek om zich heen. Haar vriendinnen leken net zo overrompeld door deze vraag als zijzelf. 'Eh... jazeker,' mompelde Aria zacht.

'Natuurlijk,' zei Emily.

'Maar zouden jullie dat ook nog wíllen?' daagde Hanna hen uit. 'Zouden wij werkelijk willen dat Ali hier nog was? Nu we weten dat zij Toby's geheim voor ons heeft verzwegen, dat zij achter onze rug om iets met Ian had? Nu we een stuk ouder zijn en ons hebben gerealiseerd dat ze in wezen best een kreng was?'

'Natuurlijk zou ik willen dat ze hier nog was,' zei Emily fel. Maar toen ze opkeek, zag ze dat haar vriendinnen zwijgend naar de grond zaten te staren.

'Nou ja, we wilden in ieder geval niet dat ze doodging,' bromde Spencer ten slotte. Aria knikte, peuterend aan haar paarsgelakte nagels.

Om een deel van Hanna's gips zat een Hermès-sjaal gewikkeld – om het er wat leuker te laten uitzien, veronderstelde Emily. De rest stond vol met namen: iedereen uit Rosewood had er al iets op gezet. Zo was er een zwierige handtekening van Noel Kahn, een keurige van Spencers zus Melissa en een hoekige van meneer Jennings, Hanna's wiskundeleraar. Iemand anders had er slechts KUSJES! op gezet, met een smiley als de stip van het uitroepteken. Emily streek er met haar vinger overheen, alsof het braille was.

Na nog een paar minuten vol ongemakkelijke stiltes verlieten Aria, Emily en Spencer somber Hanna's kamer. Ze zwegen tot bij de lift. 'Hoe kwam ze ineens bij al die dingen over Ali?' fluisterde Emily.

'Hanna heeft, terwijl ze in coma lag, over Ali gedroomd,' zei Spencer schouderophalend en ze drukte op de naar beneden wijzende pijl.

'We moeten zorgen dat ze zich alles weer herinnert,' fluisterde Aria. 'Zij wéét immers wie A is.'

Het was nog maar acht uur 's ochtends toen ze de parkeerplaats op liepen. Terwijl er een ambulance langsscheurde, begon Spencers mobieltje Vivaldi's *Vier jaargetijden* te spelen. Ze begon geërgerd in haar zak te zoeken. 'Wie belt me nu zo vroeg al?'

Toen zoemde ook Aria's telefoon. En die van Emily.

Opeens blies een kille wind om hen heen; de vlaggen aan de luifel, met het logo van het ziekenhuis, wapperden heen en weer.

'O, nee hè!' hijgde Spencer.

Emily gluurde naar de onderwerpregel. *kusjes!* stond er – net als op Hanna's gipsverband.

> Hebben jullie me gemist, krengetjes? Stop eens gauw met dat graven naar antwoorden of ik zal jullie geheugen ook moeten wissen. A

# 16

# EEN NIEUW SLACHTOFFER

Die woensdagmiddag zat Spencer te wachten op de patio van de Rosewood Country Club om samen met Mona Vanderwaal Hanna's gemaskerde welkom terug-bal te bespreken. Ze bladerde afwezig door haar voor een Gouden Orchidee genomineerde economie-plus essay. Toen ze dit stuk uit Melissa's verzameling oude highschoolwerkstukken had ontvreemd, had ze er nog niet de helft van begrepen... en daar was nog maar weinig aan veranderd. Maar aangezien de jury van de Gouden Orchidee haar tijdens dat ontbijt aanstaande vrijdag het vuur beslist na aan de schenen ging leggen, had ze besloten het in ieder geval woord voor woord uit het hoofd te leren. En dat kon toch niet zo moeilijk zijn? Voor de toneelclub leerde ze constant hele monologen vanbuiten. Bovendien zou het fijn zijn als ze daardoor ook wat minder over A zou lopen te piekeren.

Ze sloot haar ogen en lepelde de eerste alinea's geluidloos en zonder haperen op. Toen begon ze te dubben over wat ze tijdens het Gouden Orchidee-ontbijt zou dragen – in ieder geval iets van Calvin of Chanel, misschien aangevuld met een intelligent uitziende bril met licht montuur. Misschien kon ze zelfs dat artikel uit de *Philadelphia Sentinel* inzetten, door het net uit haar tas te laten steken, zodat de juryleden het zagen en dachten: Mijn hemel: dit meisje heeft zelfs al op de voorpagina van een grote krant gestaan!

'Hoi!' Mona torende boven haar uit, in een prachtige olijfgroene jurk met hoge zwarte laarzen. Over haar rechterschouder hing een grote donkerpaarse tas en in haar hand hield ze een Jamba Juice-smoothie. 'Ben ik te vroeg?'

'Nee joh, perfect juist.' Spencer pakte haar boeken van de stoel tegenover haar en stopte Melissa's essay terug in haar tas. Daarbij raakte haar hand even haar mobieltje. Ze weerstond de masochistische neiging het eruit te halen en opnieuw naar A's sms te kijken: *Stop eens gauw met dat graven naar antwoorden.* Na alles wat er was gebeurd en na maar liefst drie dagen van stilte bleek A het nog steeds op hen te hebben gemunt! Spencer wilde niets liever dan dit met agent Wilden bespreken, maar was als de dood voor wat A dan zou doen.

'Alles goed?' zei Mona terwijl ze ging zitten. Ze schonk Spencer een bezorgde blik.

'Ja hoor.' Spencer roerde met haar rietje door haar lege colalight-glas en probeerde A uit haar gedachten te verbannen. Ze wees naar de stapel boeken. 'Ik heb vrijdag een interview in verband met een essaywedstrijd... in New York. Dus nu loop ik een beetje te flippen.'

Mona glimlachte. 'Ach, da's waar ook! De Gouden Orchidee, is het niet? Dat hebben ze op school al een paar keer omgeroepen.'

Spencer boog quasi-verlegen haar hoofd. Ze vond het heerlijk om haar naam door de schoolluidsprekers te horen – behalve wanneer ze hem zelf moest voorlezen: dan leek het zo opschepperig. Ze bekeek Mona eens goed. Zij had een werkelijk wonderbaarlijke klus geklaard door van een suffe Razor-stepjesfan te veranderen in een fabelachtige diva – al kon Spencer het niet helpen dat ze haar ook nog steeds zag als een van de vele meiden die Ali het leven zuur hadden gemaakt. En dit was misschien wel de allereerste keer dat ze haar persoonlijk sprak.

Mona hield haar hoofd schuin. 'Ik zag je zus nog voor jullie huis toen ik vanochtend naar school ging. Ze vertelde me dat jij in de zondagskrant had gestaan, mét foto!'

'Zei Melissa dat?' Spencer zette grote ogen op en voelde zich een beetje onbehaaglijk. Ze dacht aan de paniekerige blik die gisteren over Melissa's gezicht was getrokken toen agent Wilden haar had gevraagd waar zij was, de avond dat Ali van de aardbodem was verdwenen. Waar was ze zo bang voor? Wat had ze te verbergen?

Mona knipperde confuus met haar ogen. 'Eh... ja. Hoezo, is dat niet waar dan?'

Spencer schudde traag haar hoofd. 'Nee nee, het klopt wel. Ik ben alleen verrast dat mijn zus iets aardigs over mij heeft gezegd, da's alles.'

'Hoe bedoel je?' vroeg Mona.

'Nou eh... we zijn niet bepaald vriendinnen.' Spencer keek angstvallig de patio rond, met het afschuwelijke voorgevoel dat Melissa stond mee te luisteren. 'Maar goed...' zei ze toen, '... nu even over het feest. Ik heb de manager net gesproken en volgens hem zijn ze helemaal klaar voor vrijdag.'

'Perfect!' Mona toverde een stapel kaarten tevoorschijn en gooide ze op tafel. 'Dit zijn de uitnodigingen die ik heb gevonden. In de vorm van een masker, zie je wel? En met zilverpapier op de voorkant, zodat je jezelf ziet als je erin kijkt.'

Spencer keek naar haar wazige spiegelbeeld op de kaart. Haar huid was schoon en blozend en haar pas bijgewerkte, boterkleurige highlights maakten het geheel nog frisser.

Mona bladerde in haar Gucci-agenda, op zoek naar haar aantekeningen. 'En ik vind dat we Hanna, om haar goed te laten voelen hoe bijzonder we haar vinden, een grootse prinsessenentree moeten geven. Ik dacht zelf aan vier lekkere kerels met ontbloot bovenlijf, die haar op een soort sokkel met baldakijn binnendragen... zoiets. Ik heb al geregeld dat er morgen een stel modellen bij Hanna langsgaat: mag zij ze zelf uitkiezen.'

'Gááf!' Spencer vouwde haar handen boven haar Kate Spade-agenda. 'Die Hanna boft maar met een vriendin als jij.'

Mona keek treurig uit over de golfbaan en slaakte een diepe zucht. 'Nou... zoals het de laatste tijd tussen ons is gegaan, is het nog een wonder dat ze me niet haat.'

'Hoe bedoel je?' Spencer hád iets gehoord over Mona en Hanna die op Mona's verjaarsfeest zouden hebben staan bekvechten, maar had te veel andere dingen aan haar hoofd gehad om aandacht te schenken aan dat soort roddels.

Zuchtend duwde Mona een lok witblond haar achter haar oor. 'Het ging de laatste tijd niet zo best tussen Hanna en mij,' gaf ze toe. 'Maar ze deed ook zo raar... We deden altijd alles samen en opeens had ze allerlei geheimen, zegde plannen van ons tweetjes op het laatste moment af, deed alsof ze een hekel aan me had...' Mona's ogen vulden zich met tranen.

Spencer kreeg een brok in haar keel. Ze wist precies hoe dat voelde: vóór haar verdwijning had Ali immers hetzelfde gedaan.

'Ze bracht ineens weer een hoop tijd met jullie door... en dat maakte mij een beetje jaloers.' Mona's wijsvinger streek traag over de rand van een leeg bord dat op tafel stond. 'Eerlijk gezegd was ik helemaal verbijsterd toen Hanna in de tweede klas ineens vriendinnen met mij wilde zijn. Zij maakte immers deel uit van Ali's kliek en die was legendarisch! Ik heb onze vriendschap altijd te mooi om waar te zijn gevonden. En misschien denk ik er van tijd tot tijd nog steeds zo over...'

Spencer zat haar met open mond aan te staren. Ze vond het ongelooflijk hoezeer Mona en Hanna's vriendschap op die van haar en Ali leek. Ook zij had versteld gestaan toen Ali háár had uitgekozen als een van haar beste vriendinnen. 'Nou, weet je... Hanna en wij hebben elkaar weer een paar keer gezien omdat we... een aantal zaken moesten afhandelen,' zei ze. 'Maar ik weet zeker dat ze toen veel liever bij jou was.'

Mona beet op haar lip. 'Ik heb vreselijk tegen haar gedaan. Ik dacht dat ze me probeerde te dumpen en toen ben ik zomaar plompverloren... in de verdediging gesprongen. Maar toen ze was aangereden door die auto... en ik besefte dat ze het weleens niet zou kunnen halen... o, dat was echt afgrijselijk. Hanna is al jaren mijn allerbeste vriendin!' Ze sloeg haar handen voor haar gezicht. 'Het liefst zou ik dat allemaal gewoon vergeten. Ik wil dat alles weer normáál wordt.'

De bedeltjes aan Mona's Tiffany-armband tinkelden vrolijk tegen elkaar, maar haar mond trok zich samen, alsof ze op het punt stond in huilen uit te barsten. Spencer kreeg opeens een enorm schuldgevoel over hoe ze Mona altijd hadden gepest. Ali had haar uitgelachen om haar vampierkleurige huid... ja, zelfs om haar lengte – ze zei altijd dat Mona zo klein was, dat ze makkelijk de vrouwelijke versie van *Austin Powers'* Mini Me kon spelen. Ook had ze beweerd dat Mona zelfs cellulitis op haar buik had – ze had haar eens in de kleedkamer van de countryclub gezien terwijl ze zich omkleedde en had toen bijna moeten overgeven, zo eng was het geweest, beweerde ze. Dat verhaal had Spencer nooit geloofd. Dus waren ze op een keer, toen Ali een nachtje bij Spencer logeerde, naar Mona's huis een eindje verderop in de straat geslopen en hadden Mona bespioneerd terwijl ze in hun tv-kamer op VH1-clips stond te dansen. 'Ik hoop dat haar shirtje opwaait,' fluisterde Ali. 'Dan zul je haar in al haar lelijkheid aanschouwen.'

Maar Mona's shirtje bleef keurig op zijn plek terwijl ze als een waanzinnige door de kamer danste – precies zoals Spencer zelf altijd deed als ze dacht dat er niemand keek.

Vervolgens had Ali op het raam geklopt en was Mona met een knalrood gezicht de kamer uit gevlucht...

'Het komt vast wel weer goed tussen jou en Hanna,' zei Spencer zacht, terwijl ze Mona's iele arm even aanraakte. 'En het laatste wat je moet doen, is jezelf de schuld geven.'

'Ik hoop dat je gelijk hebt,' zei Mona met een broze glimlach. 'In ieder geval bedankt dat je even hebt willen luisteren.'

De serveerster onderbrak hen door de leren omslag met de rekening op tafel te leggen. Spencer klapte hem open en zette twee cola-lights op haar vaders rekening. Tot haar verrassing zag ze op haar horloge dat het al bijna vijf uur was. Toen ze opstond, voelde ze zich wat terneergeslagen: ze wílde hun gesprek eigenlijk helemaal niet afbreken! Immers: hoe lang was het geleden dat ze voor het laatst écht met iemand had gepraat? 'Ik moet opschieten, ik heb een repetitie,' zei ze met een diepe, gespannen zucht.

Mona keek haar even onderzoekend aan en keek toen naar de overkant van de ruimte. 'Misschien kun je beter nog héél even blijven...' Ze knikte richting de dubbele tuindeuren. De kleur keerde terug in haar gezicht. 'Die vent daar zat jou net gigantisch te keuren.'

Spencer gluurde over haar schouder. Aan een van de hoektafels zaten twee jongens van studentenleeftijd in een Lacostepolo, met een Bombay Sapphire-soda in hun handen. 'Wie dan?' murmelde Spencer.

'Meneertje Hugo Boss-model.' Mona wees naar een donkerharige jongen met een hoekige kaaklijn. Er trok een sluwe blik over haar gezicht. 'Zullen we hem even goed gek maken?'

'Hoe dan?' vroeg Spencer, met haar hoofd schuin.

'Door hem onder je rok te laten kijken,' fluisterde Mona, wijzend met haar kin.

Spencer legde preuts haar handen in haar schoot. 'Joh, ze schoppen ons eruit!'

'Welnee!' grinnikte Mona. 'Ik durf te wedden dat je je een stuk beter zult voelen, met al die Gouden Orchidee-stress – een soort instant kuuroordbehandeling.'

Spencer dacht even na. 'Ik doe het alleen als jij het ook doet.'

Mona knikte en stond meteen op. 'We tellen tot drie.'

Spencer kwam ook overeind. Mona schraapte haar keel om de aandacht van de jongens te trekken. Ze draaiden zich allebei om. 'Een... twee...' telde Mona.

'Drie!' gilde Spencer. En toen trokken ze vlug hun rok omhoog. Spencer onthulde een groenzijden Eres-jongensboxer, Mona een sexy kanten slipje (helemaal niets voor een meisje dat dol was op Razor-stepjes). Ze lieten de jongens maar heel even gluren... maar het was genoeg: die ene in de hoek spuugde een slok bier terug in zijn glas, het Hugo Boss-model keek alsof hij ging flauwvallen. Toen lieten Spencer en Mona hun rok weer zakken en klapten dubbel van het lachen.

'Mijn hemel,' giechelde Mona hijgend. 'Dat was gaaf!'

Spencers hart bonkte als een wilde in haar borstkas. De jongens zaten hen nog steeds met open mond aan te staren. 'Denk je dat meer mensen het hebben gezien?' fluisterde ze.

'Wat kan ons dat nou schelen?' lachte Mona. 'Alsof ze óns er hier uit zouden schoppen!'

Spencer bloosde. Ze voelde zich gevleid dat Mona haar net zo'n stoot vond als zichzelf. 'Nu ben ik echt laat,' mompelde ze terwijl ze opstond. 'Maar het was het wel waard!'

'Tuurlijk was het dat.' Mona blies haar een kushand toe. 'Beloof je me dat we dit nóg eens doen?'

Spencer knikte, blies haar een kus terug en sprintte toen de eetzaal door. Ze voelde zich beter dan ze zich in dagen had gevoeld. Dankzij Mona was het haar gelukt drie hele minuten niet te denken aan A, de Gouden Orchidee of Melissa...

Maar terwijl ze over de parkeerplaats liep, voelde ze ineens een hand op haar arm. 'Wacht even!'

Toen ze zich omdraaide, stond Mona daar. Ze draaide nerveus aan haar diamanten halsketting en haar gezicht was van olijk en stout veranderd in veel voorzichtiger en onzeker.

'Ik weet dat je al superlaat bent...' zei ze, 'en ik wil je hier eigenlijk ook niet mee lastigvallen, maar eh... er gebeurt iets met mij waar ik echt met iemand over moet praten. Ik weet dat wij elkaar helemaal niet zo goed kennen, maar ik kan het nu bij Hanna niet kwijt: die heeft al genoeg aan haar hoofd. En alle anderen zouden het meteen de hele school vertellen.'

Spencer zette zich op de rand van een grote stenen plantenbak en keek bezorgd. 'Wat is er dan?'

Mona keek behoedzaam om zich heen, om zich ervan te verzekeren dat er geen in Ralph Lauren geklede golfers in de buurt waren. 'Ik heb een aantal... sms'jes ontvangen,' fluisterde ze.

Spencer dacht even dat er iets aan haar gehoor mankeerde. 'Wát zei je daar?'

'Sms'jes,' herhaalde Mona. 'Het zijn er nog maar twee, maar de afzender is anoniem, dus weet ik niet van wie ze zijn. En er staan allemaal... afschuwelijke dingen over mij in...' Mona's kin begon te trillen. 'En nu ben ik een beetje bang.'

Er vloog een mus voorbij, die landde in een dorre wilde appelboom iets verderop. In de verte begon een grasmaaier te dreunen. Spencer staarde Mona aan. 'Komen ze soms van ene... A?' fluisterde ze.

Mona trok zo wit weg dat zelfs haar sproeten verdwenen. 'H-hoe weet jij dat?'

'Gewoon.' Spencer haalde diep adem. *Dit gebeurde niet echt. Dat kón gewoon niet.* 'Hanna en ik... en Aria en Emily hebben ook allemaal van dat soort berichten gekregen.'

# 17

# KATTEN KUNNEN EEN AARDIG ROBBERTJE VECHTEN, TOCH?

Woensdagmiddag, net toen Hanna zich in haar ziekenhuisbed omdraaide (het scheen dat je van te lang in dezelfde houding liggen 'decubitus' kreeg – wat ze nog erger vond klinken dan acne), werd er op haar deur geklopt. Ze dacht er even over niet te antwoorden. Ze had het een beetje gehad met al die nieuwsgierige bezoekers, met name Spencer, Aria en Emily.

'Wij zijn klaar voor het fee-heeeeest!' joelde iemand. En toen glipten er vier jongens de kamer binnen: Noel Kahn, Mason Byers, Aria's broer Mike en – verrassing der verrassingen – Sean Ackard, Hanna's (en kennelijk inmiddels ook Aria's) ex.

'Hé, jongens!' Hanna trok de beige kasjmier deken die Mona voor haar van thuis had meegebracht over de onderhelft van haar gezicht, waardoor enkel haar ogen te zien waren.

Een paar tellen later arriveerde Lucas Beattie, met een groot boeket in zijn armen.

Noel wierp een blik op hem en rolde met zijn ogen. 'Iets goed te maken of zo?'

'Hè?' Lucas' gezicht ging bijna geheel schuil achter de bloemen.

Hanna begreep niet waarom Lucas haar steeds kwam opzoeken. Oké, ze waren de afgelopen week ongeveer een minúút bevriend geweest, toen hij haar had meegenomen in de luchtballon van zijn vader en zij al haar problemen had mogen spuien. Ze wist ook dat hij haar leuk vond – hij had tijdens die ballontocht zo ongeveer zijn hand in zijn boezem gestoken, zijn hart eruit gehaald en het aan haar gegeven. Maar ze herinnerde zich nog precies dat ze Lucas een gemeen sms'je had gestuurd nadat zij per post Mona's hofdamejurk had ontvangen, om hem duidelijk te maken dat zij ver buiten zijn bereik lag. Ze dacht er even over hem daaraan te herinneren, alleen... Lucas was eigenlijk best handig gebleken. Zo was hij bij Sephora een hele berg nieuwe make-up voor haar gaan kopen, had hij haar zin voor zin uit de *Teen Vogue* voorgelezen en had hij de artsen zover gekregen dat hij Bliss-etherische olie in haar kamer mocht spuiten, precies zoals zij hem had gevraagd... Ze vond het eigenlijk best prettig om hem in de buurt te hebben. Als zij niet zo populair en fabelachtig was, zou hij waarschijnlijk een geweldig vriendje zijn. Hij was er knap genoeg voor – zelfs een stuk knapper dan Sean.

Hanna keek naar Sean, die stijfjes op een van de plastic bezoekersstoelen naar haar beterschapskaarten zat te turen. Haar braaf opzoeken in het ziekenhuis was typisch iets voor hem. Ze wilde net vragen waarom het uit was met Aria, toen ze besefte dat dat haar niet eens meer kon schelen.

Noel keek Hanna nieuwsgierig aan. 'Waarom ben je gesluierd?'

'Moet van de dokter.' Hanna trok de deken nog wat strakker om haar neus. 'Om eh... de ziektekiemen weg te houden. Enne... zo kun jij je mooi concentreren op mijn schitterende ogen.'

'Hoe was dat nou, in coma liggen?' Noel ging op de rand van Hanna's bed zitten en kneep in de knuffelschildpad die ze gisteren van haar oom en tante had gekregen. 'Was het een soort van eh... extra lange LSD-trip?'

'En krijg je nu ook medicinale marihuana?' vroeg Mike met glinsterende blauwe ogen. 'De voorraad van het ziekenhuis moet mega zijn!'

'Nee, ze krijgt vast pijnstillers.' Masons beide ouders waren arts, zodat hij altijd overliep van de medische kennis. 'Ziekenhuispatiënten hebben het maar mooi voor mekaar!'

'Zijn de verpleegsters een beetje lekker?' murmelde Mike. 'En strippen ze weleens voor je?'

'Heb je daar niks onder aan?' wilde Noel weten. 'Laat eens kijken!'

'Jongens!' riep Lucas vol afschuw. Ze keken hem aan en rolden met hun ogen – iedereen behalve Sean, die bijna even ongemakkelijk keek als Lucas. Die zat vast nog steeds bij die maagdelijkheidsclub, dacht Hanna meesmuilend.

'Ah joh, geeft niet,' kweelde ze. 'Kan ik wel tegen, hoor.' Ze vond het eigenlijk wel verfrissend, deze jongens met hun foute opmerkingen; haar andere bezoekers deden altijd zo verdomde serieus! Toen ze zich om haar heen verzamelden om haar gips te tekenen, herinnerde ze zich ineens iets. Ze kwam rechtop en riep: 'Jullie komen vrijdag toch zeker ook naar mijn welkom terug-feest? Spencer en Mona organiseren het, dus wordt het vast supervet!'

'Ik zou het voor geen goud willen missen!' Noel keek naar Mason en Mike, die voor het raam stonden te discussiëren wat ze allemaal zouden breken als ze van Hanna's balkon op de vierde verdieping naar beneden zouden springen. 'Wat is er trouwens met jou en Mona aan de hand?' vroeg Noel.

'Niks,' zei Hanna gereserveerd. 'Hoezo?'

Noel deed het dopje weer op de stift. 'Jullie katjes vlogen elkaar op haar feest anders danig in de haren... *WRRRAUW*!'

'Is dat zo?' vroeg Hanna, oprecht verbaasd.

Lucas kuchte ongemakkelijk.

'Ach Noel, helemaal niks van *WRRRAUW*!' riep Mona, die ineens de kamer binnen stoof. Ze blies een kusje naar Noel, Mason en Mike, wierp Sean een ijzige blik toe en dropte toen een gigantische map op Hanna's voeteneind. Lucas negeerde ze gewoon. 'Gewoon een beetje BV-gekibbel.'

Noel trok zijn schouders op, voegde zich bij de jongens aan het raam en begon Mason van zijn plek te duwen.

Mona rolde met haar ogen. 'Maar luister eens, Han. Ik heb Spencer net gesproken en wij hebben dus een 'aanschaffen-voor-het-feest'-lijst opgesteld. En nu wil ik de details even met jou doornemen.' Ze sloeg haar blauwe Tiffany-map open. 'Jouw stem is uiteraard doorslaggevend, voor ik met de locatie ga praten.' Ze likte aan haar vinger en sloeg een pagina om. 'Oké... de servetten: zalmroze of ivoor?'

Hanna probeerde zich te concentreren, maar Noels woorden spookten nog steeds door haar hoofd. *WRRRAUW*! 'Waar hadden we dan ruzie over?' zei ze.

Mona zweeg even en legde de lijst toen op haar schoot. 'Echt Han, het stelde niks voor. Weet je niet meer dat we een week eerder ook al ruzie hadden? Over die luchtschrijver, over Naomi en Riley...'

Hanna knikte. Mona had Naomi Zeigler en Riley Wolfe, hun twee grootste rivales, ook voor haar Sweet Seventeen-hofhouding gevraagd – uit wraak, vermoedde ze, omdat zij hun Frenniversary-viering had afgeblazen.

'Je had trouwens helemaal gelijk,' vervolgde Mona. 'Die twee zijn enorme krengen. Ik wil nooit meer iets met ze te maken hebben! Het spijt me vreselijk dat ik hun een poos in ons kringetje heb toegelaten.'

'Ja ja, al goed,' zei Hanna met een klein stemmetje. Ze voelde zich alweer iets beter.

'Afijn...' Mona haalde twee knipsels uit een tijdschrift. Op het ene stond een vrij lange, witte geplooide bolvormige japon met een zijden strik op de rug; op het andere een wild bedrukte jurk die hoog op het dijbeen viel. 'Phillip Lim-plooien of Nieves Lavimini?'

'Nieves Lavi,' antwoordde Hanna. 'Die heeft een boothals en is kort, zodat je veel been ziet en de aandacht dus wordt afgeleid van mijn sleutelbeenderen en gezicht.' Ze trok het laken weer op tot aan haar ogen.

'Ah... over gezicht gesproken,' tsjilpte Mona. 'Moet je zien wat ik voor jou heb!'

Ze stak haar hand in haar boterkleurige Cynthia Rowley-tas en haalde er een delicaat porseleinen masker uit. Het had de vorm van een mooi meisjesgezicht, met uitstekende jukbeenderen, een pruilmondje en een neus die bij een plastisch chirurg beslist boven aan de lijst zou staan. Het was allemaal zo knap en precies gemaakt dat het bijna echt leek.

'Deze maskers zijn vorig jaar in Diors haute-coutureshow gebruikt,' zei Mona ademloos. 'Mijn moeder kent iemand van hun pr-bureau in New York. Dit pakketje is vanochtend vanuit New York City hierheen gereden!'

'O, mijn god.' Hanna stak haar hand uit en voelde aan het masker. Het materiaal zat zo'n beetje tussen babyhuidje en satijn in.

Mona hield het masker voor Hanna's gezicht, dat nog steeds half achter de deken zat. 'Het bedekt precies al je bloeduitstortingen. Je zult het mooiste meisje van het hele feest zijn.'

'Hanna ís al mooi,' zei Lucas, terwijl hij zich omdraaide van de medische apparatuur. 'Ook zonder masker.'

Mona trok haar neus op, alsof hij haar zojuist had verteld dat hij haar temperatuur van achteren wilde opnemen. 'O... Lucas,' zei ze kil. 'Ik had jou nog niet gezien.'

'Ik ben hier anders al de hele tijd,' zei Lucas kortaf.

De twee wierpen elkaar een vuile blik toe. Hanna dacht bijna iets van angst in Mona's ogen te zien. Een fractie van een seconde later was het echter weer vervlogen.

Mona zette Hanna's masker tegen een van de bloemenvazen aan. Het staarde haar aan vanaf het nachtkastje. 'Het wordt hét feest van het jaar, Han. Ik kan bijna niet wachten!'

Toen wierp Mona haar een kushand toe en danste de kamer uit. Noel, Mason, Sean en Mike gingen achter haar aan, tegen Hanna roepend dat ze morgen terugkwamen en dat zij dan maar beter wat van die medicinale marihuana voor hen klaar kon hebben liggen... Lucas bleef alleen achter. Hij stond tegen de achterste muur geleund, naast een kalmerende Monet-achtige poster van een veld vol paardenbloemen, met een verstoorde uitdrukking op zijn gezicht.

'Zeg... die agent, die Wilden... die heeft me een paar dagen geleden, toen we nog zaten te wachten tot jij uit je coma ontwaakte, wat vragen gesteld over het ongeluk,' zei Lucas kalm, terwijl hij op de oranje stoel naast Hanna's bed ging zitten. 'Of ik jou die bewuste avond had gezien, of je je vreemd gedroeg, of het leek alsof je je ergens zorgen over maakte... Het klonk een beetje alsof hij het idee had dat het eigenlijk geen ongeluk was.'

Hij slikte hoorbaar en keek Hanna aan. 'Je denkt toch niet dat het dezelfde persoon was die je van die rare sms'jes stuurde, wel?'

Hanna vloog overeind. Ze was helemaal vergeten dat ze Lucas in die luchtballon over A had verteld! Haar hart begon te bonzen. 'Vertel me niet dat je dat ook tegen Wilden hebt gezegd!'

'Natuurlijk niet,' verzekerde hij haar. 'Alleen... ik maak me zorgen over je. Ik vind het doodeng dat iemand jou misschien expres heeft aangereden...'

'Maak je daar nou maar niet druk over,' onderbrak Hanna hem. Ze kruiste haar armen voor haar borst. 'En zeg er alsjeblieft, alsjeblíéft geen woord over tegen Wilden. Oké?'

'Oké,' zei Lucas. 'Doe ik.'

'Mooi zo,' blafte Hanna en ze nam een grote slok water uit het glas naast haar bed. Steeds wanneer ze het wáágde over de waarheid na te denken – namelijk dat A haar expres had aangereden – sloot haar hoofd zich af en weigerde er nog langer over te piekeren.

'Hé, maar vind je het niet aardig van Mona dat ze een feest voor mij organiseert?' vroeg Hanna in een poging van onderwerp te veranderen. 'Zij is toch zo'n fantastische vriendin. Dat zegt iedereen.'

Lucas frunnikte aan de knopjes van zijn Nike-horloge. 'Ik weet niet of je haar wel moet vertrouwen,' mompelde hij.

Hanna trok een rimpel in haar voorhoofd. 'Waar héb je het over?'

Lucas aarzelde een paar tergend lange seconden.

'Kom op nou,' zei Hanna geïrriteerd. 'Wat bedoel je?'

Lucas stak zijn hand uit en trok aan Hanna's deken om haar gezicht weer tevoorschijn te halen. Toen pakte hij haar hoofd tussen zijn handen en kuste haar. Zijn mond was zacht en warm en paste perfect op de hare. Er trokken tintelingen door Hanna's ruggengraat.

Toen hij haar weer losliet, keken ze elkaar hijgend aan, zeven blieps van Hanna's ECG-apparaat lang. Hanna wist zeker dat haar gezicht een en al verbijstering was.

'Weet je nog?' vroeg Lucas.

Hanna fronste haar voorhoofd. 'Weten... wat dan?'

Lucas keek haar een hele poos aan. Zijn ogen flitsten heen en weer. Toen draaide hij zich abrupt om, mompelde ongelukkig: 'I-ik kan maar beter gaan', en haastte zich de kamer uit.

Hanna staarde hem na. Haar gezwollen lippen vonkten nog na van Lucas' zoen. Wat was haar zojuist overkomen?

# 18

# WIJ PRESENTEREN U, VOOR HET EERST IN ROSEWOOD: JESSICA MONTGOMERY

Diezelfde middag stond Aria buiten het Kunstengebouw van Hollis College naar een groep jongeren te kijken die op het gazon capoeira stonden te beoefenen. Ze had nooit wat van die sport begrepen. Haar broer had 't nog het beste omschreven: volgens hem leek het niet zozeer op een Braziliaanse gevechtsdans als wel op een stel mensen die als honden probeerden aan elkaars kont te ruiken of op elkaar te piesen...

Ze voelde een koude smalle hand op haar schouders. 'Ben jij op de campus voor je schilderles?' fluisterde een stem in haar oor.

Aria verstijfde. 'Meredith!'

Meredith droeg een groene krijtstreepblazer op een gescheurde spijkerbroek en over haar schouder hing een legergroene rugzak. Ze keek haar aan; Aria voelde zich net een mier onder een Meredith-vormige loep.

'Jij doet toch Gedachteloze Kunst, is het niet?' zei Meredith. Toen Aria zwijgend knikte, keek Meredith op haar horloge. 'Dan kun je maar beter naar boven gaan. Je les begint over vijf minuten.'

Aria voelde zich in de val zitten. Ze had al stiekem zitten bedenken dat ze deze cursus misschien kon laten schieten – het laatste waar ze trek in had, was nóg twee uur met Jenna Cavanaugh – dat ze haar laatst weer had gezien, had allerlei onaangename herinneringen naar boven gebracht. Maar ze wist ook dat Meredith alles zou doorbrieven aan haar vader en dan kreeg ze beslist een preek van Byron over hoe onbeleefd het was om Merediths goedbedoelde geschenk weg te gooien. Ze trok haar roze vest over haar schouders. 'Wou je soms met me meelopen?' zei ze bits.

Meredith keek haar verrast aan. 'Eh nee... ik kan niet. Ik moet iets doen... iets belangrijks.'

Aria rolde met haar ogen. Ze had het niet serieus bedoeld, maar Meredith keek schichtig heen en weer, alsof ze een groot geheim had. Aria kreeg ineens een afschuwelijke gedachte: stel je voor dat het iets met een bruiloft te maken had! En ook al wilde ze zich echt-echt-echt niet voorstellen hoe Meredith en haar vader voor het altaar de trouwgeloften aflegden, toch blééf dat gruwelijke beeld in haar gedachten naar boven drijven.

Zonder nog iets te zeggen, rende ze het gebouw binnen en nam de trap met twee treden tegelijk. Boven stond Sabrina op het punt met haar tweede les te beginnen. Ze vertelde haar leerlingen net dat ze ieder een plekje moesten zoeken. Het ontaardde in een soort stoelendans en toen het eindelijk weer rustig was, stond Aria nog steeds. Er was nog maar één werkplek over... naast dat meisje met die witte stok en die grote golden retriever. Ja hoor!

Het was net alsof Jenna's ogen haar volgden, terwijl Aria op haar dunne Chinese slippers over de houten vloer naar de lege tafel slofte. Haar hond hijgde gemoedelijk toen ze hem passeerde. Jenna droeg vandaag een laag uitgesneden zwarte bloes, waar iets van een kantachtige zwarte bh doorheen schemerde. Zou Mike geweldig vinden: kon hij naar haar borsten kijken zonder dat zij iets in de gaten had. Toen Aria ging zitten, leunde Jenna naar haar toe en vroeg: 'Hoe heet jij?'

'Ik eh... ik ben Jessica,' had Aria er al uit gegooid voor ze zichzelf kon tegenhouden. Ze wierp een blik op Sabrina, voor in het lokaal. De meeste docenten van de extra cursussen namen toch niet de moeite om de namen van hun leerlingen te onthouden en hopelijk had Meredith Sabrina ook niet over haar verteld.

'Ik ben Jenna.' Het meisje stak haar hand uit; Aria kon niets anders doen dan hem schudden. Daarna draaide ze zich vlug om, zich afvragend hoe ze deze les in hemelsnaam doorkwam.

Die ochtend, tijdens het ontbijt in Merediths griezelkabinet annex keuken, was er weer een Jenna-herinnering komen bovendrijven, waarschijnlijk losgewoeld door die dwergen op de koelkast. Ali, Aria en de anderen hadden Jenna altijd 'Sneeuw' genoemd, naar Sneeuwwitje uit de bekende Disney-film. En op een keer, toen ze met de klas in de Longwood-boomgaard appels waren gaan plukken, had Ali voorgesteld Jenna een appel te geven die ze eerst hadden ondergedompeld in het smerige water van het damestoilet – net zoals Sneeuwwitje van de boze heks een vergiftigde appel kreeg. En ze had beslist dat Aria hem moest geven (Ali liet altijd anderen het vuile werk opknappen). 'Dit is een heel bijzondere appel,' had Aria tegen Jenna gezegd, de vrucht in haar uitgestrekte arm en Ali gniffelend achter haar. 'De boer zei dat deze van de zoetste boom komt. Hij is voor jou.' O, wat had Jenna haar verrast en ontroerd aangekeken! Maar zo gauw ze een grote sappige hap had genomen, kraaide Ali: 'Ha ha! Jij hebt gegeten van een appel waarop gepiest is! Plee-bek, plee-bek!' Jenna was meteen gestopt met kauwen en had het stukje gauw uitgespuugd.

Aria schudde haar hoofd om de herinnering te verjagen. Ze zag een stapel olieverfschilderijen op Jenna's tafel liggen: allemaal portretten, in levendige kleuren en met krachtige streken geschilderd. 'Heb jij die gemaakt?' vroeg ze.

'Die dingen op mijn bureau?' vroeg Jenna. Ze legde haar handen in haar schoot. 'Ja. Ik had het met Sabrina over mijn schilderijen en toen wilde zij ze weleens zien. Ik kom misschien wel in een van haar tentoonstellingen te hangen!'

Aria balde haar vuisten. Wat wás dit voor een rotdag? Een tentoonstelling, hoe kreeg ze dat in godsnaam voor elkaar? En hoe kon Jenna eigenlijk schilderen, terwijl ze niet eens wat zag?

Voor de klas vertelde Sabrina nu dat iedereen een zak meel, krantenpapier en een emmer moest komen halen. Jenna probeerde het eerst zelf, maar uiteindelijk droeg Sabrina alles voor haar. Aria zag dat iedereen vanuit zijn ooghoeken naar Jenna zat te gluren, bang op hun vingers te worden getikt als ze het te opvallend deden.

Toen iedereen weer achter zijn werktafel zat, schraapte Sabrina haar keel. 'Oké. De vorige keer hebben we het gehad over dingen zien door ze aan te raken. Vandaag gaan we iets soortgelijks doen en wel door een masker te maken van elkaars gezicht. Want dragen we niet allemaal op onze eigen manier een masker? We spelen allemaal een rol. En wat je mogelijk ontdekt als je een mal van je eigen gezicht bekijkt, is dat je er eigenlijk heel anders uitziet dan je dacht.'

'Dit heb ik al eens gedaan,' fluisterde Jenna in Aria's oor. 'Het is heel leuk. Zullen we samenwerken? Laat ik je zien hoe het moet.'

Het liefst zou Aria uit het raam springen... maar tot haar eigen verbazing zat ze al te knikken. Pas toen ze zich realiseerde dat Jenna dat natuurlijk niet zag, zei ze: 'Prima.'

'Oké, dan doe ik jou eerst,' zei Jenna. Toen ze zich omdraaide, begon er iets in de zak van haar spijkerbroek te piepen. Ze trok een flinterdunne LG-telefoon met uitklapbaar toetsenbordje tevoorschijn en liet hem aan Aria zien – alsof ze wist dat zij met open mond stond toe te kijken. 'Deze heeft een stemgestuurd toetsenbord: kan ik eindelijk ook sms'en!'

'Ben je niet bang dat er meel op komt?' zei Aria.

'O, dat veeg ik er wel weer af. Ik ben zo blij met dat ding, dat ik het altijd bij me heb.'

Aria begon het krantenpapier voor Jenna in repen te scheuren – een schaar leek haar wat te link voor een blinde.

'Op welke school zit jij eigenlijk?' vroeg Jenna.

'Eh... Rosewood High,' zei Aria – dat was de naam van de openbare school.

'Aha,' zei Jenna. 'En is dit je eerste creatieve cursus?'

Aria verstrakte. Zij volgde al creatieve vakken vóór ze kon schrijven! Maar ze kon haar trots nu beter inslikken: ze was tenslotte niet Aria, maar Jessica – wie dat ook maar wezen mocht. 'Eh... ja,' zei ze daarom, bliksemsnel een persoonlijkheid verzinnend. 'Dit is dan ook best een grote stap voor me. Ik sport meestal liever, hockey of zo.'

Jenna goot wat water in haar kom. 'O ja? Op welke plek speel je?'

'Eh... allemaal,' mompelde Aria. Ali had haar ooit wat over hockey proberen te leren, maar dat had ze na een minuut of vijf al opgegeven, omdat Aria volgens haar 'als een zwangere gorilla het veld over hobbelde'. Ze vroeg zich af waarom ze in godsnaam een typische Rosewood-meid als alter ego had verzonnen – precies het type waar ze nou juist niét op wilde lijken...

'Nou, toch leuk dat je eens wat nieuws probeert,' zei Jenna, terwijl ze de bloem door het water begon te roeren. 'De enige keer dat de hockeymeiden van mijn oude school dat deden, was toen ze iets aanschaften van een jonge ontwerper die in de *Vogue* had gestaan...' Ze snoof sarcastisch.

'O? Zaten er op jouw school in Philly ook hockeymeiden?' flapte Aria er uit, denkend aan de blindenschool waar Jenna door haar ouders naartoe was gestuurd.

Jenna kwam rechtop. 'Eh... nee. Maar hoe weet jij nou dat ik in Philly op school heb gezeten?'

Aria kneep even hard in haar handpalm. Wat nu? Toegeven dat zij degene was die haar in groep acht die vieze plee-appel had gegeven? Dat zij in zekere zin ook schuldig was aan de dood van Jenna's stiefbroer, een paar weken geleden? Dat zij haar blind had gemaakt, haar leven had geruïneerd? 'Eh... dat gokte ik maar.'

'Nee, ik bedoelde mijn oude school, van daarvóór. Die ligt hier trouwens vlakbij: Rosewood Day. Ken je die ook?'

'Ja, van horen zeggen,' mompelde Aria.

'Ik ga er volgend jaar naar terug.' Jenna doopte een reep papier in de meelpap. 'Maar ik weet eerlijk gezegd nog niet wat ik daarvan denken moet. Iedereen op die school is zo... perfect. Als je je niet met exact de juiste dingen bezighoudt, tel je niet mee.' Ze schudde haar hoofd. 'Ach sorry, je hebt vast geen idee waar ik het over heb.'

'Nee nee, ik ben het helemaal met je eens!' riep Aria. Ze had het zelf niet beter kunnen samenvatten.

Maar tegelijkertijd begon er iets aan haar te knagen. Jenna was mooi: lang, elegant, cool... en nog echt kunstzinnig ook. Als zij werkelijk naar Rosewood Day kwam, dan was Aria niet langer de creatiefste leerling van school. En wie weet hoe goed ze was geworden als ze dat ongeluk niét had gehad... Opeens wilde ze Jenna zo verschrikkelijk graag vertellen wie ze werkelijk was en hoe erg ze het vond wat zij en haar vriendinnen haar hadden aangedaan, dat ze er draaierig van werd. Het kostte haar al haar kracht om haar mond te houden.

Jenna schoof wat dichterbij. Ze rook naar taartglazuur. 'Nu goed stil blijven staan,' instrueerde ze, terwijl ze aan Aria's hoofd draaide en plakkerige repen over haar gezicht begon te draperen – nu nog nat en koel, maar die straks zouden opdrogen in de vorm van Aria's gezicht. 'Denk je dat je dit masker ooit zult gebruiken?' vroeg ze. 'Met Halloween of zo?'

'Nou... een vriendin van me houdt binnenkort een gemaskerd bal,' zei Aria, zich meteen afvragend of ze zich daarmee verraadde. 'Ik denk dat ik het dan ga dragen.'

'Gaaf!' kirde Jenna. 'Ik neem het mijne mee naar Venetië. Daar ga ik volgende maand met mijn ouders naartoe en het schijnt dé maskerstad van de wereld te zijn.'

'Venetië, heerlijk!' riep Aria. 'Daar zijn wij al vier keer geweest!'

'Wauw!' Jenna legde een laag krantenrepen over Aria's voorhoofd. 'Vier keer? Bij jou thuis houden ze zeker wel van reizen!'

'Ja... vroeger wel,' zei Aria, trachtend haar gezicht zo stil mogelijk te houden.

'Hoe bedoel je?' Jenna begon aan Aria's wangen.

Aria trok een beetje met haar gezicht: de repen begonnen al wat op te stijven en dat kriebelde enorm. Dit kon ze Jenna toch wel vertellen? Zij wist toch niet wie haar familie was. 'Nou, mijn ouders... ik weet het niet... ik denk dat ze gaan scheiden. Mijn vader heeft een nieuwe vriendin, een jonge meid die op Hollis schilderles geeft. Ik woon momenteel bij ze in. Maar zij heeft een hekel aan mij.'

'En jij aan haar?' vroeg Jenna.

'Echt wel!' zei Aria. 'Ze beheerst mijn vaders hele leven: laat hem vitaminepillen slikken, aan yoga doen... En ze beweert dat ze buikgriep heeft of zoiets, maar volgens mij heeft ze helemaal niks.' Ze beet hard op de binnenkant van haar wang; ze wilde dat die zogenaamde buikgriep Merediths dood werd! Dan hoefde zij de komende maanden ook niet te lopen piekeren hoe ze kon voorkomen dat haar vader met die trut trouwde...

'Nou, ze gééft dus in ieder geval wel om hem.' Jenna stopte

even en glimlachte: 'Hé... ik voel dat je fronst... Ah joh, elke familie heeft wel wát. De mijne in ieder geval wel!'

Aria probeerde erop te letten dat ze geen bewegingen meer maakte die haar konden verraden.

'Moet je die vriendin van je vader niet gewoon een kans geven?' vervolgde Jenna. 'Ze is in ieder geval kunstzinnig.'

Er viel een steen op Aria's maag. Ze kon zich niet inhouden en zei fel: 'Hoe weet jij dat?'

Jenna stopte met haar werk. Er droop wat smurrie van haar handen op de kale houten vloer. 'Dat zei je net zelf!'

Aria voelde zich duizelig worden. Was dat zo?

Jenna legde nog wat soppige krantenrepen over Aria's wangen en vervolgens ging ze via haar kin en voorhoofd naar haar neus. Plotseling realiseerde Aria zich iets: als Jenna zelfs voelde dat zij onder die berg smurrie fronste, kon ze vast nog veel meer aan haar gezicht aflezen. Misschien voelde zij zelfs wel hoe ze eruitzag! Toen ze opkeek, lag er een geschrokken, ongemakkelijke blik op Jenna's gezicht – alsof zij net precies hetzelfde had uitgevogeld.

Het voelde ineens plakkerig warm in het lokaal. 'Sorry hoor, maar ik moet even...' Aria strompelde om haar werkplek heen, struikelde bijna over haar emmer.

'Waar ga je naartoe?' riep Jenna.

Aria moest heel even alleen zijn. Ze stommelde naar de deur. Ze voelde hoe het masker zich steeds strakker aan haar gezicht vastzoog. Ineens gaf haar Treo een bliepje. Ze zocht voorzichtig in haar tas, zodat niet meteen alles onder het beslag zat.

Ze had een nieuwe sms.

> Balen om in het duister te tasten, hè? Moet je je voorstellen hoe dat voor een blinde is! Als je IEMAND vertelt wat ik heb gedaan, dan zet ik jóú voorgoed in het duister. Mwah! A

Aria wierp een blik op Jenna. Die zat achter haar bureau met haar mobieltje te klungelen, zich totaal niet bekommerend om de troep aan haar vingers.

Aria schrok toen haar telefoon opnieuw bliepte. Ze keek weer naar het schermpje: er was nóg een sms binnengekomen.

PS Je stiefmama in spe heeft – net als jij – een geheime persoonlijkheid! Met eigen ogen zien? Ga dan morgen naar Hooters. A

# 19

# DOLENDE ZIELEN WILLEN ZEKERHEID

Donderdagochtend, toen Emily net uit een van de toiletten bij de kleedkamer van het gymgebouw kwam – in het verplichte witte Rosewood Day T-shirt, een capuchontrui en koningsblauwe korte broek – schalde er een boodschap uit de luidspreker.

'Hallo, iedereen!' riep een iets té enthousiaste jongensstem. 'Hier is Andrew Campbell, jullie klassenvoorzitter. Ik wil jullie er even aan herinneren dat morgenavond Hanna Marins welkom terug-feest wordt gehouden, op het terrein van de Rosewood Country Club! Komt allen! En zet een masker op, want alleen dan kom je binnen! Ook wil ik graag dat iedereen heel hard duimt voor Spencer Hastings: zij gaat vanavond naar New York City voor haar Gouden Orchidee-finalistengesprek! Het allerbeste, Spencer!'

Een paar meiden in de kleedkamer gromden. Er werd altijd wel íéts over Spencer Hastings meegedeeld. Emily vond het vreemd dat Spencer hier gisteren, toen ze samen Hanna in het ziekenhuis opzochten, helemaal niets over had gezegd; ze had het normaal gesproken maar al te graag – en vaak – over wat ze allemaal voor elkaar had gebokst...

Toen ze langs het grote kartonnen bord van Rosewoods haaimascotte de gymzaal binnenliep, klonk er zoveel gejoel en geklap dat het wel leek alsof ze op haar eigen verrassingsfeest arriveerde.

'Ja! Onze favoriete schoolgenote is terug!' joelde Mike Montgomery onder de basketbalring. Het leek wel alsof elke mannelijke eerstejaars uit Emily's gymklas zich achter hem had verzameld. 'Op seksvakantie geweest?'

'Párdon?' Emily's blik flitste heen en weer: moest hij dat zo hard roepen?

'Ja, je weet wel...' zei Mike met een dubbelzinnige klank in zijn stem. Emily zag ineens dat hij net zulke elfachtige trekken had als zijn zus. 'Naar Thailand of zo...' Hij trok een dromerige grijns.

Emily trok haar neus op. 'Ik zat in Iowa.'

'O.' Mike keek even beduusd. 'Nou eh... Iowa is ook geil! Daar wonen toch allemaal van die... melkmeiden?' zei hij met een veelbetekenende knipoog, alsof koeien melken en porno een soort logisch gevolg van elkaar waren.

Emily wilde iets akeligs terugzeggen, maar trok toen haar schouders op. Ze wist haast zeker dat Mike het niet vervelend bedoelde. En de andere eerstejaarsslungels stonden hen aan te gapen, alsof zij Angelina Jolie was en Mike zo dapper was geweest haar e-mailadres te vragen...

Meneer Draznowsky, hun gymleraar, blies op zijn fluitje. De leerlingen gingen meteen met gekruiste benen op de vloer zitten, in 'rotten' (wat gewoon gymjargon was voor 'rijen'). Toen gingen ze aan de slag: eerst wat stretchoefeningen en daarna achter elkaar naar de tennisbanen.

Net toen Emily een goed Wilson-racket stond uit te zoeken, hoorde ze achter zich: 'Pssst.' Daar stond Maya, naast de doos met Bosu-ballen, magische Pilates-cirkels en andere troep waar de workout-verslaafde meiden elk vrij uurtje mee in de weer waren. 'Hoi,' zei ze zacht, haar gezicht knalrood van opwinding.

Emily kroop voorzichtig in haar armen en snoof diep de bekende bananenkauwgumgeur op. 'Wat doe jij hier?' hijgde ze.

'Spijbelen van algebra III, om jou te zoeken...' fluisterde Maya en ze stak een houten gangpasje in de vorm van de Griekse letter pi omhoog. 'Wanneer ben je teruggekomen? Wat is er gebeurd? Blijf je nu hier?'

Emily aarzelde. Ze was al een hele dag terug in Rosewood. Maar gister was zo'n rare dag geweest – naar het ziekenhuis, weer een bericht van A, naar school, naar de zwemclub, gepraat met haar ouders – dat ze er nog niet toe was gekomen Maya op te zoeken. Hoewel... ze had haar gister één keer op de gang gezien, maar was toen gauw een leeg klaslokaal in gedoken en had gewacht tot ze voorbij was... Ze wist ook niet precies waarom, niet omdat ze zich voor Maya wilde verstoppen of zo...

'Ik ben nog niet zo lang terug,' bracht ze uit. 'En het is voorgoed... hoop ik.'

De deur naar de tennisbanen viel met een klap dicht. Emily draaide zich verlangend om: tegen de tijd dat zij naar buiten kwamen, had iedereen al een tennispartner en moest zij balletjes slaan met meneer Draznowsky – die tevens Gezondheidskunde gaf en zijn leerlingen tussen de bedrijven door altijd graag de les las over anticonceptie... Toen knipperde ze een paar maal met haar ogen, alsof ze ontwaakte uit een vreemde droom. Wat zeurde ze nou toch? Wat kon haar die stomme gymles schelen, terwijl Maya voor haar stond?

Ze keerde zich weer naar Maya. 'Mijn ouders zijn compleet omgeslagen. Ze zijn zo ongerust geweest nadat ik van de boerderij van mijn oom en tante was verdwenen, dat ze hebben besloten me te accepteren zoals ik ben.'

Maya's ogen werden zo groot als schoteltjes. 'Maar... dat is te gek!' Ze pakte Emily's handen. 'Maar wat is er toch bij je oom en tante gebeurd? Waren ze erg gemeen tegen je?'

'Nou... soort van.' Als Emily haar ogen sloot, zag ze de strenge gezichten van tante Helene en oom Allen weer voor zich. Toen dacht ze aan hoe ze op dat feest had gedanst met Trista en dat zij had gezegd dat als Emily een dans was, zij een suffe volksdans moest zijn... Misschien moest ze Maya maar gewoon opbiechten wat er met Trista was gebeurd. Maar wat wás dat dan? Niets eigenlijk. Nee, ze kon dat hele gedoe maar beter gewoon vergeten. 'Da's een lang verhaal.'

'Ach, vertel me de details later maar. We kunnen ons nu toch eindelijk samen in het openbaar vertonen!' Maya maakte een soort vreugdedansje en keek toen op de grote klok op het scorebord. 'Ik moet terug,' fluisterde ze. 'Kan ik je vanavond zien?'

Emily aarzelde even. Ze realiseerde zich dat dit de allereerste keer was dat ze gewoon ja kon zeggen, zonder het achter haar ouders' rug om te hoeven doen. Maar toen wist ze ineens weer: 'Nee, ik kan niet. Ik ga uit eten met mijn familie.'

Maya's gezicht betrok. 'Morgen dan? We zouden samen naar Hanna's feest kunnen gaan.'

'O-oké,' stamelde Emily. 'Lijkt me te gek.'

'O, ik heb nog een geweldige verrassing voor je!' zei Maya, van de ene voet op de andere springend. 'Scott Chin, de jaarboekfotograaf, zit met geschiedenis bij mij in de klas en hij vertelde me dus dat wij tweetjes tot Stel van het Jaar zijn gekozen! Is dat niet enig?'

'Stel van het Jaar?' herhaalde Emily. Haar mond voelde ineens droog aan.

Maya pakte Emily's handen en zwaaide er wild mee. 'Ja, morgen worden we in het jaarboeklokaal verwacht, voor een fotosessie. Lachen toch?'

'Ja, best wel.' Emily pakte de zoom van haar T-shirt en kneep hem tot een prop.

Maya keek haar een beetje scheef aan. 'Weet je zeker dat alles in orde is? Je klinkt niet erg enthousiast.'

'Ja hoor... dat ben ik wel... heus!' Net toen ze inademde om nog meer te zeggen, begon haar mobieltje in de zak van haar capuchontrui te trillen. Ze maakte een sprongetje van schrik en trok het ding met bonzend hart tevoorschijn. *Nieuwe sms* stond er op het schermpje. Toen ze op *lezen* drukte en de afzender zag, draaide haar maag zich om. Ze klapte de telefoon dicht zonder het bericht te lezen.

'Iets leuks?' vroeg Maya – een tikkeltje té nieuwsgierig, vond Emily.

'Nee, niks...' Emily liet de telefoon weer in haar zak glijden.

Maya speelde wat met haar gangpasje, gaf Emily vlug een kus op de wang en kloste toen weg op haar hoge zandkleurige Fryelaarzen. Zodra ze de hoek om was, trok Emily haar mobieltje weer tevoorschijn, haalde diep adem en keek nogmaals naar het scherm.

```
Hoi Emily! Hoorde net dat je alweer WEG bent!
Ga je missen! Waar in PA woon je? Als jij een
beroemde historische figuur uit Philadelphia
```

```
was, wie zou je dan zijn? Ik die kerel van de
Quaker Oats-doos... Die telt toch ook, hè?
Misschien kan ik een keertje langskomen.
XXX, Trista
```

De centrale verwarming van het gymgebouw sprong met een klik aan. Emily klapte haar telefoontje dicht en zette het, na even nadenken, helemaal uit. Jaren geleden, vlak voordat ze Ali in de oude boomhut van de familie DiLaurentis had gekust, had Ali haar bekend dat ze stiekem iets met een oudere jongen had. Ze had zijn naam niet genoemd, maar nu besefte Emily dat ze het over Ian Thomas moest hebben gehad. Opgewonden had ze Emily's handen gepakt. 'Als ik aan hem denk, draait mijn maag zich om, alsof ik in een achtbaan zit,' had ze gezwijmeld. 'Verliefdheid is het lekkerste gevoel van de hele wereld.'

Emily ritste haar capuchontrui tot aan haar kin dicht. Ook zij dacht dat ze verliefd was, maar dat voelde absoluut niet alsof ze in een achtbaan zat. Eerder een spiegeldoolhof: met achter elke hoek een verrassing en geen flauw idee wat er vervolgens op het programma stond...

# 20

# VRIENDEN HEBBEN GEEN GEHEIMEN

Donderdagmiddag staarde Hanna naar haar spiegelbeeld in de spiegel van de badkamer. Toen ze wat foundation op de hechtingen in haar kin depte, kromp ze ineen. Waarom moesten hechtingen zo'n pijn doen? En waarom moest die dokter Geist haar gezicht per se dichtnaaien met zwart Frankenstein-garen? Had hij niet een mooie vleeskleurige tint kunnen gebruiken?

Ze pakte haar splinternieuwe BlackBerry. Die had op het kookeiland op haar liggen wachten toen haar vader haar eerder die dag had thuisgebracht uit het ziekenhuis. Er zat een kaart op de doos: WELKOM THUIS! LIEFS, MAM. Nu Hanna niet langer op het randje van de dood zweefde, werkte haar moeder gewoon weer het klokje rond: *business as usual.*

Ze zuchtte en toetste toen het nummer in dat achter op het foundationflesje stond. 'Hallo, met de Bobbi Brown Hotline!' tsjilpte een vrolijke stem aan de andere kant van de lijn.

'Met Hanna Marin,' zei Hanna, terwijl ze zo goed mogelijk probeerde te klinken als *Vogue*-hoofdredactrice Anna Wintour. 'Kan ik Bobbi boeken voor een make-upklus?'

Het Hotline-meisje zweeg even. 'Eh... dat zou u dan via Bobbi's manager moeten doen. Maar ik denk dat ze het erg druk...'

'Wil je me het nummer van haar manager toch even geven?'

'Ik geloof niet dat ik dat mag...'

'Tuurlijk wel,' kirde Hanna. 'Ik zal het niemand verklappen, hoor.'

Na wat gekuch en ge-hmm zette het meisje haar in de wacht, waarna iemand anders haar terugnam en een telefoonnummer doorgaf dat begon met 212. Hanna schreef het met lippenstift op de spiegel en hing toen op. Ze voelde zich een beetje dubbel. Aan de ene kant was het te gek dat ze mensen nog steeds kon laten doen wat zij wilde – dat konden alleen echte Koningin van de School-diva's. Aan de andere kant... stel dat zelfs Bobbi niets met dat knoeiboelgezicht van haar kon?

De deurbel ging. Ze depte snel nog wat foundation op haar hechtingen en liep toen de gang in. Het was vast Mona, die kwam helpen met de audities voor de mannelijke modellen voor het feest. Ze had gezegd dat ze wilde dat Hanna 'de beste lekkertjes' uitzocht die je met een flinke bom duiten maar krijgen kon.

In de hal bleef ze even staan, naast haar moeders grote rakukeramische vaas. Wat had Lucas gister in het ziekenhuis toch bedoeld met dat ze Mona niet moest vertrouwen? En nog belangrijker: wat had die zoen van hem te betekenen gehad? Sinds dat moment had ze aan weinig anders meer kunnen denken.

Ze had hem vanochtend gewoon weer in het ziekenhuis verwacht, met een stapel tijdschriften en een Starbucks *latte* voor haar. Toen hij niet kwam opdagen, had ze zich behoorlijk... teleurgesteld gevoeld. En vanmiddag, nadat haar vader haar had afgezet, was ze op tv maar liefst drie minuten blijven steken bij *All My Children* voor ze doorschakelde naar een andere zender. Twee figuren uit die soap stonden elkaar hartstochtelijk te zoenen en ze had er met grote ogen naar zitten kijken, terwijl de rillingen haar over de rug liepen – omdat ze ineens begreep hoe zij zich daarbij voelden.

Niet dat ze Lucas léúk vond of zoiets... Kom op, zeg, ze leefden niet eens in dezelfde stratosfeer! Puur voor de zekerheid had ze Mona gisteravond gevraagd wat zíj van Lucas vond – toen deze de terug-uit-het-ziekenhuisoutfit bracht die ze uit Hanna's kledingkast had uitgekozen: een skinny Seven-spijkerbroek, een kort geruit Moschino-jack en een ultrazacht T-shirt. Mona's antwoord had geluid: 'Lucas Beattie? Enorme loser, Han – altijd al geweest.'

Dus dat was het dan: geen Lucas meer. En ze zou nooit, maar dan ook nooit iemand vertellen van die zoen!

Toen ze bij de voordeur kwam, zag ze Mona's witblonde haar al door de matglazen ruitjes. Maar ze kreeg bijna een rolberoerte toen ze de deur opendeed en Spencer áchter Mona zag staan… en vervolgens kwamen Emily en Aria ook nog het voorpad op gelopen. Ze vroeg zich af of ze hen per ongeluk allemaal op hetzelfde tijdstip had uitgenodigd.

'Nou nou… wat een verrassing,' zei ze nerveus.

Het was Spencer die zich langs Mona perste en als eerste over de drempel stapte. 'Wij moeten hoognodig met je praten,' zei ze. Mona, Emily en Aria volgden, waarna de meiden zich in de karamelkleurige leren zithoek verzamelden – op exact dezelfde plekken als toen ze nog vriendinnen waren: Spencer in de grote leren fauteuil in de hoek, Emily en Aria op de bank. En Mona nam Ali's plekje in: op de chaise longue bij het raam – als je je ogen tot spleetjes kneep, kon je haar ook bijna voor Ali aanzien. Hanna wierp een stiekeme blik op haar om te zien hoe pissig ze was, maar Mona leek het allemaal best te vinden.

Hanna zette zich op het voetenbankje dat bij de leren fauteuil hoorde. 'Eh… waarover moeten we dan praten?' vroeg ze aan Spencer. Aria en Emily keken ook een beetje beduusd.

'We hebben weer een berichtje van A ontvangen, vlak nadat we jouw ziekenhuiskamer hadden verlaten,' flapte Spencer er uit.

'Spéncer!' siste Hanna. Ook Emily en Aria gaapten haar aan. Sinds wanneer hadden ze het in het gezelschap van anderen zomaar over A?

'Het is niet erg,' zei Spencer. 'Mona weet ervan. Zij heeft ook boodschappen van A gekregen.'

Hanna voelde zich opeens duizelig. Ze keek naar Mona voor bevestiging van deze mededeling. Mona's mond stond strak en ernstig. 'Nee toch!' fluisterde Hanna.

'Jij ook?' hijgde Aria.

'Hoeveel dan?' stamelde Emily.

'Twee,' bekende Mona, turend naar haar knobbelknieën onder haar oranje jersey C&C California-jurk. 'Allebei deze week. Toen ik Spencer er gister over vertelde, had ik nooit gedacht dat jullie allemaal van die boodschappen ontvingen.'

'Maar dat slaat toch nergens op?' fluisterde Aria, terwijl ze de anderen een voor een aankeek. 'Ik dacht dat A alleen berichtjes naar Ali's oude vriendinnen stuurde.'

'Misschien hebben we wel helemaal in de verkeerde richting zitten denken,' zei Spencer.

Hanna's maag draaide zich om. 'Heeft Spencer je dan ook verteld over die SUV die mij heeft aangereden?'

'Ja. Dat A daarin zat... en dat jij wist wie A was,' zei Mona met een bleek gezicht.

Spencer sloeg haar benen over elkaar. 'Maar wij hebben dus ook weer een nieuw bericht gekregen. A wil duidelijk niet dat jij je hier iets over herinnert, Hanna: als we jou erover blíjven doorzagen, zijn wij de volgenden die A gaat pakken...'

Emily kreunde zacht.

'Dit is echt eng,' fluisterde Mona. Zij zat de hele tijd te wiebelen met haar voet – wat ze alleen deed als ze supernerveus was. 'We moeten naar de politie stappen!'

'Misschien wel,' was Emily het met haar eens. 'Die kan ons helpen. Want dit is echt ernstig.'

'Nee!' gilde Aria bijna. 'Daar komt A altijd achter! Het is alsof A ons kan zien – overal en altijd.'

Emily perste haar lippen op elkaar en staarde naar haar handen.

Mona slikte hoorbaar. 'Ik weet wat je bedoelt, Aria. Vanaf het eerste bericht dat ik ontving, heb ik het gevoel dat iemand me bespiedt.' Ze keek om zich heen, haar ogen groot en angstig. 'Wie zal het zeggen? Misschien zit A ons op dit moment ook wel te beloeren!'

Hanna huiverde; Aria's ogen vlogen onderzoekend de benauwde woonkamer van Hanna's ouders rond; Emily gluurde achter de vleugel, alsof A daar zou kunnen zitten. En toen zoemde Mona's BlackBerry en slaakte iedereen een geschrokken gilletje. Toen Mona haar telefoon tevoorschijn haalde, trok ze spierwit weg. 'O, mijn god... Het is er weer eentje.'

Iedereen kwam om Mona's telefoon heen staan. Haar nieuwste bericht was een verlate verjaars-e-card. Onder een plaatje van blije ballons en een witgeglazuurde taart (waar Mona in het echt nooit een hap van zou nemen) stond:

```
Nog gefeliciteerd, Mona! Wanneer wilde je
Hanna gaan vertellen wat je gedaan hebt?
Als je het mij vraagt NADAT zij je eindelijk
je verjaarscadeau heeft gegeven. Raak je
misschien haar vriendschap kwijt, maar kun
je dat geschenk tenminste houden! A
```

Hanna's bloed stolde in haar aderen. 'Wat jij gedáán hebt? Waar heeft A het over?'

Mona's gezicht werd zo mogelijk nog bleker dan het al was. 'Hanna... Nou, oké dan: we hebben die avond van mijn feest inderdaad geruzied. Maar het stelde niet zoveel voor, eerlijk niet! Laten we het nu maar gewoon vergeten.'

Hanna's hart dreunde onderhand zo hard als een Harleymotor en haar mond was kurkdroog.

'Ik wilde er direct na het ongeluk niet over beginnen, omdat ik vond dat het er niet meer toe deed,' vervolgde Mona, haar stem schril van wanhoop. 'Ik wilde je niet overstuur maken. En ik vond het vreselijk dat we de afgelopen week ruzie hadden, Hanna – zeker toen ik dacht dat ik je voorgoed kwijt was. Daarom wilde ik die ruzie gewoon vergeten; het goedmaken door een superfeest voor je te organiseren en...'

Een paar pijnlijke seconden tikten voorbij. Toen de verwarming aansloeg, maakten ze allemaal een sprongetje van schrik.

Spencer schraapte haar keel: 'Jullie tweeën moeten geen ruzie meer maken,' zei ze zacht. 'A probeert jullie alleen maar af te leiden, zodat jullie je niet meer bezighouden met uitvogelen wie achter al deze afgrijselijke berichtjes zit.'

Mona schonk Spencer een dankbare blik. Hanna liet haar schouders zakken toen ze voelde dat alle ogen op haar gericht waren. Het laatste wat ze wilde, was haar ruzie met Mona in het bijzijn van alle anderen bespreken. Ze wist niet eens óf ze het er nog wel over wilde hebben. 'Spencer heeft gelijk. Zo doet A dat inderdaad.'

De meiden staarden zwijgend naar de vierkante papieren Noguchi-lamp op de salontafel. Spencer pakte Mona's hand en kneep erin; Emily pakte die van Hanna.

‘Waar gingen jouw berichtjes nog meer over?’ vroeg Aria kalm aan Mona.

Mona boog haar hoofd. ‘Gewoon... dingen uit het verleden.’

Hanna tuurde strak naar het blauwelijsterspeldje in Aria’s haar. Ze had het gevoel dat ze precies wist waar A Mona mee tergde: de tijd voordat zij en Mona bevriend waren – toen Mona nog suffig en absoluut niet cool was. En op welk geheim had A zich geconcentreerd? Dat Mona Ali een tijdlang letterlijk had gevolgd, omdat ze precies zo wilde zijn als zij; dat Mona het mikpunt van ieders grappen was geweest? Ze hadden het nooit over vroeger, maar soms had Hanna het gevoel dat al die pijnlijke herinneringen akelig dichtbij waren; dat ze vlak onder het oppervlak van hun vriendschap borrelden, als een ondergrondse geiser.

‘Je hoeft het ons niet te vertellen als je dat niet wilt, hoor,’ zei Hanna vlug. ‘Veel van onze A-berichten gingen ook over het verleden. Er is een hoop dat we allemaal liever achter ons laten.’

Ze zocht de blik van haar hartsvriendin, in de hoop dat zij het begreep. Mona gaf een kneepje in haar hand. Hanna zag dat ze de zilver met turkooizen ring om had die zij bij Sieraden Maken II voor haar had gemaakt – ook al was het meer een lompe Rosewood Day-klassenring geworden die alleen de sukkels droegen dan het chique Tiffany-sieraad dat ze voor ogen had gehad. Een piepklein plekje in Hanna’s bonzende hart begon te ontdooien. In één ding had A gelijk: hartsvriendinnen deelden alles met elkaar. En nu konden Mona en zij dat ook.

De deurbel ging: drie Aziatisch klinkende gongslagen. De meiden vlogen overeind.

‘Wie is dat?’ fluisterde Aria geschrokken.

Mona stond op en schudde met haar lange blonde manen. Met een brede glimlach beende ze naar Hanna’s voordeur. ‘Iets waardoor we al onze problemen vergeten.’

‘Wat dan? Pizza?’ vroeg Emily.

‘Nee: tien mooie mannen van de Philly-tak van Modellenbureau Wilhelmina natuurlijk,’ zei Mona.

Alsof het idioot was om te denken dat het iemand anders zou zijn.

# 21

# HOE LOS JE EEN PROBLEEM ALS EMILY OP?

Nadat ze donderdagavond Hanna's huis had verlaten, zigzagde Emily tussen alle met winkeltassen beladen, dure parfum dragende shoppers in de King James Mall door. Ze had met haar ouders afgesproken in All That Jazz!, een restaurant naast de Nordstrom dat als thema Broadway-musicals had. Als kind was dit altijd haar lievelingsrestaurant geweest en haar ouders gingen er blijkbaar van uit dat dat nog steeds het geval was. Het zag er nog precies hetzelfde uit, met zijn nep-Broadway-luifel, gigantisch *Phantom of the Opera*-beeld naast het plekje van de gastvrouw en al die foto's van Broadway-sterren op de wanden.

Emily was er als eerste, dus pakte ze een kruk en zette zich aan de lange bar met het granieten bovenblad. Ze bestudeerde *De kleine zeemeermin*-poppen in de glazen vitrine bij het plekje van de gastvrouw. Toen ze klein was, wilde ze altijd dat ze van plaats kon ruilen met Ariël de zeemeerminprinses: dan mocht zij háár mensenbenen en kreeg Emily Ariëls zeemeerminvinnen. Ze had die film tientallen keren met haar oude vriendinnen gezien, totdat Ali had gezegd dat ze hem stom en kinderachtig vond en dat ze er eens mee moest kappen.

Haar aandacht werd getrokken door een bekend plaatje op het tv-scherm boven de bar: op de voorgrond zat een blonde, rondborstige nieuwslezeres, in de rechterbovenhoek hing Ali's brugklasfoto. 'Sinds een jaar wonen de ouders van Alison DiLaurentis in een klein stadje in Pennsylvania, niet ver van Rosewood, terwijl hun zoon, Jason, afstudeert aan Yale University. Ze leidden er een rustig leventje... tot op heden. Hoe houdt dit gezin zich, terwijl Alisons moordonderzoek zonder nieuwe aanwijzingen maar voortkabbelt?'

Boven de tekst NEW HAVEN, CONNECTICUT verscheen een statig, met klimop begroeid gebouw; een blonde verslaggeefster rende achter een groepje studenten aan. 'Jason!' riep ze. 'Vind je dat de politie genoeg doet om de moordenaar van je zus op te sporen?'

'Brengt dit jullie gezin dichter bij elkaar?' schreeuwde iemand anders.

Een jongen met een Phillies-baseballpet draaide zich om. Emily sperde haar ogen wijd open – ze had Jason DiLaurentis nog maar een paar keer gezien sinds Ali vermist was geraakt. Zijn blik was kil en hard en zijn mondhoeken wezen naar beneden.

'Ik spreek mijn ouders niet meer zo vaak,' zei Jason. 'Ze zijn helemaal verdwaasd.'

Emily haakte haar voeten onder haar kruk. Ali's ouders... verdwaasd? In haar ogen was de familie DiLaurentis perfect. Ali's vader had een goede baan, maar kwam in het weekend altijd naar huis om te barbecuen met zijn kinderen. Mevrouw DiLaurentis nam Ali, Emily en de anderen vaak mee uit winkelen en bakte heerlijke havermout-rozijnenkoekjes voor ze. Hun huis was altijd smetteloos en als ze bij hen at, werd er heel wat afgelachen.

Toen dacht ze aan de herinnering waar Hanna het eerder die dag over had gehad: over de dag voordat Ali vermist raakte. Nadat Ali op de achterveranda was verschenen, was Emily even naar het toilet gegaan. Terwijl ze door de keuken liep en Charlotte, Ali's Perzische colourpoint-kat, probeerde te ontwijken, hoorde ze Jason met een boze stem tegen iemand op de trap fluisteren.

'Hou daar eens gauw mee op!' siste Jason. 'Je weet toch hoe pissig ze daarvan worden?'

'Ik doe toch helemaal niks fout?' fluisterde de ander terug.

Confuus drukte Emily zich tegen de muur. Dat leek Ali's stem wel!

'Ik probeer je alleen maar te helpen,' ging Jason verder, nog geïrriteerder.

Op dat moment stoof mevrouw DiLaurentis door de zijdeur binnen. Ze rende naar het aanrecht om wat zand van haar handen te spoelen. 'O, hoi Emily,' kirde ze.

Emily stapte weg bij de trap en hoorde voetstappen naar de eerste verdieping klimmen.

Ze keek weer naar het tv-scherm boven de bar. De nieuwslezeres las nu een advies voor leden van de Rosewood Country Club voor: de Rosewood-stalker was namelijk op het terrein van de club gesignaleerd. Emily kreeg een kriebel in haar keel. Het was niet moeilijk om verband te zien tussen de Rosewood-stalker, A en de countryclub... waar Hanna's feest zou worden gehouden! Ze had er speciaal op gelet dat ze Hanna sinds A's laatste bericht geen lastige vragen meer stelde, maar ze vroeg zich nog steeds af of ze toch niet beter naar de politie konden gaan. Want was dit niet al ver genoeg gegaan? En stel dat die A niet alleen Hanna had aangereden... maar ook Ali had vermoord, zoals Aria laatst had geopperd? Maar misschien had Mona ook wel gelijk: A was altijd in de buurt en zag alles wat je deed. Hij wist het meteen als ze hem verlinkten.

Alsof het zo was afgesproken, rinkelde ineens haar mobieltje. Emily viel van schrik bijna van haar kruk. Ze had een nieuwe sms, maar godzijdank kwam hij van Trista. Alweer.

`Hoi, Em! Wat doe jij dit weekend? XXX, Trista`

Emily wilde dat Rita Moreno niet zo hard 'America' zong én dat ze niet zo dicht bij die foto van de cast van *Cats* zat – die katachtigen zaten naar haar te loeren alsof ze haar als krabpaal wilden gebruiken... Ze liet haar vingers over de hobbelige toetsen van haar Nokia glijden. Het zou onbeleefd zijn als ze niet reageerde, toch? Dus typte ze: *Hoi! Ik ga vrijdag naar een gemaskerd bal, ter ere van mijn vriendin. Wordt vast lachen! Em*

Bijna onmiddellijk ontving ze een antwoord van Trista: *O mijn god! Wou dat ik mee kon!*

*Ik ook*, sms'te Emily terug. *Zie je!* Ze vroeg zich af wat Trista dit weekend werkelijk van plan was. Weer naar zo'n silofeest? Een ander meisje versieren?

'Emily?' Twee ijskoude handen krulden zich om haar schouders. Emily draaide zich om. Haar telefoon viel op de grond. Daar stond Maya! En achter haar Emily's moeder, haar vader, haar zus Carolyn en haar vriend Topher... allemaal naar haar grijnzend als idioten.

'Verrassing!' kraaide Maya. 'Je moeder belde me vanmiddag of ik mee wilde naar je etentje!'

'Ooo...' bracht Emily uit. 'W-wat... leuk!' Ze raapte haar telefoon op en hield hem zo beet dat Maya niet op het scherm kon zien wat ze zojuist geschreven had. Ze voelde zich alsof er een gloeiend hete spot op haar gericht stond. Ze keek naar haar ouders, naast een grote foto van de *Les Misérables*-acteurs die de barricaden bestormden. Ze stonden nerveus te glimlachen, net als toen ze kennismaakten met Emily's ex-vriendje Ben.

'Onze tafel is klaar,' zei haar moeder en Maya pakte Emily bij de hand en liep achter de rest van de familie aan. Ze schoven met zijn allen op een gigantische donkerpaarse hoekbank. Een verwijfde ober, die volgens Emily bijna zeker mascara droeg, kwam vragen of ze misschien een cocktail wensten.

'Ik vind het zo fijn om eindelijk kennis met u te maken, meneer en mevrouw Fields,' zei Maya toen de ober weg was, met een brede grijns naar Emily's ouders aan de andere kant van de tafel.

Emily's moeder glimlachte terug. 'Ik vind het ook fijn om jou te leren kennen.' Er klonk niets dan warmte door in haar stem. Emily's vader zat eveneens te glimlachen.

Maya wees naar Carolyns armband. 'Wat mooi! Heb je die zelf gemaakt?'

Carolyn bloosde. 'Ja, bij Sieraden Maken III.'

Maya sperde haar amberkleurige ogen open. 'Ik wilde ook Sieraden Maken doen, maar ik heb geen kleurgevoel. Alles van die armband past zo goed bij elkaar.'

Carolyn keek naar haar met goudkleurige vlekjes versierde bord. 'Ach, zo moeilijk is dat niet.' Maar Emily zag dat haar zus zich enorm gevleid voelde.

En zo begonnen ze te kletsen: over school, de Rosewood-stalker, Hanna's ongeluk, Californië – Carolyn wilde weten of Maya iemand van Stanford kende, waar zij volgend jaar ging studeren – en Topher moest erg lachen om een verhaal van Maya over haar oude buurman in San Francisco, die acht parkieten had, waar zij op mocht 'parkiet-sitten'.

Maar Emily keek naar hen allen... en ergerde zich dood. Als ze Maya zo gemakkelijk aardig vonden, waarom hadden ze haar eerder dan geen kans gegeven? Wat moest ze nu denken van al die waarschuwingen dat ze vooral bij Maya uit de buurt moest blijven? Moest ze werkelijk eerst weglopen voordat ze haar serieus namen?

'Ach, dat vergeet ik nog helemaal te vertellen,' zei Emily's vader toen het eten werd gebracht. 'Ik heb voor Thanksgiving dat huis in Duck weer gehuurd.'

'O, geweldig,' zei mevrouw Fields stralend. 'Precies hetzelfde?'

'Inderdaad.' Meneer Fields prikte een worteltje aan zijn vork.

'Duck? Waar ligt dat ergens?' vroeg Maya.

Emily roerde met haar vork door de aardappelpuree. 'Da's een kuststadje in de Outer Banks van North Carolina. Wij huren daar elke Thanksgiving een huis. Als je een wetsuit aantrekt, is het water daar dan nog warm genoeg om in te zwemmen.'

'Misschien wil Maya dit jaar wel mee,' zei mevrouw Fields, terwijl ze stijfjes haar mond afveegde aan haar servet. 'Je neemt tenslotte altijd iemand mee.'

Emily staarde haar moeder aan. Ze nam altijd een vriéndje mee, zó was het. Vorig jaar was Ben meegegaan en was Topher met Carolyn meegekomen.

Maya legde een hand op haar borstkas. 'Nou... heel graag! Klinkt geweldig!'

Emily kreeg het gevoel alsof de toneeldecormuren van het restaurant op haar afkwamen. Ze trok aan de kraag van haar shirt, stond op en zigzagde toen, zonder iets uit te leggen, tussen de als figuren uit *Rent* verklede obers en serveersters door naar de toiletten. Daar schoot ze een hokje in en leunde met gesloten ogen tegen de mozaïekmuur.

De deur van de toiletruimte vloog open. De vierkante neuzen van Maya's Mary Janes bleven voor de deur van haar hokje staan. 'Emily?' zei Maya zacht.

Emily gluurde door de kier van de metaalkleurige deur. Maya's gehaakte tas hing voor haar borst en ze klemde haar lippen bezorgd op elkaar.

'Alles goed?' vroeg ze.

'Ik voelde me ineens niet zo lekker,' stamelde Emily, waarna ze doorspoelde en ongemakkelijk naar de wastafel liep. Ze bleef met haar rug naar Maya toe staan, gespannen als een veer. Als ze haar nu aanraakte, wist ze bijna zeker dat ze zou ontploffen.

Maya stak haar hand al uit, maar deinsde toen terug alsof ze voelde wat Emily dacht. 'Vind je het niet vreselijk lief van je ouders om mij uit te nodigen mee te gaan naar Duck? Dat wordt vast hartstikke leuk!'

Emily pompte een enorme berg zeep op haar handen. In Duck lagen zij en Carolyn altijd minstens drie uur per dag in de oceaan te bodysurfen. Dan keken ze een paar uur achter elkaar naar Cartoon Network en als ze weer waren opgeladen, doken ze opnieuw het water in. Ze wist zeker dat Maya er niets aan zou vinden.

'Ik vind het allemaal nogal... vreemd. Ik bedoel, vorige week haatten mijn ouders me nog, nu vinden ze me ineens weer aardig. En proberen ze me ook nog voor zich te winnen door jou uit te nodigen voor dit etentje en ook nog eens voor de Outer Banks!'

Maya fronste haar voorhoofd. 'Is dat dan verkeerd?'

'Eh... ja!' zei Emily. 'Of nee, natuurlijk niet.' Ach, dit klonk helemaal niet zoals ze het bedoelde. Ze schraapte haar keel en keek Maya via de spiegel aan. 'Maya, als jij een snoepje was, wat zou je dan zijn?'

Maya streek langs de rand van de vergulde tissuedoos die op de kaptafel van de toiletruimte stond. 'Hè?'

'Ik bedoel... zou je een Mike and Ike zijn, een Laffy Taffy, een Snickers? Nou?'

Maya staarde haar alleen maar aan. 'Ben je soms dronken?'

Emily bestudeerde Maya in de spiegel. Haar honingkleurige huid straalde, haar lipgloss glansde. Ze was destijds acuut voor haar gevallen en haar ouders deden nu enorm hun best om Maya te accepteren. Wat was nou haar probleem? Waarom, o waarom, moest ze nu, als ze aan zoenen met Maya dacht, steeds aan Trista denken?

Maya leunde tegen de kaptafel. 'Emily, ik geloof dat ik weet wat er aan de hand is.'

Emily keek vlug de andere kant op en deed haar best niet te blozen. 'Nee, dat weet je niet.'

Maya's blik verzachtte. 'Het komt door je vriendin Hanna, is het niet? Door dat ongeluk. Jij was daarbij, toch? En ik hoorde dat degene die haar heeft aangereden, haar ook al een poos stalkte.'

Emily's canvas Banana Republic-tas gleed uit haar handen en viel met een harde klap op de tegels. 'Waar heb je dat gehoord?' fluisterde ze.

Maya deed geschrokken een stap naar achteren. 'D-dat weet ik niet... kan ik me niet herinneren.' Ze knipperde met haar ogen, van haar stuk gebracht. 'Je kunt het mij toch vertellen, Em? Wij kunnen toch alles aan elkaar kwijt?'

Drie lange maten van het Gershwin-nummer dat uit de luidsprekers sprankelde, gingen voorbij. Emily dacht aan het bericht dat A had verstuurd toen zij en haar drie oude vriendinnen vorige week met agent Wilden spraken. *Als jullie het wagen* WIE DAN OOK *over mij te vertellen, dan zullen jullie daar spijt van krijgen.* 'Helemaal niemand stalkt Hanna,' fluisterde ze. 'Het was een ongeluk – punt uit.'

Maya streek over de rand van de wastafel. 'Ik denk dat ik maar eens terugga naar de tafel. Ik... ik zie je daar wel.' En toen liep ze langzaam achteruit de toiletruimte uit. Emily hoorde de deur dichtzwaaien.

Uit de luidsprekers klonk nu iets uit *Aïda*. Emily ging aan de kaptafel zitten, met haar tas op schoot. *Niemand heeft iets gezegd*, verzekerde ze zichzelf. *Niemand weet het, behalve wij. En niemand gaat het A vertellen.*

Toen zag ze opeens een opgevouwen briefje in haar open tas. Voorop stond in grote roze letters: EMILY. Ze vouwde het open. Het was een aanmeldingsformulier van de PFLAG, de Amerikaanse vereniging voor ouders en vrienden van homoseksuelen. Iemand had de gegevens van haar ouders al ingevuld en onderaan stond in het bekende hoekige handschrift:

```
Gefeliciteerd met je coming-out, Em. Wat
zullen je ouders trots op je zijn! Nu de
familie Fields overstroomt van liefde en
begrip, zou het toch zonde zijn als hun
kleine lesbo iets overkwam. Blijf dus
zwijgen... dan mogen ze je houden! A
```

De deur van de toiletruimte zwaaide nog na van Maya's vertrek. Emily keek nog eens naar het briefje. Haar handen trilden.

Toen kroop er een bekende geur in haar neus. Het rook naar...

Emily fronste haar voorhoofd en snoof in de lucht. Ten slotte drukte ze A's briefje tegen haar neus. Toen ze eraan snoof, bevroor ze. Deze geur zou ze overal herkennen! Het was de verleidelijke odeur van Maya's bananenkauwgum.

# 22

# ALS DE MUREN VAN HET W. KONDEN PRATEN...

Donderdagavond, na te hebben gedineerd bij Smith & Wollensky, een chic steakhouse in Manhattan dat Spencers vader regelmatig bezocht, volgde Spencer haar moeder over de dikke grijze tapijten van de gangen van het W. Hotel. Aan de wanden hingen glanzende Annie Leibovitz-foto's en het rook er naar een mengeling van vanille en schone handdoeken.

Haar moeder liep te bellen met haar mobieltje. 'Welnee, ze wint zeker,' bromde ze. 'Waarom reserveren we het niet gewoon al?' Toen zweeg ze even, alsof degene aan de andere kant van de lijn iets heel belangrijks zei. 'Goed. Ik spreek je morgen.' Ze klapte haar telefoon dicht.

Spencer trok aan de revers van haar duifgrijze Armani Exchange-pak. Ze had voor het diner speciaal deze zakelijke outfit uitgekozen, om alvast een beetje te wennen aan de positie van prijswinnend essayist. Ze vroeg zich af waarover haar moeder liep te telefoneren. Misschien was ze iets ongelooflijks aan het regelen, voor als zij de Gouden Orchidee inderdaad won. Een onvergetelijke reis, een dag met een *personal shopper* van Barneys, een ontmoeting met die familievriend die bij *The New York Times* werkte? Ze had haar ouders al vaker gesmeekt om een zomer stage te mogen lopen bij *The Times*, maar het mocht nooit van haar moeder.

'Nerveus, Spence?' Melissa en Ian verschenen achter haar, elk met een identieke geruite koffer. Helaas hadden Spencers ouders erop gestaan dat Melissa meeging naar het Gouden Orchidee-gebeuren, voor de morele steun. En zij had Ian meegevraagd. Haar zus stak een flesje omhoog met een sticker: MARTINI – OM MEE TE NEMEN! 'Wil je er ook eentje? Ik kan er wel een voor je gaan halen, als je iets nodig hebt om te kalmeren...'

'Ik voel me prima,' beet Spencer haar toe. Door de aanwezigheid van haar zus voelde ze zich zo'n beetje alsof er kakkerlakken onder haar Malizia-bh kropen. Als ze haar ogen sloot, zag ze Melissa steeds weer met dat kwastje van dat sierkussen spelen toen Wilden haar en Ian vroeg waar ze de avond van Ali's verdwijning waren geweest... en hoorde ze Melissa zeggen: *Je moet een unieke persoonlijkheid hebben om te kunnen doden... en die heb jij niet.*

Melissa stopte even en schudde met het martiniflesje. 'Het is waarschijnlijk ook maar beter dat je niet drinkt. Straks vergeet je de strekking van je Gouden Orchidee-essay nog!'

'Inderdaad,' mompelde mevrouw Hastings.

Spencer draaide woest haar hoofd.

Ian en Melissa's kamer lag naast die van Spencer. Giechelend glipten ze er naar binnen. Terwijl haar moeder naar Spencers kamersleutel stond te zoeken, kwam er een knap meisje van Spencers leeftijd voorbij. Met haar hoofd naar beneden bestudeerde ze een crèmekleurige kaart die verdacht veel leek op de uitnodiging voor het Gouden Orchidee-ontbijt in Spencers tweed Kate Spade-tas.

Toen het meisje Spencer zag kijken, glimlachte ze stralend en riep vrolijk: 'Hoi!' Ze zag eruit als een CNN-verslaggeefster: evenwichtig, parmantig, sympathiek. Spencers mond viel open, haar tong voelde ineens dik en onhandig. En voordat ze kon reageren, had het meisje haar schouders al opgehaald en haar hoofd omgedraaid.

Dat ene glas wijn dat Spencer van haar ouders bij het eten had mogen drinken, klotste ineens in haar maag. Ze draaide zich naar haar moeder toe. 'De Gouden Orchidee heeft wel heel veel hyperintelligente deelnemers,' fluisterde Spencer toen het meisje de hoek om was. 'Ik ben echt niet de gedoodverfde winnaar of zoiets.'

'Nonsens,' zei haar moeder scherp. 'Jij gaat winnen! Ze gaf

haar de kamersleutel. 'Deze is van jou. We hebben een suite voor je gereserveerd.' Toen gaf ze Spencer een klopje op haar arm en liep verder de gang in, naar haar eigen kamer.

Spencer beet even op haar lip, haalde de deur van het slot en knipte het licht aan. De ruimte rook naar kaneel en nieuw tapijt en op haar kingsize bed lagen wel tien kussens. Ze rechtte haar schouders en rolde haar koffer naar de donkere mahoniehouten klerenkast. Als eerste hing ze haar zwarte Armani-interviewpak op een hanger, toen legde ze haar roze Wolford-gelukslingerie-setje in de bovenste la van het bureau ernaast. Nadat ze haar pyjama had aangetrokken, maakte ze een rondje door de suite en zorgde dat alle schilderijen recht hingen, de grote hemelsblauwe hoofdkussens symmetrisch waren opgeklopt en de handdoeken in de badkamer precies gelijk aan het rek hingen. Het Bliss-trio – badschuim, shampoo en crèmespoeling – zette ze in een keurig patroon rond de wastafel. Terug in de slaapkamer staarde ze uitdrukkingsloos naar een exemplaar van het tijdschrift *Time Out New York*. Op de voorpagina stond een zelfverzekerd kijkende Donald Trump voor de Trump Tower.

Toen deed ze wat yoga-oefeningen – waaronder de vuuradem – maar daarna voelde ze zich nog niet echt beter. Ten slotte haalde ze haar vijf economieboeken tevoorschijn, plus een met een marker bewerkte kopie van Melissa's werkstuk en spreidde dit alles uit op haar bed. *Jij gaat winnen!* echode haar moeders stem in haar oren.

Na een geestdodend uurtje voor de spiegel – oefenen met verschillende delen van Melissa's werkstuk – hoorde ze een klop op de tussendeur naar de kamer ernaast. Verbaasd ging ze op de rand van haar bed zitten. Die deur leidde naar Melissa's kamer...

Er werd opnieuw geklopt. Spencer liet zich uit bed glijden en wierp een vlugge blik op haar mobieltje – het was doodstil, het schermpje blanco. Ze sloop naar de deur. 'Hallo?' riep ze zacht.

'Spencer?' riep Ians hese stem. 'Ik geloof dat onze kamers verbonden zijn. Mag ik even binnenkomen?'

'Eh...' stamelde Spencer.

Er klonk wat gerammel en toen ging de deur open. Ian had zijn chique overhemd en kaki broek verruild voor een T-shirt en een Ksubi-spijkerbroek.

Spencer kromde bang én opgewonden haar vingers.

Ian keek de suite rond. 'Zo! Jouw kamer is gigantisch vergeleken met die van ons!'

Spencer klemde haar handen achter haar rug ineen en probeerde niet te glunderen. Dit was de eerste keer dat zij een mooiere kamer dan Melissa had!

Ian keek even naar de boeken op Spencers bed, schoof ze toen opzij en ging zitten. 'Aan het studeren?'

'Soort van.' Spencer bleef bij de tafel staan, als de dood om zich te verroeren.

'Jammer, ik dacht dat we misschien een eindje konden gaan wandelen of zoiets. Melissa ligt te slapen – na nog maar één van die meeneemcocktails... zij is toch zo'n lichtgewicht,' zei Ian met een knipoog.

Buiten drukten meerdere taxichauffeurs tegelijk op hun claxon; een neonreclame knipperde aan en uit. De blik in Ians ogen was precies zoals Spencer zich van jaren terug herinnerde, toen hij op hun oprit had gestaan, op het punt haar te zoenen. Ze schonk een glas ijswater uit de kan die op tafel stond en nam een flinke slok. In haar hoofd begon zich een plannetje te vormen. Ze had eigenlijk wel wat vragen voor Ian: over Melissa, over Ali, over de ontbrekende stukken in haar geheugen en over die gevaarlijke, haast verboden verdenking die vanaf zondag in haar hoofd was beginnen te groeien...

Ze zette het glas neer. Haar hart bonsde als een idioot. Ze trok aan haar oversized University of Pennsylvania-shirt, waardoor het aan één kant van haar schouders gleed. 'Ik weet een geheim van jou,' mompelde ze.

'Van mij?' zei Ian, terwijl hij met zijn duim in zijn borst prikte. 'Wat dan?'

Spencer duwde een paar boeken opzij en kwam naast hem zitten. Toen ze zijn Kiehl's ananas/papaja-gezichtsscrub rook – ze kende de hele huidverzorgingslijn van dat merk, zo gek was ze erop – voelde ze zich licht in het hoofd worden. 'Ik weet dat jij en een bepaalde blondine meer dan alleen maar vrienden waren.'

Ian glimlachte lui. 'En die bepaalde blondine... dat ben jij?'

'Nee-hee...' zei Spencer en ze stak haar lippen plagerig naar voren. 'Ali.'

Ian trok met zijn mond. 'Ach, Ali en ik hebben een paar keer wat geflikflooid, meer niet.' Hij duwde speels tegen haar blote knie; Spencer voelde de tintelingen langs haar rug naar boven trekken. 'Maar ik zoende jóú liever, hoor.'

Perplex leunde Spencer naar achteren. Tijdens hun allerlaatste ruzie had Ali haar verteld dat zij iets met Ian had en dat hij Spencer alleen maar had gezoend omdat hij dat van háár moest... Waarom deed Ian dan altijd zo flirterig met haar? 'Wist mijn zus dat, dat je met Ali flikflooide?'

Ian lachte. 'Natuurlijk niet. Je weet toch hoe jaloers ze kan doen.'

Spencer keek naar buiten, naar Lexington Avenue, en telde maar liefst tien gele taxi's achter elkaar. 'Waren jij en Melissa echt de hele nacht samen, die avond dat Ali vermist raakte?'

Ian leunde achterover op zijn ellebogen en zuchtte theatraal. 'Jullie Hastings-meiden zijn me wat, hoor: Melissa heeft het ook al constant over die avond! Ik geloof dat ze bang is dat die agent ontdekt dat we toen hebben zitten drinken terwijl we daar nog niet de leeftijd voor hadden. Maar wat dan nog? Dat is ruim vier jaar geleden: daar gaan ze ons nu echt niet meer voor op de bon slingeren!'

'Melissa... bang?' fluisterde Spencer met grote ogen.

Ian schonk haar een verleidelijke blik. 'Ah joh, zet al dat Rosewood-gedoe eens even uit je hoofd.' Hij streek haar haar van haar voorhoofd. 'Laten we gewoon lekker een potje vrijen.'

Begeerte stroomde Spencers lichaam binnen. Ian kwam steeds dichterbij, totdat zijn gezicht het zicht op de huizen aan de overkant geheel versperde. Hij streelde haar knie. 'Dit moeten we niet doen,' fluisterde Spencer. 'Het is niet goed.'

'Natuurlijk wel,' fluisterde Ian hees.

En toen klonk er opnieuw een klop op de tussendeur...

'Spencer?' klonk Melissa slaperig. 'Ben jij daar?'

Spencer sprong zo snel uit bed dat al haar boeken en aantekeningen op de grond vielen. 'Eh... ja.'

'Weet jij waar Ian is?' riep haar zus.

Toen Spencer hoorde dat ze aan de klink van de tussendeur begon te draaien, gebaarde ze wild naar Ian dat hij de gang op moest. Hij wipte uit bed, streek over zijn kleren en glipte toen de kamer uit – net op het moment dat Melissa de tussendeur openduwde.

Haar zus droeg een gestreepte Kate Spade-pyjama en had haar zwartzijden slaapmasker op haar voorhoofd geschoven. Ze stak haar neus in de lucht, bijna alsof ze rondsnuffelde naar Kiehl's ananas/papajascrub. 'Hoezo is jouw kamer veel groter dan de mijne?' zei ze ten slotte.

Allebei hoorden ze hoe Ian zijn sleutelkaart in het kastje op hun kamerdeur stak. Toen Melissa zich omdraaide, golfde haar haar over haar schouder. 'Ach, dáár ben je! Waar was je nou?'

'Bij de snoepautomaat,' klonk Ian boterzacht.

Melissa trok de tussendeur achter zich dicht, zonder nog iets tegen Spencer te zeggen.

Spencer liet zich weer op haar bed vallen. 'Oef, dat was kantje boord!' kreunde ze luid. Ze hoopte maar dat Melissa en Ian dat niet hadden gehoord.

# 23

# ACHTER GESLOTEN DEUREN

Toen Hanna haar ogen opende, zat ze achter het stuur van haar Toyota Prius. Maar de artsen hadden haar toch gezegd dat ze met een gebroken arm niet mocht rijden? Ze moest toch in bed blijven, met haar miniatuurdobermann Dot naast haar?

'Hanna!' Naast haar op de passagiersstoel zat een wazige figuur. Hanna wist alleen dat het een meisje met blond haar was – het visioen was te vaag om meer te kunnen zien. 'Hoi, Hanna,' zei de stem opnieuw. Ze klonk als...

'Ali?' zei Hanna schor.

'Inderdaad.' Ali bracht haar gezicht heel dichtbij, de puntjes van haar haar kietelden Hanna's wang. 'Ik ben A,' fluisterde het meisje.

'Wát?' riep Hanna. Haar ogen werden groot.

Ali ging wat rechter zitten. 'Ik zei: ik ben oké.' Toen duwde ze het portier open en vluchtte de nacht in.

Opeens werd Hanna's visioen ineens een stuk scherper. Ze stond op de parkeerplaats van het Hollis Planetarium. Een grote poster van THE BIG BANG klapperde in de wind.

Hanna vloog hijgend overeind. Ze was in haar spelonkachtige slaapkamer, knus onder een kasjmier deken. Dot lag opgekruld in zijn Gucci-mandje. Rechts van haar was haar inloopkast, met zijn rekken en rekken vol prachtige dure kleren. Ze liet zich weer achterovervallen, haalde een paar maal diep adem om zichzelf weer bij de les te krijgen. 'Jezus!' zei ze toen hardop.

De deurbel klonk. Kreunend kwam Hanna weer overeind. Ze voelde zich alsof haar hoofd vol met stro zat. Waar had ze zojuist over gedroomd? Ali, de oerknal, A?

De deurbel klonk opnieuw. Dot sprong uit zijn mand en begon bij Hanna's dichte slaapkamerdeur op en neer te springen. Het was vrijdagochtend. Toen ze op de wekker op haar nachtkastje keek, bleek het al over tienen te zijn. Haar moeder was allang weg – áls die gisteravond nog thuis was gekomen. Hanna herinnerde zich dat ze op de bank in slaap was gevallen en dat Mona haar naar boven had geholpen.

'Ik kom eraan!' riep ze, terwijl ze haar marineblauwe zijden ochtendjas aantrok, haar haar in een paardenstaart bond en vlug even naar haar gezicht in de spiegel keek. Ze huiverde. De hechtingen in haar kin waren nog steeds rafelig en zwart. Ze deden haar denken aan de veters op een rugbybal.

Toen ze door de ruitjes van de voordeur gluurde, zag ze Lucas op de veranda staan. Haar hart begon meteen sneller te slaan. Ze keek opnieuw naar zichzelf in de halspiegel en duwde een paar lokjes achter haar oren. Ze voelde zich net de dikke dame van het circus in die wijde zijden ochtendjas en overwoog heel even om terug naar boven te snellen en échte kleren aan te trekken.

Maar toen stopte ze zichzelf en stootte een hooghartig lachje uit. Wat was ze nou aan het doen? Ze kon Lucas toch niet leuk vinden? Want hij was nu eenmaal... Lucas.

Ze draaide even met haar schouders, zuchtte diep en trok de voordeur toen wijd open. 'O, hoi,' zei ze, terwijl ze er zo verveeld mogelijk bij probeerde te kijken.

'Hoi,' zei Lucas terug.

Het leken wel eeuwen dat ze elkaar aanstaarden. Hanna wist zeker dat Lucas haar hart kon horen bonzen – ze wilde dat ze het 't zwijgen kon opleggen. En Dot draaide alsmaar rondjes om haar benen, maar Hanna stond zo aan de grond genageld dat het niet bij haar opkwam om haar hand uit te steken en hem weg te jagen.

'Kom ik ongelegen?' vroeg Lucas voorzichtig.

'Eh... nee hoor,' zei Hanna vlug. 'Kom binnen.'

Ze liep achteruit de gang in en struikelde over de deurstop in de vorm van een boeddha, die ze al zeker tien jaar hadden. Ze maaide met haar armen om niet onderuit te gaan.

En toen voelde ze opeens Lucas' sterke armen om haar middel. Terwijl hij haar overeind hielp, keken ze elkaar opnieuw diep in de ogen. Lucas' mondhoeken krulden zich tot een glimlach. Hij boog zich voorover en drukte zijn mond op de hare. Hanna smolt onmiddellijk en duwde zich tegen hem aan. Samen zwierden ze richting de bank en lieten zich op de kussens vallen – waarbij Lucas ervoor zorgde haar mitella te ontzien. Minutenlang klonk er niets anders dan gesmak en geslurp. Toen rolde Hanna zich om om adem te halen. Kreunend bedekte ze haar gezicht met haar handen.

'Het spijt me,' zei Lucas terwijl hij overeind kwam. 'Had ik dat niet moeten doen?'

Hanna schudde haar hoofd. Ze kon hem toch niet vertellen dat ze hier de afgelopen twee dagen constant over had lopen fantaseren? Of dat ze het rare gevoel had dat ze hem zelfs al eerder had gezoend – nog vóór die zoen van woensdag? Alleen, dat kon toch niet?

Ze haalde haar handen weg. 'Ik dacht dat je zei dat je op school bij de Bovennatuurlijke Club zat,' zei ze kalm, zich iets van hun ballontocht herinnerend. 'Had je dus niet telepathisch moeten wéten of je dat had moeten doen of niet?'

Lucas grijnsde en porde in haar knie. 'Tja... dan zou ik erop gokken dat je dit wilde. En ook dat je wilt dat ik het nóg een keer doe.'

Hanna likte over haar lippen. Ze voelde zich alsof de duizenden wilde vlinders die ze een paar jaar geleden in het Natuurhistorisch Museum had gezien, in haar buik rondfladderden. En toen Lucas de binnenkant van haar elleboog streelde, precies waar al die infuusslangetjes hadden gezeten, dacht ze werkelijk dat ze wegsmolt in een zachte brij. Toch boog ze kreunend haar hoofd. 'Lucas... ik weet het gewoon niet.'

Hij keek haar aan. 'Wat niet?'

'Ik eh... gewoon, ik bedoel... Mona...' Ze zwaaide vaag met haar armen. Nee, dit klonk helemaal verkeerd – niet dat ze ook maar enig idee had wat ze precies zeggen wilde...

Lucas trok één wenkbrauw op. 'Mona? Wat is er met Mona?'

Hanna pakte de knuffelhond die haar vader haar in het ziekenhuis had gegeven. Hij moest Cornelius Maximillian voorstellen, een figuur die ze samen hadden bedacht toen ze klein was. 'We hebben het nog maar net weer bijgelegd,' zei ze met een breekbaar stemmetje, hopend dat Lucas dan wist wat ze bedoelde zonder dat ze het hoefde uit te leggen.

Lucas leunde achterover. 'Hanna... ik denk dat je een beetje moet oppassen voor Mona.'

Hanna liet Cornelius Maximillian in haar schoot vallen. 'Hoe bedoel je?'

'Gewoon... ik geloof niet dat zij het beste met je voorheeft.'

Hanna's mond viel open. 'Mona heeft in het ziekenhuis constant naast me gezeten! En trouwens... als dit gaat over die ruzie op haar feest: daar heeft ze me over verteld. En ik heb het geaccepteerd. Het is goed zo.'

Lucas bestudeerde haar gezicht. 'Het is goed zo?'

'Ja,' zei Hanna vinnig.

'Dus... je vindt het niet erg meer wat ze jou heeft aangedaan?' Hij klonk geschokt.

Hanna keek de andere kant op. Gisteren, toen na hun gesprek over A en het interview met de mannelijke fotomodellen de andere meiden waren vertrokken, had ze een fles Stoli Vanil gevonden in de kast waar haar moeder haar trouwservies verstopte. Ze was met Mona in de tv-kamer neergeploft en had *A Walk to Remember* opgezet, waarna ze hun Mandy Moore-spel hadden gespeeld. Telkens wanneer Mandy er dik uitzag, namen ze een slok; telkens wanneer Mandy een pruillip trok, namen ze een slok; telkens wanneer Mandy als een robot klonk, namen ze een slok... Ze hadden het helemaal niet meer gehad over A's bericht aan Mona over die akelige ruzie. Hanna ging er gewoon maar van uit dat het iets stoms was geweest waar ze over hadden gekibbeld: de foto's van het feest, of Justin Timberlake nu wel of niet een idioot was (Mona beweerde altijd van wel, Hanna van niet), zoiets...

Lucas kneep boos met zijn ogen. 'Ze heeft het je níét verteld, is het wel?'

Hanna blies heftig uit door haar neus. 'Het doet er niet meer toe. Oké?'

'Oké,' zei Lucas, met zijn armen in de lucht.

'Oké dan,' zei Hanna en ze rechtte haar schouders.

Maar toen ze haar ogen sloot, zag ze zichzelf weer in haar Prius zitten. Achter haar wapperde de vlag van het Hollis Planetarium, haar ogen prikten van het huilen, er piepte iets – haar BlackBerry misschien – onder in haar tas. Ze probeerde de herinnering vast te grijpen... maar dat lukte niet.

Ze voelde de warmte van Lucas' lichaam gewoon, zo dichtbij zat hij. Hij rook niet naar reukwater, een hippe deodorant of iets anders mafs waar jongens zichzelf mee bespoten, maar gewoon naar jongen en tandpasta. Leefde ze maar in een wereld waarin ze allebei kon hebben: Lucas én Mona... Maar ze wist heel goed dat dat – althans, als ze wilde blijven wie ze was – niet tot de mogelijkheden behoorde.

Ze stak haar hand uit en pakte Lucas' hand. Er welde een snik op in haar keel, om redenen die ze niet kon verklaren of zelfs maar begrijpen. Terwijl ze zich naar voren boog om hem te kussen, trachtte ze voor de zoveelste keer toegang te krijgen tot die herinnering, die beslist van de avond van haar ongeluk moest zijn.

Maar zoals gewoonlijk vond ze niets.

# 24

# DE GUILLOTINE VOOR SPENCER

Vrijdagochtend stapte Spencer Restaurant Daniel aan 65th Street tussen Madison en Park binnen – een rustig, goed onderhouden huizenblok tussen Midtown Manhattan en de Upper East Side. Het leek wel alsof ze de set van *Marie Antoinette* betrad! De muren van het restaurant waren van gegraveerd marmer – net romige witte chocolade, vond ze. De ingang naar de grote eetzaal werd gemarkeerd door golvende, luxueuze, donkerrode gordijnen en een paar kleine, elegant geknipte vormbomen. Spencer besloot dat wanneer zij haar miljoenen had verdiend, haar huis in precies dezelfde stijl moest worden ingericht.

Haar hele familie kwam achter haar aan, inclusief Melissa en Ian.

'Heb je al je aantekeningen?' mompelde haar moeder, frunnikend aan een van de knopen van haar roze pied-de-poule Chanelpakje – ze was gekleed alsof *zij* degene was die zou worden ondervraagd. Spencer knikte. Niet alleen had ze ze bij zich, ze had ze ook al op alfabet gesorteerd. Ze deed haar uiterste best om het kolkende gevoel in haar maag te onderdrukken, hoewel de geur van roerei en truffelolie die vanuit de eetzaal op haar afkwam daar niet echt bij hielp.

Boven het plekje van de gastvrouw hing een bord: INCHECKBALIE GOUDEN ORCHIDEE-INTERVIEW. 'Spencer Hastings,' meldde ze zich bij de Parker Posey-dubbelgangster die de namen controleerde.

Het meisje vond Spencer op haar lijst, glimlachte en gaf haar toen een gelamineerd naamplaatje. 'Jij zit aan tafel zes,' zei ze, gebarend naar de ingang van de eetzaal. Spencer zag allemaal bedrijvige obers, gigantische bloemstukken en een stel ijsberende, kletsende en koffiedrinkende volwassenen. 'Je wordt geroepen zodra we klaar voor je zijn,' vertelde het incheckmeisje haar.

Melissa en Ian bewonderden een marmeren beeld bij de bar; Spencers vader stond in zijn mobieltje te praten; en haar moeder hing ook al aan de telefoon, half verborgen achter een van de bloedrode gordijnen. Spencer hoorde haar zeggen: 'Dus het is geregeld? Fantastisch! Ze vindt het vast geweldig.'

*Wát zal ik geweldig vinden?* wilde Spencer vragen. Maar dat wilde haar moeder toch vast geheimhouden tot na haar uitverkiezing.

Toen Melissa wegglipte naar het toilet, plofte Ian naast Spencer op de chaise longue. 'Opgewonden?' zei hij met een grijns. 'Moet haast wel. Dit is echt gigantisch!'

Spencer wilde dat Ian voor één keer eens naar rotte groenten of hondenbek rook. Dat zou het een stuk makkelijker maken om bij hem in de buurt te zitten. 'Je hebt Melissa toch niet verteld dat je gisteravond op mijn kamer was, wel?' fluisterde ze.

Ian trok een zakelijk gezicht. 'Natuurlijk niet.'

'En deed ze niet achterdochtig of zo?'

Ian verstopte zijn ogen achter een pilotenzonnebril. 'Zo eng is Melissa nu ook weer niet, hoor. Ze zal je niet bijten of zoiets!'

Spencer klemde haar kaken op elkaar. De laatste tijd leek het erop dat Melissa haar niet alleen zou bijten... maar haar ook nog hondsdolheid zou geven. 'Hou jij nou maar gewoon je mond,' gromde ze.

'Spencer Hastings?' riep het meisje aan de balie. 'Ze zijn klaar voor je.'

Toen Spencer opstond, zoemden haar ouders om haar heen, als bijen rond een bijenkorf. 'Vergeet niet te vertellen over die keer dat je Eliza Doolittle in *My Fair Lady* speelde terwijl je een enorme buikgriep had,' fluisterde haar moeder.

'En vergeet niet te zeggen dat ik Donald Trump ken,' voegde haar vader eraan toe.

Spencer fronste haar voorhoofd. 'Is dat zo dan?'

Haar vader knikte. 'We hebben bij Cipriani een keer naast elkaar gezeten en visitekaartjes uitgewisseld.'

Spencer deed zo stiekem als ze kon vlug een paar vuurademhalingen.

Tafel zes bevond zich in een kleine, intieme hoek achter in het restaurant. Er zaten al drie volwassenen koffie te nippen en in croissants te prikken. Toen ze Spencer zagen naderen, stonden ze alle drie op. 'Welkom,' zei een kalende man met een babyface. 'Jeffrey Love, Gouden Orchidee 1987. Ik heb een zetel bij de New York Stock Exchange.'

'Amanda Reed.' Een lange, spichtige vrouw schudde Spencers hand. 'Gouden Orchidee 1984. Ik ben hoofdredacteur bij *Barron's*.'

'Quentin Hughes.' Een zwarte man met een schitterend Turnbull & Asser-buttondownshirt knikte naar haar. '1990. Ik ben directeur bij Goldman Sachs.'

'Spencer Hastings.' Ze probeerde zo bevallig mogelijk te gaan zitten.

'Dus jij bent degene van dat onzichtbare hand-essay,' zei Amanda Reed glunderend, terwijl ze achteroverleunde.

'We waren er allemaal zeer van onder de indruk,' bromde Quentin Hughes.

Spencer vouwde haar witte stoffen servet open en weer dicht. Natuurlijk werkte iedereen aan haar tafel in de financiële wereld! Hadden ze haar niet een kunsthistoricus kunnen toewijzen, een bioloog, een documentairemaker... iemand met wie ze over iets anders kon praten? Ze probeerde zich haar interviewers dan maar in hun ondergoed voor te stellen... of terwijl haar labradoedels, Rufus en Beatrice, tegen hun benen reden... Vervolgens stelde ze zich voor hoe ze hun de waarheid zou vertellen: dat ze geen jota van economie begreep, er zelfs een hekel aan had en dat ze haar zus' werkstuk had gestolen omdat ze bang was dat haar gemiddelde – een 4,0 – anders nog verder zou zakken...

Haar interviewers begonnen met een aantal basisvragen: welke school ze bezocht, wat haar hobby's waren en hoe het zat met haar ervaring met vrijwilligerswerk en leiding geven. Spencer stoof door deze vragen heen; de interviewers glimlachten, knikten en maakten aantekeningen in hun leren Gouden Orchideenotitieboekjes. Ze vertelde over haar rol in *The Tempest*, dat ze redacteur van het jaarboek was en dat ze in het tweede jaar een ecologie-excursie naar Costa Rica had georganiseerd. Na een paar minuten leunde ze achterover en dacht: *dit gaat prima, dit gaat echt prima.*

En toen piepte haar mobieltje.

De interviewers keken verstoord op. 'Je had je telefoon uit moeten zetten voor je naar binnen kwam,' zei Amanda streng.

'Sorry, ik dacht echt dat ik dat had gedaan.' Spencer rommelde in haar tas en wilde haar telefoon net tot zwijgen brengen, toen haar oog op het preview-venstertje viel. Ze had een msn ontvangen van iemand die zich AAAAAA noemde.

AAAAAA: Nuttige wenk voor de niet zo slimmen onder ons: je houdt echt niemand voor de gek, hoor. Die jury ziet heus wel dat jij nepper bent dan een namaak-Vuitton.

PS Zij heeft het gedaan, weet je. En ze draait er haar hand niet voor om om hetzelfde met jou te doen.

Spencer zette de telefoon vlug uit en beet op haar lip. *Zij heeft het gedaan, weet je.* Suggereerde A nu wat zij dácht dat A suggereerde?

Toen ze haar interviewers weer aankeek, leken het ineens wel heel andere mensen – ineengedoken en met een ernstige blik leken ze er helemaal klaar voor om hun tanden in de échte vragen te zetten. Spencer begon het servet weer op en uit te vouwen. *Zij weten helemaal niet dat ik nep ben*, zei ze tegen zichzelf.

Quentin legde zijn handen naast zijn bord. 'Bent u altijd al geïnteresseerd geweest in economie, mejuffrouw Hastings?'

'Eh, zeker,' klonk Spencers stem schor en droog. 'Ik heb eh... economie, geld, dat soort dingen... altijd uiterst fascinerend gevonden.'

'En wie beschouw je filosofisch gezien als je mentoren?' vroeg Amanda.

Spencer kreeg het gevoel alsof haar hersenpan totaal leeg was geschraapt. *Filosofische mentoren?* Wat bedoelde dat mens in godsnaam? Ze kon maar één iemand bedenken. 'Eh... Donald Trump?'

Haar interviewers keken haar even verbluft aan. Toen begon Quentin te lachen, daarna Jeffrey en Amanda. Omdat ze allemaal zaten te grijnzen, deed Spencer dat ook maar. Totdat Jeffrey zei: 'Je maakt een grapje. Toch?'

Spencer knipperde even met haar ogen. 'Natúúrlijk was dat een grapje.' De interviewers begonnen opnieuw te lachen. Spencer kon zich bijna niet inhouden om de croissants die op tafel stonden in een keurige piramide op te stapelen. Ze sloot haar ogen en probeerde zich te concentreren, maar het enige wat ze zag, was een neerstortend vliegtuig, met uitslaande vlammen aan neus en staart. 'Maar wat inspiratie aangaat... ach, dat zijn er zoveel... ik vind het lastig om er maar eentje te noemen,' hakkelde ze.

De interviewers leken niet bijster onder de indruk van dit antwoord.

'Zeg eens, na je studie, wat is dan je ideale eerste baan?' wilde Jeffrey weten.

Zonder nadenken zei Spencer: 'Verslaggever bij *The New York Times*.'

De ondervragers keken een beetje verward. 'Bij het economiekatern dan toch, hè?' probeerde Amanda het voor zichzelf te verklaren.

Spencer knipperde met haar ogen. 'Dat weet ik niet... misschien wel.'

Ze had zich niet meer zo ongemakkelijk en nerveus gevoeld sinds... nou ja, nooit. Haar aantekeningen bleven in die nette stapel in haar handen zitten; haar hoofd voelde als een pas schoongeveegd schoolbord.

Er dreef een lachsalvo naar hen toe vanaf tafel tien. Toen Spencer ernaar keek, zag ze de brunette van het W. Hotel opgewekt zitten glimlachen, terwijl haar interviewers teruglachten. Achter hen was een grote glaswand. Buiten op straat zag Spencer een meisje naar binnen staan gluren. Het was... Melissa. Zij stond daar maar... wezenloos naar haar te staren.

*En ze draait er haar hand niet voor om om hetzelfde met jou te doen.*

'En eh...' Amanda schonk nog wat melk in haar koffie. 'Wat is volgens jou het opmerkelijkste wat je tijdens je highschooltijd is overkomen?'

'Nou...' Spencers blik flitste terug naar het raam, maar Melissa stond er niet meer. Ze ademde nerveus in en probeerde zichzelf weer onder controle te krijgen. Quentins Rolex glinsterde in het licht van de kroonluchter, iemand had te veel muskachtig parfum op, een Frans uitziende serveerster schonk nog wat koffie in bij tafel drie. Spencer wist wel wat het juiste antwoord was: meedoen aan de econometriecompetitie in de derde klas, een zomer als stagiaire bij de optiehandelafdeling van de Philly-tak van J.P. Morgan... Alleen had zíj dat alles niet gedaan, maar Melissa – de rechtmatige winnares van de Gouden Orchidee.

De woorden waren zich al op het puntje van haar tong aan het verzamelen toen er plots iets heel anders van haar lippen rolde. 'Dat mijn beste vriendin in de brugklas vermist raakte,' flapte Spencer er uit. 'Alison DiLaurentis... u hebt misschien wel over haar zaak gehoord. Jarenlang heb ik moeten leven met de vraag wat haar was overkomen, waar ze was. Afgelopen september is haar lichaam gevonden: ze was vermoord. Mijn grootste prestatie is waarschijnlijk dat ik heb standgehouden. Ik weet eerlijk gezegd niet hoe we het met zijn allen hebben klaargespeeld – hoe we naar school zijn gegaan, ons leven hebben geleefd, gewoon maar door zijn gegaan... Want Ali en ik mogen elkaar dan soms hebben gehaat... zij was álles voor mij.'

Toen ze haar ogen sloot, was ze weer terug bij de avond dat Ali vermist raakte; ze had haar net die harde duw gegeven, Ali was net achterovergevallen, die afgrijselijke *krak* klonk door de lucht. Maar opeens opende haar geheugen zich een paar centimeter verder en zag ze nog iets anders... iets nieuws. Vlak nadat ze Ali duwde, hoorde ze iemand zacht, bijna meisjesachtig naar adem snakken. Een geluid dat zo dichtbij klonk alsof diegene vlak achter haar in haar nek stond te hijgen.

*Zij heeft het gedaan, weet je.*

Spencers ogen vlogen weer open. Haar juryleden leken wel in de wachtstand te staan: Quentins croissant zweefde op een paar centimeter van zijn gezicht, Amanda hield haar hoofd in een uiterst ongemakkelijke hoek schuin, Jeffrey drukte zijn servet tegen zijn lippen. Spencer vroeg zich geschrokken af of ze die pas teruggekeerde herinnering soms hardop had verwoord.

'Zo,' zei Jeffrey uiteindelijk. 'Dankjewel, Spencer.'

Amanda stond op en gooide haar servet op haar bord. 'Zeer interessant.' Spencer wist bijna zeker dat dat steno was voor: *jij maakt geen enkele kans om te winnen.*

Ook de andere interviewers maakten zich een voor een uit de voeten, evenals de rest van de kandidaten.

Quentin was de enige die bleef zitten. Hij bestudeerde Spencer zorgvuldig, een haast trotse glimlach op zijn gezicht. 'Wat een verademing, iemand die zo'n eerlijk antwoord durft te geven,' zei hij op zachte, vertrouwelijke toon. 'Ik volg het verhaal van die vriendin van jou al een tijdje. Het is afschuwelijk. Heeft de politie eigenlijk wel verdachten?'

Door het aircorooster boven haar hoofd werd met volle kracht ijskoude lucht over haar uitgestort. Spencer zag Melissa voor zich terwijl ze die barbiepop onthoofdde. 'Nee, die hebben ze niet,' fluisterde ze.

*Maar ik misschien wel.*

# 25

# EEN ONGELUK KOMT ZELDEN ALLEEN

Vrijdag na school wrong Emily haar nog-nat-van-de-zwemtraining-haren uit en liep het jaarboeklokaal binnen, dat vol hing met de mooiste kiekjes van Rosewood Day. Daar had je bijvoorbeeld Spencer tijdens de afstudeerceremonie van vorig jaar, terwijl ze de prijs voor Wiskundeleerling van het Jaar aannam. En daar had je Hanna, die vorig jaar de Rosewood Day-liefdadigheidsmodeshow presenteerde (terwijl ze eigenlijk een van de modellen had moeten zijn).

Opeens werden er twee handen voor Emily's ogen geslagen. 'Hé daar,' fluisterde Maya in haar oor. 'Hoe was het zwemmen?' Ze zei het plagerig, alsof het een kinderversje was of zoiets.

'O, goed hoor.' Emily voelde Maya's lippen langs de hare strijken, maar wilde haar nu niet kussen.

Jaarboekfotograaf (en officieel-nog-niet-uit-de-kast-maar-met-de-deur-al-wijd-open-homo) Scott Chin wervelde de ruimte binnen. 'Jongens, gefeliciteerd!' riep hij, al strooiend met luchtkusjes, waarna hij zijn hand uitstak om Emily's kraag goed te doen en een verdwaalde krul uit Maya's gezicht te strijken. 'Perfect,' riep hij.

Hij wees naar de witte wand aan de andere kant van de ruimte. 'Daar nemen we alle meest waarschijnlijk-foto's. Ik persoonlijk zou jullie het liefst tegen een regenboogachtergrond zetten... zou dat niet dolletjes zijn? Maar ja, het moet nu eenmaal een eenheid worden.'

Emily fronste haar voorhoofd. 'Meest waarschijnlijk... wát? Ik dacht dat wij waren gekozen tot het leukste stel van het jaar?'

Scott boog zich over zijn statief. Zijn pied-de-poule krantenjongenspet gleed half over zijn ogen. 'Nee... jullie zijn het meest waarschijnlijk nog bij elkaar op de lustrumreünie.'

Emily's mond viel open. Over vijf jaar? Was dat niet een tikje overdreven?

Ze wreef over haar nek en probeerde te kalmeren. Maar echt kalm had ze zich eigenlijk niet meer gevoeld sinds ze dat briefje van A in dat restauranttoilet in haar tas had gevonden. Omdat ze niet wist wat ze er anders mee moest, had ze het maar in het voorvakje van haar tas gestopt. Tijdens de les had ze het er af en toe uit gehaald en tegen haar neus gedrukt, om de zoete geur van bananenkauwgum op te snuiven.

'Oké, lach maar eens naar het kanariepietje!' grapte Scott.

Emily kroop wat dichter tegen Maya aan en probeerde te glimlachen. De flits van de camera maakte vlekjes voor haar ogen en ze dacht opeens een brandlucht in het jaarboeklokaal te ruiken. Op de tweede opname gaf Maya Emily een kus op haar wang; op de volgende dwong Emily zichzelf Maya op haar lippen te zoenen.

'Sexy!' moedigde Scott hen aan.

Even later checkte hij op het LCD-scherm van zijn camera wat hij allemaal had. 'Oké, jullie mogen er weer vandoor,' riep hij. Toen zweeg hij even en schonk Emily een wat merkwaardige blik. 'Hoewel... vóór jullie gaan, is er misschien nog iets wat jij wel wilt zien.'

Hij leidde Emily naar een grote werktafel en wees naar een aantal foto's die op een dubbele pagina waren neergelegd. WE MISSEN JE VRESELIJK! schreeuwde de kop. Een overbekend brugklasportret keek Emily aan – niet alleen lag er een afdruk van in de bovenste la van haar nachtkastje, ze zag deze foto nu ook al maanden bijna elke avond op het nieuws.

'Toen ze vermist raakte, heeft de school nooit een speciale Alison-pagina gemaakt,' lichtte Scott toe. 'En nu ze... nou ja, je weet wel... wij vonden gewoon dat we dit moesten doen. We denken zelfs over een soort herdenkingsexpositie met allemaal oude Ali-foto's. Een soort van Ali-overzichtstentoonstelling, zeg maar.'

Emily raakte een van de foto's aan: zij, Ali, Spencer, Aria en Hanna zaten te lunchen, allemaal met een cola-light in de hand en het hoofd hysterisch lachend achterover.

Daarnaast lag een foto van haar en Ali in de gang van de school, hun boeken tegen hun borst geklemd. Emily torende hoog boven de tengere Ali uit; Ali leunde tegen haar aan, terwijl ze iets in haar oor fluisterde. Emily beet op haar knokkels. Ook al had ze inmiddels veel over Ali ontdekt – zaken waarvan ze had gewild dat zij ze destijds met haar had gedeeld – toch miste ze haar nog steeds zo erg dat het letterlijk pijn deed.

Er stond nog iemand op de achtergrond, die ze op het eerste oog over het hoofd had gezien: een meisje met lang donker haar, een vertrouwd appelwangengezicht, ronde groene ogen en roze boogvormige lippen – Jenna Cavanaugh. Ze keek naar iemand naast haar, waarvan je alleen een stukje dunne bleke arm zag. Het voelde vreemd om Jenna te zien... toen zij nog kon zien.

Emily keek naar Maya. Die was alweer door naar de volgende foto: zij zag natuurlijk niets bijzonders aan deze foto. Er was nog zo veel dat Emily haar niet had verteld...

'Is dat Ali?' vroeg Maya, wijzend naar een kiekje van Ali die haar broer Jason op het terrein van Rosewood Day om de nek vloog.

'Ja!' Emily kon de ergernis in haar stem niet onderdrukken.

'O.' Maya deinsde een beetje achteruit. 'Ze lijkt er gewoon niet op, vind ik.'

'Ze ziet er anders net zo op uit als op alle andere Ali-foto's die hier liggen,' zei Emily, terwijl ze de bewuste foto bekeek en de neiging om met haar ogen te rollen wist te bedwingen. Ali leek er ongelooflijk jong op, misschien pas tien of elf – dus nog van vóórdat zij vriendinnen werden. Ze kon zich nu nog maar moeilijk voorstellen dat Ali ooit aanvoerster van een heel andere kliek was geweest – met Naomi Zeigler en Riley Wolfe als volgelingen. Zij hadden Emily en de rest soms zelfs geplaagd, wist ze nog – haar hadden ze bijvoorbeeld uitgelachen om haar haar, dat van al die uren in het chloor een beetje groenig was geworden.

Toen bestudeerde ze Jasons gezicht. Hij leek ervan te genieten zijn zus een dikke knuffel te geven. Wat had hij gister in die reportage toch bedoeld met dat 'helemaal verdwaasd'?

'En wat is dit?' vroeg Maya, wijzend naar een stel foto's op het bureau ernaast.

'O, dat is Brenna's project,' zei Scott. Hij stak zijn tong uit. Emily kon het niet helpen dat ze daar even om moest lachen. Van de verbeten rivaliteit tussen Scott en Brenna Richardson, de tweede jaarboekfotograaf, kon je makkelijk een realitysoap maken. 'Maar... voor deze ene keer vind ik het eigenlijk best een goed idee. Ze heeft allemaal foto's gemaakt van de tasinhoud van allerlei lui, om te laten zien waar een typische Rosewood Day-leerling de hele dag mee rondsjouwt. Maar Spencer heeft het nog niet gezien, dus misschien keurt zij het nog af.'

Emily boog zich over het bureau. Naast elke foto was de naam van de eigenaar of eigenares geschreven. Noel Kahns lacrossetas bevatte een handdoek vol bacteriën, de gelukseekhoorn waar hij het altijd over had en een bus Axe-bodyspray. Getver! In Naomi Zeiglers olifantgrijze gewatteerde tas zat een iPod Nano, een Dolce & Gabbana-brillenkoker en een rechthoekig voorwerp dat een minicamera of een juweliersloep moest zijn. Mona Vanderwaal sjouwde rond met M.A.C.-lipgloss, een pakje Snif-zakdoekjes en maar liefst drie agenda's. Uit de blauwe stak een stukje van een foto met daarop een slanke arm met een gerafelde manchet. In Andrew Campbells rugzakje zaten acht lesboeken, een leren dagplanner en dezelfde Nokia als Emily. Op de foto zag je het begin van een sms'je dat hij had geschreven of ontvangen, maar het was helaas niet te lezen.

Toen Emily opkeek, zag ze Scott staan rommelen met zijn camera, maar Maya zag ze nergens meer. Op hetzelfde moment begon haar mobieltje te trillen. Ze had één nieuw tekstbericht.

```
Tss, Emily! Weet je vriendin al van je zwak
voor blondines? Ik zal je geheimpje bewaren,
hoor... als jij hetzelfde voor mij doet.
Kusje! A
```

Emily's hart bonkte in haar keel. Zwak voor blondines? En... waar was Maya eigenlijk naartoe?

'Emily?'

Er stond een meisje in de deuropening. Ze droeg een dun roze babydoll-achtig topje, alsof ze geen enkele last had van de oktoberkou. Haar blonde haar wapperde een beetje, als een bikinimodel dat voor een windmachine stond.

'Trista?' zei Emily.

En toen stapte Maya ineens weer binnen. Eerst trok ze een frons in haar voorhoofd, daarna glimlachte ze. 'Hé, Em! Wie is dit?'

Emily draaide haar hoofd. 'Waar wás jij nou ineens?'

Maya keek haar een beetje schuin aan. 'Eh... op de gang.'

'Wat moest je daar dan?' zei Emily.

Maya keek haar aan alsof ze zeggen wilde: *Wat doet dat er nou toe?*

Emily kneep een paar maal met haar ogen. Was ze soms gek aan het worden, dat ze ineens zo achterdochtig deed tegen Maya? Ze keek naar Trista, die dwars door de ruimte op haar afkwam.

'Wat heerlijk om jou weer te zien!' kraaide ze en ze gaf Emily een enorme knuffel. 'Ik ben gewoon op het vliegtuig gesprongen en... verrassing!'

'Ja,' zei Emily, haar stem amper meer dan een schorre fluistering. Over Trista's schouder zag ze Maya's woeste blik. 'Wat een verrassing.'

# 26

# LEKKER ORDINAIR EN PUUR TEGELIJK

Die vrijdag na school reed Aria over Lancaster Avenue langs het winkelcentrum – Fresh Fields, A Pea in the Pod, Home Depot. Het was een bewolkte middag en de anders zo kleurrijke bomen langs de kant stonden er duf en bleekjes bij.

Mike zat naast haar. Bokkig draaide hij zijn Nalgene-fles steeds maar weer open en dicht. 'Ik mis zo wel mooi mijn lacrosse-training!' gromde hij. 'Wanneer ga je me eens vertellen wat we gaan doen?'

'We gaan ergens heen waardoor alles goed zal komen,' zei Aria stijfjes. 'Maak je niet druk, je vindt het er vast te gek.'

Toen ze stilstond voor een rood licht, trok er een rilling van voorpret over haar rug. A's tip over Meredith – dat ze een stout geheimpje had – had alles op zijn plek laten vallen. Ze vond al dat Meredith laatst zo idioot deed toen ze haar in Hollis tegenkwam en ze had gezegd dat ze hoognodig ergens zijn moest, maar niet waar. En twee avonden geleden had ze ineens opgemerkt dat de huur van hun huis weer steeg en dat ze, omdat ze de laatste tijd met haar kunst niet zoveel had verdiend, misschien een baantje erbij moest nemen om de eindjes aan elkaar te knopen. Bij Hooters waren de fooien vast niet slecht.

Hooters! Aria moest haar kaken op elkaar klemmen om niet in lachen uit te barsten. Ze kon niet wachten tot ze dit aan haar vader kon onthullen. Altijd als ze daarlangs reden, had Byron geroepen dat alleen infantiele cultuurbarbaren naar Hooters gingen – mannen die meer familie van de apen waren dan van de mensen. Gisteravond had ze Meredith nog de kans gegeven haar zonden zelf aan Byron op te biechten. Ze was achter haar gaan staan en had gezegd: 'Ik weet wat jij verbergt. En weet je? Als je het zelf niet gauw doet, vertel ík het aan Byron.'

Meredith was een stukje achteruit gestommeld en had de theedoek uit haar handen laten vallen. Zie je wel: ze voelde zich wel degelijk ergens schuldig over! Toch had ze er blijkbaar niet met Byron over gesproken. Vanochtend hadden ze aan tafel samen vredig op hun Kashi GoLean zitten knarsen, even lief tegen elkaar als anders. En dus had Aria besloten de zaak in eigen hand te nemen.

Het was midden op de dag, maar de parkeerplaats van Hooters stond bijna helemaal vol. Aria telde maar liefst vier politiewagens: Hooters was een beruchte hangplek voor agenten, omdat het direct naast het politiebureau lag. Vanaf zijn uithangbord grijnsde de Hooters-uil hen toe. Door de getinte ramen van het restaurant zag Aria nog net de vage omtrekken van meiden in superstrakke shirtjes en superkorte oranje shorts. Maar toen ze Mike aankeek, zat deze niet te schuimbekken, een stijve te krijgen of wat een normale jongen ook maar deed als hij bij deze tent kwam. Hij keek haar geërgerd aan en stamelde: 'Wat moeten we hier in godsnaam?'

'Meredith werkt hier,' zei Aria. 'Ik wou dat jij erbij was als ik haar ermee confronteer dat we het weten.'

Mikes mond viel zo wijd open dat Aria de knalgroene kauwgumbrok achter zijn kiezen kon zien zitten. 'Je bedoelt... pa's...?'

'Inderdaad.' Ze begon in haar jakbonten tas naar haar Treo te zoeken – ze wilde foto's van Meredith maken, als bewijsmateriaal – maar die zat niet in het gebruikelijke vakje. Haar maag draaide zich om. Was ze haar telefoon ergens kwijtgeraakt? Ach ja: ze had hem op tafel laten vallen toen ze midden in haar Gedachteloze Kunstles dat bericht van A had ontvangen. Ze was toen het lokaal uit gevlucht en had op het toilet op de gang haar masker van haar gezicht gepeld. Ze nam zich voor er straks even naar te gaan zoeken.

Aria en Mike stapten door de dubbele deuren naar binnen. De Rolling Stones begroetten hen luid; de walm van warme kippenvleugels was overweldigend. Een hoogblond zonnebankbruin meisje speelde voor gastvrouw. 'Hoi!' riep ze vrolijk. 'Welkom bij Hooters!'

Aria vertelde haar hun naam, waarna het meisje zich omdraaide om te gaan kijken of er nog een tafel vrij was. Wiebelend met haar achterste liep ze weg. Aria gaf Mike een por. 'Zag je die tieten? Giga, man!'

Ze geloofde zelf amper dat ze dat had gezegd. Maar bij Mike kon er geen glimlachje af, die keek alsof ze hem had meegesleept naar een poëzievoordracht in plaats van een borstenparadijs! De gastvrouw kwam terug en leidde hen naar een hoekbank. Toen ze zich boog om hun bestek neer te leggen, keek Aria regelrecht in haar T-shirt naar een knalroze bh. Mikes blik was echter gefixeerd op het oranje tapijt, alsof dit soort dingen tegen zijn geloof indruisten of zo.

Nadat de gastvrouw weg was, keek Aria om zich heen. Aan de overkant zat een groepje politieagenten enorme borden vol spareribs en friet naar binnen te werken, terwijl ze zowel naar de wedstrijd op tv als naar de passerende serveersters loerden. Agent Wilden zat er ook bij. Aria zakte een beetje onderuit. Niet dat ze hier niet zijn mocht – bij Hooters zeiden ze altijd dat ze er voor het hele gezin waren – maar ze kon hem nu even missen als kiespijn.

Mike zat nors de menukaart te bestuderen, terwijl ondertussen wel zes serveersters langsliepen, de ene nog spannender dan de andere. Aria vroeg zich af of haar broer soms van de ene dag op de andere homo was geworden. Ze draaide haar hoofd weg. Als hij zich zo wilde gedragen, moest hij dat zelf weten. Dan zocht ze Meredith wel in haar eentje.

De serveersters waren allemaal hetzelfde gekleed: shirtjes en shorts zo'n acht maten te klein en gympen van het type dat het cheerleadersteam tijdens de wedstrijden droeg. En ze leken ook nog eens allemaal op elkaar, wat het in principe makkelijker zou moeten maken om Meredith ertussenuit te pikken. Maar Aria zag niemand met donker haar, laat staan met een spinnenwebtattoo.

Toen de serveerster een enorm bord friet voor hen neerzette, had ze eindelijk genoeg moed verzameld om te vragen: 'Weet jij misschien of hier iemand werkt die Meredith Gates heet?'

De serveerster knipperde met haar ogen. 'Nee, die naam herken ik niet. Hoewel veel meiden soms ook een andere naam gebruiken... je weet wel, meer...' Ze zweeg even, zoekend naar het juiste woord.

'Hooters-achtig?' opperde Aria jolig.

'Precies!' zei het meisje met een brede glimlach en ze paradeerde weer weg.

Aria snoof en prikte Mike met een frietje. 'Hoe denk jij dat Meredith zich hier laat noemen? Randi? Fifi? Of wat dacht je van Caitlin? Da's pas echt een parmantige naam, hè?'

'Hou je nu eens op?' barstte Mike uit. 'Ik wil helemaal niks horen over... háár. Oké?'

Aria knipperde met haar ogen en liet zich tegen de rugleuning zakken.

Mike had een rood hoofd gekregen. 'Wat denk je nou, dat je hiermee alles in één klap weer goedmaakt? Het feit dat pa vreemdgaat nóg eens onder mijn neus douwen?' Hij stopte een hele hoop frietjes tegelijk in zijn mond en keek de andere kant op. 'Het maakt ook niet uit. Ik ben er allang overheen.'

'Ik wilde het weer goedmaken met je,' piepte Aria. 'Alles beter maken.'

Mike lachte luid. 'Er is niets meer wat je doen kunt, Aria. Je hebt mijn leven geruïneerd.'

'Dat heb ik niet!' hijgde Aria.

Mike kneep zijn ijsblauwe ogen tot spleetjes. Toen smeet hij zijn servet op tafel, stond op en begon zijn anorak aan te trekken. 'Ik moet naar lacrossetraining.'

'Wacht nou!' Aria kon nog net het lusje van zijn spijkerbroek grijpen. Ze voelde zich opeens alsof ze elk moment in huilen kon uitbarsten. 'Ga nou niet weg,' jammerde ze. 'Mike, alsjeblieft. Mijn leven is óók geruïneerd. En niet alleen vanwege pap en Meredith... maar door... nog iets anders.'

Mike keek haar over zijn schouder aan. 'Wat bedoel je?'

'Kom nou weer even zitten,' zei Aria wanhopig.

Een lang moment ging voorbij. Toen gromde Mike en ging weer zitten. Starend naar haar bord met frietjes trachtte Aria de moed te verzamelen om haar mond open te doen. Ze hoorde twee mannen over de verdedigingsstrategie van de Eagles praten, en in een reclame voor tweedehands auto's op de flatscreen-tv boven de bar stond een man in een kippenpak te ratelen over 'kakelverse' aanbiedingen.

'Ik krijg al een tijdje dreigementen van iemand,' fluisterde ze. 'Iemand die werkelijk álles over mij weet... en die Ella heeft getipt over Byrons verhouding met Meredith. Een aantal van mijn vriendinnen krijgt dezelfde boodschappen. En volgens ons zit diegene dus ook achter Hanna's ongeluk... O ja, en hij is ook degene die me vertelde dat Meredith hier werkt. Ik weet niet hoe deze persoon al die dingen weet, maar het ís wel zo,' zei ze schouderophalend en toen zweeg ze.

Pas na twee reclames deed Mike zijn mond open. 'Heb jij een stalker?'

Aria knikte treurig.

Mike knipperde onthutst met zijn ogen en wees toen naar de tafel vol agenten. 'Heb je hun dit al verteld?'

Zijn zus schudde haar hoofd. 'Dat kan niet!'

'Tuurlijk wel! Laten we het nu meteen doen.'

'Joh, ik heb het onder controle,' siste Aria tussen haar tanden. Ze masseerde haar slapen. 'Misschien had ik het je toch niet moeten vertellen.'

Mike leunde naar voren. 'Ben je dan al die vreemde dingen vergeten die in dit stadje gebeurd zijn? Je móét het iemand vertellen!'

'Wat kan jou het eigenlijk schelen?' snauwde Aria. Ze voelde zich volstromen met woede. 'Ik dacht dat je mij haatte, dat ik jouw leven had geruïneerd?'

Mikes gezicht verslapte. Hij slikte, zijn adamsappel ging op en neer. Toen hij vervolgens opstond, leek hij langer dan Aria zich herinnerde. En sterker. Misschien kwam dat door al dat gelacrosse of doordat hij tegenwoordig de man in huis was... Hij pakte Aria bij haar pols en trok haar overeind. 'Jij gaat het hun vertellen.'

Aria's onderlip trilde. 'Maar dat is gevaarlijk!'

'Het is juist gevaarlijk om het níét te vertellen,' zei Mike. 'Enne... ik bescherm je wel. Oké?'

Aria's hart voelde een beetje als een ovenverse brownie: zacht, warm en half gesmolten. Ze glimlachte onvast en keek naar de knipperende neonreclame boven de eetzaal. HOOTERS: LEKKER ORDINAIR EN PUUR TEGELIJK, stond er. Hij deed het echter niet best meer: alle letters bleven donker, behalve de A uit 'ordinair', die steeds dreigend oplichtte. Als ze haar ogen sloot, bleef die A staan – fel als de zon.

Ze haalde diep adem. 'Oké dan,' fluisterde ze.

Toen ze van hun tafel aarzelend naar de agenten toe begon te lopen, kwam de serveerster net terug met de rekening. Zodra ze zich weer omdraaide en wegliep, verscheen er een dubieuze blik in Mikes ogen. Hij stak zijn handen naar voren en maakte een beweging in de lucht, alsof hij in de strakke, in oranje satijn gehulde billen van het meisje kneep. Toen hij zag dat Aria naar hem keek, schonk hij haar een vette knipoog.

Het leek erop dat de echte Mike Montgomery terug was. Aria had hem gemist!

# 27

# EEN BIZARRE DRIE-EENHEID

Vrijdagavond, vlak voordat de limousine zou arriveren om haar naar haar feest te brengen, stond Hanna in haar slaapkamer pirouettes te draaien in haar felbedrukte Nieves Lavi-jurk. Eindelijk had ze dan het perfecte maatje 32, dankzij een dieet van infuusvoeding en hechtingen in het gezicht die het kauwen van vast voedsel te pijnlijk maakten.

'Hij staat je fantastisch,' zei een stem. 'Alleen vind ik je wel een tikje te mager.'

Hanna draaide zich om. Met dat zwarte scheerwollen pak, donkerpaarse stropdas en paarsgestreepte buttondownshirt was haar vader net George Clooney ten tijde van *Ocean's Eleven*. 'Welnee, ik ben écht niet te mager,' zei ze vlug, trachtend te verbergen hoe opgetogen ze door zijn opmerking was. 'Kate is stukken dunner dan ik.'

Haar vaders gezicht betrok – wellicht door het horen van de naam van zijn perfecte, evenwichtige, maar ook ongelooflijk gemene nepstiefdochter. 'Maar wat doe jij hier eigenlijk?' wilde Hanna weten.

'O, je moeder heeft me binnengelaten.' Hij kwam de kamer binnen en zette zich op het bed. Hanna's maag draaide zich om. Haar vader was al sinds haar twaalfde – vlak voordat hij hen had verlaten – niet meer op haar slaapkamer geweest. 'Ze zei dat ik me hier kon omkleden voor het grote feest.'

'Kom jij dan ook?' gilde Hanna uit.

'Ja. Mag dat?' vroeg haar vader.

'Eh... ja hoor.' Spencers ouders kwamen immers ook, net als een aantal docenten en medewerkers van Rosewood Day. 'Maar ik bedoel... ik dacht dat jij wel terug zou willen naar Annapolis... naar Kate en Isabel. Die heb je tenslotte al bijna een week niet gezien...' Ze kon het echt niet helpen dat het bitter klonk.

'Hanna...' begon haar vader, maar Hanna draaide zich van hem af. Ze was opeens zo boos dat hij hun gezin in de steek had gelaten en dat hij hier nu wel was, maar misschien meer van Kate hield dan van haar... om nog maar te zwijgen van het feit dat zij hier met een gezicht vol littekens zat en zich nog steeds helemaal niets van zaterdagavond herinnerde. Toen ze de tranen in haar ooghoeken voelde, maakte dat haar nog bozer.

'Kom eens hier.' Haar vader legde zijn sterke armen rond haar schouders.

Toen ze haar hoofd tegen zijn borst legde, hoorde ze zijn hart.

'Gaat het wel goed met je?' vroeg hij.

Buiten toeterde een auto. Hanna trok het bamboe rolgordijn omhoog en zag de limousine die Mona had geregeld op de oprit staan, zijn ruitenwissers verwoed heen en weer zwiepend. 'Ja hoor, prima zelfs,' zei ze. Opeens stond alles weer gewoon op zijn pootjes. Ze trok het Dior-masker voor haar gezicht. 'Ik ben Hanna Marin en ik ben fabelachtig!'

Haar vader gaf haar een enorme zwarte golfparaplu aan. 'Dat ben je zeker!' zei hij.

En voor het allereerst bedacht Hanna dat ze hem misschien gewoon maar eens geloofde.

Voor haar gevoel slechts enkele tellen later zat Hanna boven op een met kussens overladen plateau haar best te doen te voorkomen dat de kwasten van het baldakijn haar Dior-masker van haar gezicht sloegen. Vier oogverblindende slaven hadden haar even daarvoor opgetild en paradeerden nu traag de feesttent binnen die op de vijftiende green van de Rosewood Country Club was opgezet.

'Dames en heren... wij presenteren u... haar grootse terugkeer in Rosewood... de fabelachtige Hanna Marin!' gilde Mona in de microfoon. Terwijl de menigte in gejuich uitbarstte, wuifde

Hanna opgewonden in het rond. Alle gasten waren gemaskerd en Mona en Spencer hadden de tent getransformeerd in de Salon de l'Europe van Le Casino in Monte Carlo, Monaco, compleet met nepmarmeren muren, dramatische fresco's en roulette- en kaarttafels. Aantrekkelijke, gesoigneerd uitziende jongens liepen rond met dienbladen vol toastjes, bemanden de twee bars en stonden als croupier achter de goktafels. Hanna had geëist dat er geen enkele vrouw voor haar feest werd ingehuurd.

Toen de dj op een nieuw White Stripes-nummer overschakelde, begon iedereen te dansen.

Mona's magere, bleke hand pakte Hanna bij de arm en trok haar door de mensenmassa heen naar zich toe om haar een enorme knuffel te geven. 'Is het niet geweldig?' riep ze vanachter haar uitdrukkingsloze masker, dat erg veel op Hanna's Diormeesterwerk leek.

'Echt wel!' riep Hanna, terwijl ze haar vriendin met haar heup aanstootte. 'Vooral die goktafels! Valt daar ook nog wat te winnen?'

'Jazeker, een wilde avond met een wilde meid... jij, Hanna!' riep Spencer, die achter hen opdook. Mona pakte ook haar hand, waarna ze met zijn drieën even stonden te trillen van blijdschap. Spencer was net een blonde Audrey Hepburn, met haar zwartsatijnen A-lijnjurk en schattige ballerina's met ronde neuzen. Toen ze haar arm over Mona's schouder legde, maakte Hanna's hart een sprongetje. Hoewel ze A die eer natuurlijk nooit zou gunnen, hadden diens berichtjes aan Mona er toch maar mooi voor gezorgd dat Mona Hanna's oude vriendinnen nu wél accepteerde. Gisteren, tijdens hun Mandy Moore-drinkspelletje, had ze haar bekend: 'Weet je, Spencer is echt cool. Ik geloof dat zij ook prima bij onze kliek zou passen.' Hanna had er járen op gehoopt haar dat ooit te horen zeggen.

'Je ziet er fantastisch uit!' zei plots een stem in Hanna's oor. Achter haar stond een jongen in een strakgesneden krijtstreepbroek, een wit buttondownshirt met lange mouwen en een vogelmasker met een lange neus. Lucas' vermomming werd helaas tenietgedaan door zijn witblonde haar, dat boven het masker uit piepte. Toen hij zijn hand naar haar uitstak, stond Hanna's hart even stil. Ze hield hem één seconde vast, kneep er even in en liet hem toen gauw weer vallen, voordat iemand iets had gezien. 'Te gek feest!' zei Lucas.

'Dank je, het was niets,' kwam Mona er opeens tussen. Ze gaf Hanna een por. 'Zeg eh, Han... ik weet het niet, hoor... maar vind jij dat afgrijselijke ding dat Lucas op heeft als masker gelden?'

Hanna keek Mona aan. Ze wou dat ze haar gezicht kon zien. Toen tuurde ze over Lucas' schouder en deed alsof ze werd afgeleid door iets bij de blackjacktafel.

'Hanna, kan ik je heel even spreken?' vroeg Lucas. 'Onder vier ogen?'

Mona stond alweer te kletsen met een van de obers.

'Eh... oké,' mompelde Hanna.

Lucas leidde haar naar een afgezonderd hoekje en trok zijn masker af.

Hanna deed haar best om de tornado van gevoelens die door haar buik raasde te stoppen, door overal naar te kijken behalve naar Lucas' superroze, superkusbare lippen.

'Mag ik dat van jou alsjeblieft ook afdoen?' vroeg Lucas.

Hanna keek om zich heen om te checken of ze echt alleen waren, zodat niemand anders haar gehavende gezicht zou zien en stond hem toen toe haar masker op te tillen.

Hij kuste zacht haar hechtingen. 'Ik heb je gemist,' fluisterde hij.

'We hebben elkaar een paar uur terug nog gezien!' giechelde Hanna.

Lucas glimlachte. 'Dat lijkt eeuwen geleden.'

Ze zoenden nog een paar minuten – dicht tegen elkaar aan op één zitkussen van de bank, zich niets aantrekkend van de kakofonie van feestgeluiden om hen heen. Toen hoorde Hanna opeens door de dunne tentgordijnen haar naam roepen.

'Hanna?' riep Mona. 'Han? Waar zit je?'

Hanna hád het niet meer. 'Ik moet gauw terug!' Ze pakte Lucas' masker bij de lange snavel beet en schoof het hem toe. 'En jij moet dit weer opzetten.'

Lucas trok zijn schouders op. 'Het is erg heet onder dat ding. Ik denk dat ik 'm af laat.'

Hanna maakte de touwtjes van haar eigen masker extra stevig

vast. 'Het is een gemaskerd bal, hoor, Lucas. Als Mona ziet dat jij het jouwe hebt afgedaan, schopt ze je er echt uit!'

Lucas' blik was ineens kil. 'Doe jij altijd alles wat Mona zegt?'

Hanna verstrakte. 'Nee.'

'Mooi zo. Moet je ook niet doen.'

Hanna gaf een tik tegen een van de kwastjes van het kussen. Toen keek ze Lucas weer aan. 'Wat wil je nou van me, Lucas? Zij is mijn beste vriendin, hoor!'

'Heeft ze je nu al verteld wat ze je heeft aangedaan?' wilde Lucas weten. 'Op haar eigen feest, bedoel ik?'

Hanna stond geërgerd op. 'Zoals ik al eens heb gezegd: dat doet er niet meer toe.'

Lucas sloeg zijn ogen neer. 'Hanna, ik geef om jou! En ik geloof niet dat Mona dat ook doet; ik geloof zelfs niet dat zij om wie dan ook maar geeft. Laat het er niet bij zitten, oké? Eis van haar dat ze je de waarheid vertelt. Ik vind dat je die hoort te weten.'

Hanna keek hem lang en onderzoekend aan. Lucas' ogen glommen, zijn lip trilde een beetje en hij had een paarse striem in zijn nek van hun eerdere vrijpartij. Het liefst zou ze haar hand uitsteken en er met haar duim aan voelen.

Zonder nog iets te zeggen, trok ze het gordijn open en stormde terug de dansvloer op. Aria's broer Mike stond een sexy paaldans voor een meisje van de quakersschool te demonstreren, Andrew Campbell en zijn suffige vrienden van de Knowledge Bowl hadden het over het tellen van kaarten bij blackjack. Ze glimlachte toen ze haar vader zag staan kletsen met haar oude cheerleaderscoach – die zij en Mona altijd stiekem 'The Rock' noemden, omdat ze een beetje op die professionele worstelaar leek.

Mona vond ze uiteindelijk in een van de andere met kussens beladen enclaves. Eric Kahn, Noels oudere broer, hing naast haar en fluisterde iets in haar oor. Toen Mona Hanna zag, kwam ze meteen overeind. 'Godzijdank, je hebt je weten los te rukken van Lucas de Loser,' kreunde ze. 'Waarom hangt die eigenlijk de godganse tijd om jou heen?'

Hanna krabde onder haar masker aan haar hechtingen. Haar hart begon opeens een tandje sneller te kloppen. Ze móést het Mona vragen: nu wilde ze het toch weleens weten. 'Volgens

Lucas moet ik jou niet vertrouwen.' Ze perste er een lachje uit. 'Hij zegt dat jij iets voor me achterhoudt – alsof je dat ooit zou doen...' Ze rolde met haar ogen. 'Ik bedoel, hij ouwehoert er natuurlijk maar wat op los. Ach, het is ook zo stom!'

Mona sloeg zuchtend haar benen over elkaar. 'Ik denk dat ik wel weet wat hij bedoelt.'

Hanna slikte. De lucht van wierook en pasgemaaid gras greep haar opeens naar de keel; er klonk applaus van de blackjacktafel, waar blijkbaar iemand had gewonnen. Mona kwam nog wat dichterbij en zei in Hanna's oor: 'Ik heb je dit nooit verteld, maar in de zomer tussen de brugklas en de tweede hebben Lucas en ik verkering gehad. Ik was het eerste meisje dat hij zoende. Ik heb hem gedumpt toen wij vriendinnen werden, maar hij heeft me nog zeker een halfjaar gebeld. En ik betwijfel of hij er ooit overheen is gekomen.'

Hanna leunde verbluft achterover. Ze voelde zich alsof ze in een kermisattractie zat, die halverwege de rit ineens van richting veranderde. 'Jij en Lucas... verkering?'

Mona keek naar beneden en veegde een verdwaalde blonde lok voor haar masker weg. 'Sorry dat ik je dat niet eerder heb verteld. Maar eh... Lucas is een loser, Han. Ik wilde gewoon niet dat je mij ook een loser zou vinden.'

Hanna streek door haar haar. Ze dacht aan hun vlucht in die luchtballon: hoe ze hem álles had verteld, hoe onschuldig en open hij haar had aangekeken, hoe heftig ze hadden gezoend, de kreungeluidjes die hij had gemaakt toen ze zijn nek had gestreeld...

'Dus hij probeert met mij aan te pappen en zegt al die nare dingen over jou... alleen maar om jou terug te pakken omdat je hem hebt gedumpt?' stamelde Hanna.

'Ik ben bang van wel,' zei Mona treurig. 'Lucas is juist degene die je niet moet vertrouwen, Hanna.'

Traag stond Hanna op. Ze dacht aan hoe Lucas had gezegd hoe mooi ze was en hoe goed dat had gevoeld... hoe hij haar DailyCandy-blogs had voorgelezen, terwijl de verpleegsters haar infuuszak verwisselden... en hoe haar hartslag, nadat hij haar in het ziekenhuis had gezoend, wel een halfuur versneld was gebleven – ze had het zelf op de hartmonitor bijgehouden. Ze had hem over haar eetprobleem verteld, over Kate, over haar vriendschap met Ali, zelfs over A! Waarom had híj haar dan nooit over zijn relatie met Mona verteld?

Lucas zat inmiddels op een andere bank met Andrew Campbell te praten. Ze stevende regelrecht op hem af. Maar Mona rende achter haar aan en greep haar bij de arm. 'Joh, doe dit nou later! Zal ik hem er gewoon uit laten gooien? Kun jij lekker van je grote avond genieten.'

Maar Hanna wuifde haar weg. Ze tikte op de rug van Lucas' krijtstreepvestje. Toen hij zich omdraaide, keek hij blij verrast en schonk haar een superlieve glimlach.

'Mona heeft me de waarheid verteld,' siste Hanna, met haar handen op haar heupen. 'Jullie tweeën hebben ooit verkering gehad!'

Lucas trok met zijn lip, knipperde een paar maal met zijn ogen, opende zijn mond en sloot hem toen weer. 'O, eh...'

'Dáár draait dit allemaal om, is het niet?' zei ze. 'Daarom wil je dat ik een hekel aan haar krijg.'

'Natuurlijk niet,' zei Lucas, met een diepe rimpel in zijn voorhoofd. 'Het stelde niks voor.'

'Ja ja,' hoonde Hanna.

'Hanna houdt niet van jongens die liegen,' voegde Mona eraan toe toen zij achter Hanna opdook.

Lucas' mond viel open en een knalrode blos kroop van zijn nek naar zijn wangen. 'Maar wel van meiden die liegen?'

Mona kruiste haar armen voor haar borst. 'Ik lieg helemaal nergens over, Lucas.'

'O nee? Wanneer heb je Hanna dan verteld wat er op jouw feest werkelijk is voorgevallen?'

'Dat doet er niet meer toe,' wierp Hanna ertussen.

'Tuurlijk heb ik haar dat verteld!' zei Mona op hetzelfde moment.

Lucas keek naar Hanna. Zijn gezicht werd nog een tintje roder. 'Ze heeft jou iets vreselijks aangedaan.'

Mona ging precies tussen hen in staan. 'Ach, hij is gewoon jaloers.'

'Zij heeft je tot op het bot vernederd,' ging Lucas verder. 'En ík was degene die je redde.'

'Wat?' piepte Hanna.

'Hanna...' Mona pakte allebei haar handen. 'Het is gewoon een misverstand.'

En toen zette de dj iets van Lexi op. Het was een nummer dat je niet zo vaak hoorde en Hanna wist dan ook niet meteen waar ze het voor het laatst had gehoord. Maar toen wist ze het opeens weer: Lexi was de speciale muzikale gast op Mona's verjaarsfeest geweest!

En opeens lichtte een herinnering in haar hoofd fel op: ze zag zichzelf in een superstrakke champagnekleurige jurk naar de ingang van het planetarium strompelen, biddend dat de naden van haar outfit het zouden houden. Toen zag ze Mona naar haar glimlachen... en vervolgens voelde ze hoe haar knie en elleboog keihard op de marmeren vloer belandden. Er klonk een lang en pijnlijk *rrrrt* toen de jurk het niet langer hield... waarna iedereen om haar heen begon te lachen – Mona het hardst van allemaal.

Onder haar masker viel Hanna's mond wijd open en haar ogen werden groot. Nee! Dat kón niet waar zijn. Ze moest nog steeds in de war zijn van het ongeluk. En trouwens, zelfs áls het waar was, deed dat er nu dan nog toe? Ze keek naar haar gloednieuwe Paul & Joe-armband, een fijn gouden kettinkje met een fraaie vlindersluiting. Mona had hem haar gegeven als welkom-terug-uit-het-ziekenhuis-cadeau, vlak nadat ze die akelige e-card van A had gekregen. 'Ik wil dat wij nooit meer boos op elkaar zijn,' had ze gezegd toen Hanna het deksel van het doosje had opengemaakt.

Lucas keek haar verwachtingsvol aan; Mona stond met haar handen op haar heupen te wachten. Hanna trok nog eens aan de linten van het masker. 'Ach, jij bent gewoon jaloers!' zei ze toen tegen Lucas en ze sloeg een arm om Mona's middel. 'Wij zijn beste vriendinnen... en dat zullen we altijd blijven.'

Lucas' gezicht vertrok. 'Ook goed.' En hij draaide zich om en rende naar de uitgang.

'Tss, wat een sukkel,' zei Mona, terwijl ze Hanna's gebogen arm aannam.

'Ja,' zei Hanna. Maar ze zei het zo zacht dat ze betwijfelde of Mona het wel kon horen.

# 28

# ARM KLEIN DOOD MEISJE

De lucht begon net donker te worden toen mevrouw Fields Emily en Trista vrijdagavond bij de hoofdingang van de countryclub afzette. 'Goed, je kent de regels,' zei ze streng, terwijl ze haar arm op de rugleuning van Emily's stoel legde. 'Geen alcohol en tegen middernacht thuis zijn. Carolyn geeft jullie een lift. Afgesproken?'

Emily knikte. Ze vond het best een opluchting dat ze toch een paar regels meekreeg. Haar ouders waren sinds haar terugkeer zo toegeeflijk geweest dat ze bijna begon te denken dat ze beiden waren getroffen door een hersentumor of vervangen door klonen of zo...

Toen haar moeder wegreed, trok Emily even aan de zwarte, van haar zus geleende jersey jurk en probeerde niet te erg te wiebelen op haar roodleren queenie-hakjes. In de verte stond de gigantische, verlichte feesttent. Er schalde een Fergie-nummer uit de speakers en Emily hoorde onmiskenbaar Noel Kahns stem: 'Oei, wat geil!'

'O, ik vind het allemaal zo spannend!' zei Trista, die Emily's arm pakte.

'Ik ook,' zei Emily en ze trok haar jasje wat dichter om zich heen. Ze keek naar de windzak met skeletopdruk die bij de hoofdingang van de countryclub was opgehangen. 'Als jij een Halloween-figuur was, wat zou je dan zijn?' vroeg ze. Ze dacht de laatste tijd constant in Tristaïsmes: ze probeerde te bedenken op welke pastasoort ze het meest leek, op welke Great Adventure-achtbaan, op welke loofboom...

'Catwoman,' antwoordde Trista prompt. 'En jij?'

Emily keek de andere kant op. Op dit moment voelde ze zich nog het meest een heks. Nadat Trista haar in het jaarboeklokaal had verrast, had ze uitgelegd dat haar vader voor US Air vloog, waardoor zij zelfs korting op lastminute-vluchten kreeg. Dus had ze gister meteen na Emily's sms besloten op het vliegtuig te stappen, om samen met haar naar Hanna's feest te gaan, waarna ze vast wel bij haar op de vloer mocht slapen... Emily had niet geweten hoe ze moest zeggen: dat had je beter niet kunnen doen. Wílde dat eigenlijk ook niet.

'Wanneer zien we die vriendin van jou nu?' vroeg Trista.

'O, die is er waarschijnlijk al.' Ze liepen over de parkeerplaats en passeerden maar liefst acht BMW's uit de 7-serie.

'Gaaf!' Trista deed wat ChapStick op haar lippen. Toen ze de lippenbalsem aan Emily gaf, raakten hun vingers elkaar even. Emily voelde meteen tintelingen door haar hele lichaam trekken en toen ze Trista's blik ontmoette, zag ze dat zij net zulke prikkelende gedachten had.

Emily stopte even bij de wachtplaats van de parkeerhulpen. 'Luister... ik moet je iets opbiechten. Eh... Maya is min of meer mijn vriendin.'

Trista keek haar blanco aan.

'En ik heb haar – en mijn ouders – soort van verteld dat jij... een penvriendin bent...' vervolgde Emily, '... met wie ik al een paar jaar schrijf.'

'Echt?' Trista gaf haar een speelse duw. 'Waarom heb je haar niet gewoon de waarheid verteld?'

Emily slikte en verpulverde met haar grote teen een paar dorre bladeren. 'Als ik haar vertelde wat er werkelijk is gebeurd... in Iowa... zou ze dat misschien niet snappen.'

Trista streek door haar haar. 'Maar er ís helemaal niets gebeurd, we hebben alleen maar samen gedanst.' Ze gaf Emily een por. 'Jeetje, is ze zó bezitterig?'

'Nee...' Emily keek naar de Halloween-vogelverschrikker op het gazon van de countryclub. Er stonden maar liefst drie van dat soort vogelverschrikkers op het terrein, maar iets verderop op een vlaggenmast zat een kraai, die voor geen meter onder de indruk leek. 'Niet echt.'

'Is het soms een probleem dat ik er nu ben?' vroeg Trista op de man af.

Haar lippen hadden exact dezelfde kleur als Emily's lievelingstutu toen ze nog op balletles zat, haar lichtblauwe jurk zat strak om haar welgevormde borsten en benadrukte heel mooi de platheid van haar buik en de rondheid van haar billen. Trista was net een sappige rijpe vrucht: Emily zou zo in haar willen bijten. 'Tuurlijk is dat geen probleem,' fluisterde ze.

'Mooi zo.' Trista zette haar masker op. 'Dan zal ik je niet verraden.'

Zodra ze de tent binnenstapten, kwam Maya op Emily afgelopen. Ze trok haar konijnenmasker af en pakte haar stevig beet voor een superhartstochtelijke zoen. Toen Emily halverwege haar ogen opende, zag ze dat Maya Trista heel provocerend recht stond aan te kijken. 'Wanneer dump je haar?' fluisterde Maya vervolgens in Emily's oor.

Emily draaide haar hoofd weg en deed alsof ze het niet had gehoord.

Terwijl ze met zijn drieën door de feesttent liepen, greep Trista constant Emily's arm en hijgde: 'O, wat mooi; moet je al die kussens zien!' en: 'Wat zijn er veel lekkere jongens in Pennsylvania!' en: 'Wat dragen veel meiden hier diamanten!' – als een kind dat voor het eerst in Disneyworld was.

Toen ze bij de bar even door een grote groep mensen werden gescheiden, trok Maya haar masker af. 'Is die meid soms opgegroeid in een hermetisch gesloten terrarium of zo?' riep ze, haar ogen groot. 'Hoe kan het dat ze werkelijk álles wonderbaarlijk vindt?'

Emily zag dat Trista nu tegen de bar geleund stond, terwijl Noel Kahn verleidelijk over haar arm streek. 'Ach, ze is gewoon opgetogen dat ze hier is,' bromde ze. 'Iowa is behoorlijk saai.'

Maya deed een stapje achteruit en keek haar schuin aan. 'Trouwens best toevallig dat jij ineens een penvriendin blijkt te hebben in het dorp waar je vorige week naartoe werd verbannen...'

'Och, dat valt wel mee,' zei Emily hees, turend naar de glinsterende discobal in het midden van de tent. 'Ze komt uit hetzelfde stadje als mijn familie en Rosewood Day deed een paar jaar geleden een uitwisselingsproject met haar school. Toen zijn we met elkaar blijven schrijven.'

Maya perste haar lippen opeen en spande haar kaken. 'Ze is wel erg knap. Kies jij je penvriendinnen soms op hun uiterlijk uit?'

'Ach, het was heus geen Match.com of zoiets,' zei Emily schouderophalend, om het zo nonchalant mogelijk te laten lijken.

Maya schonk haar een veelbetekenende blik. 'Ik zou het niet eens zo gek vinden: je was immers verliefd op Alison DiLaurentis en Trista lijkt behoorlijk op haar.'

Emily verstijfde, haar ogen schoten heen en weer. 'Echt niet!'

Maya keek de andere kant op. 'Wat je wilt.'

Emily koos de volgende woorden uiterst zorgvuldig. 'Zeg... die bananenkauwgum die jij altijd hebt, Maya. Waar koop je die eigenlijk?'

Maya keek haar niet-begrijpend aan. 'Daar heeft mijn vader eens een doosje van meegebracht, uit Londen.'

'Maar is hij in de Verenigde Staten ook te krijgen? En ken jij meer mensen die die smaak kauwen?' vroeg Emily met bonzend hart.

Maya keek haar verbaasd aan. 'Wat zit je me toch uit te horen over bananenkauwgum?' En voordat Emily iets kon zeggen, had ze zich al omgedraaid. 'Luister, ik ga even naar het toilet. Wacht hier op me. Dan praten we zo verder.'

Emily keek hoe Maya tussen de baccarattafels door zigzagde en voelde zich alsof haar buik vol hete kolen zat. Bijna meteen daarna dook Trista op uit de menigte, met drie plastic bekertjes in haar handen. 'Met tic!' fluisterde ze opgewonden en ze wees naar Noel, bij de bar. 'Die jongen daar had een flesje van het een of ander bij zich en heeft mij ook wat gegeven.' Ze keek om zich heen. 'Waar is Maya?'

Emily trok haar schouders op. 'Pissig weggelopen.'

Trista had haar masker afgedaan. Haar huid glansde in de flitsende lichten boven de dansvloer. Met haar getuite roze lippen, grote blauwe ogen en hoge jukbeenderen leek ze misschien toch wel een beetje op Ali... Maar toen schudde Emily haar hoofd en stak haar hand uit naar een van de bekers. Eerst maar eens wat drinken!

Terwijl ze de beker pakte, liet Trista haar vinger verleidelijk over haar pols glijden. Emily probeerde haar gezicht in de plooi te houden, ook al voelde ze zich alsof ze op het punt stond te smelten.

'Hé... als jij een kleur was, welke zou je dan zijn?' fluisterde Trista.

Emily keek vlug de andere kant op.

'Ik zou rood zijn,' fluisterde Trista. 'Niet knalrood... nee, eerder een diep donker mooi sexy rood... een wulpse kleur rood.'

'Ja, ik ook,' gaf Emily toe.

De muziek klonk ineens als een hartslag. Emily nam een gulzige slok, het kruidige aroma van rum prikte in haar neus. Trista vouwde haar hand om die van Emily, Emily's hart maakte een sprongetje. Ze schuifelden wat dichter naar elkaar toe... en nog wat dichter – tot hun lippen elkaar nét niet raakten. 'Dit kunnen we misschien beter niet doen,' fluisterde Trista.

Maar Emily schoof nóg wat dichterbij, haar hele lichaam trillend van opwinding.

En toen was er ineens een klap op haar rug. 'Wat krijgen we godverdomme nou?'

Daar stond Maya achter hen, haar trillende neusgaten wijd opengesperd.

Emily deed geschrokken een grote stap achteruit en opende en sloot haar mond als een goudvis. 'I-ik dacht dat jij naar het toilet ging,' was het enige wat ze wist uit te brengen.

Maya knipperde een paar maal met haar ogen, haar gezicht paars van woede. Toen draaide ze zich abrupt om en stormde de tent uit, iedereen op haar pad ruw opzij duwend.

'Maya!' Emily rende achter haar aan. Maar net voor ze naar buiten wilde rennen, voelde ze een hand op haar arm. Het was een haar onbekende man in een politie-uniform: lang en slungelig, met superkort stekeltjeshaar en SIMMONS op zijn badge.

'Emily Fields?' vroeg hij.

Emily knikte traag, haar hart begon te bonzen.

'Ik wil je even een paar vragen stellen.' Hij legde zacht een hand op haar schouder. 'Heb jij... heb jij soms ook bedreigende boodschappen ontvangen?'

Emily's mond viel open. Door de flakkerende stroboscoop kreeg ze een raar, licht gevoel in het hoofd. 'H-hoezo?'

'Je vriendin Aria Montgomery heeft ons er vanmiddag over ingelicht,' zei de agent.

'Wat?' krijste Emily.

'Het komt heus wel goed,' verzekerde hij haar. 'Ik wil alleen even weten hoeveel jij weet, goed? Het is waarschijnlijk gewoon iemand die je kent, die vlak onder je neus opereert. Als jij ons nu vertelt wat jij weet, kunnen we proberen het samen uit te knobbelen.'

Emily keek door de doorzichtige opening van de tent naar buiten. Daar holde Maya over het gras, haar hakken wegzakkend in de modderige bodem. Ze kreeg ineens een afgrijselijk gevoel toen ze bedacht hoe zij haar had aangekeken toen ze zei: *En ik hoorde dat degene die haar heeft aangereden, haar ook al een poos stalkte.* Hoe kon Maya dat weten?

'Nu even niet,' fluisterde ze, terwijl ze de brok in haar keel probeerde weg te slikken. 'Ik moet eerst iets afhandelen.'

'O, dan wacht ik hier gewoon,' zei de agent, opzij stappend om haar erlangs te laten. 'Neem de tijd. Ik moet toch nog meer mensen zoeken.'

Emily zag nog net hoe Maya het hoofdgebouw van de countryclub binnenrende. Ze sprintte achter haar aan, via twee dubbele glazen deuren een lange gang in, met aan het eind de deur naar het binnenbad. Door het beslagen raam zag ze Maya met haar tengere lichaam naar de rand van het zwembad lopen en naar haar spiegelbeeld in het water turen.

Ze duwde de deur open en liep om de lage tegelmuur heen die de ingang van het bad scheidde. Het water van het zwembad was glad en bewegingloos, de lucht zwaar en vochtig. Maya móést hebben gehoord dat er iemand binnenkwam, maar ze draaide zich niet om. In een andere situatie had Emily haar misschien voor de grap in het water geduwd en was ze er zelf achteraan gesprongen, nu schraapte ze haar keel. 'Maya... dat gedoe met Trista is niet wat het lijkt.'

'O nee?' Maya keek haar over haar schouder aan. 'Het leek mij anders behoorlijk duidelijk.'

'Nou ja... ik kan gewoon met haar lachen,' gaf Emily toe. 'Ze zet me helemaal niet onder druk of zo.'

'Ik wel dan?' piepte Maya, terwijl ze zich omdraaide. De tranen stroomden over haar wangen.

Emily slikte hoorbaar en trachtte al haar moed bijeen te rapen. 'Maya... heb jij mij soms... sms'jes gestuurd, briefjes, berichtjes? Heb jij mij... lopen bespioneren?'

Maya trok een diepe rimpel in haar voorhoofd. 'Waarom zou ik dát doen?'

'Dat weet ik ook niet,' begon Emily. 'Maar als je het wel hebt gedaan, dan eh... dan weet de politie er inmiddels van.'

Maya schudde traag haar hoofd. 'Waar héb je het toch over?'

'Ik zal het niet verklappen als jij het bent,' beloofde Emily. 'Ik wil alleen maar weten waaróm.'

Maya trok haar schouders op en kreunde gefrustreerd. 'Ik heb écht geen idee waar je het over hebt.' Er dreef ineens een traan over haar wang. Ze schudde geërgerd haar hoofd. 'Ik hou van jou,' fluisterde ze. 'En ik dacht dat jij ook van mij hield.' Toen draaide ze zich om, trok de deur van het zwembad open en smeet hem zo hard als ze kon achter zich dicht.

De plafondverlichting van het zwembad werd gedimd. De weerkaatsing van het water op de muren veranderde van witachtig goud in oranjeachtig geel, aan de duikplank hingen dikke zweterige druppels. En opeens realiseerde Emily zich iets – en het was alsof ze op een koude dag in het ijskoude water dook – natuurlijk was Maya A niet! A had dit alles juist zo geregeld om Maya verdacht te maken, om het tussen hen tweeën voorgoed te verpesten...

Haar mobieltje zoemde. Ze graaide er met trillende handen naar.

```
Zeg, Emmeke: d'r ligt in de hot tub een
meisje op je te wachten. Veel plezier! A
```

Emily liet met bonzend hart haar telefoontje vallen. De hot tub werd door een wandje van de rest van de ruimte gescheiden en had zijn eigen uitgang naar de hal. Langzaam liep ze ernaartoe. Het water bubbelde als een toverketel, damp steeg op van het wateroppervlak. En toen zag ze ineens iets roods tussen de bubbels drijven. Geschrokken deinsde ze achteruit. Toen ze heel voorzichtig nog eens keek, realiseerde ze zich dat het maar een pop was, met haar gezicht in het water, haar lange rode haar als een waaier om haar heen.

Ze stak haar hand uit en trok de pop uit het bad. Het was Ariël uit *De kleine zeemeermin*. Ze had de bekende geschubde groene en paarse vinnen, maar in plaats van haar schelpenbikini droeg ze een strakgesneden zwempak met op de borst ROSEWOOD DAY HAMERHAAIEN. Over haar ogen waren kruisjes gezet, waardoor het leek alsof ze was verdronken, en er was iets met een dikke marker op haar voorhoofd geschreven.

Als je het vertelt, ga je eraan. A

Emily's handen begonnen te trillen. Ze liet de pop op de gladde tegels vallen. Toen ze zich oprichtte van de rand van de hot tub, hoorde ze een deur dichtslaan.

Ze vloog overeind, haar ogen groot van schrik. 'Is daar iemand?' fluisterde ze.

Stilte.

Ze stapte uit het hot tub-gedeelte en keek om zich heen. Bij het zwembad was niemand. Een tegelmuur belemmerde haar het zicht op de uitgang, maar ze zag duidelijk een schaduw op de verste muur. Ze was hier niet alleen!

Ze hoorde iemand giechelen en maakte een sprongetje van schrik. En toen kwam er een hand achter de tegelmuur vandaan, gevolgd door een blonde paardenstaart en nog een paar handen, groter en mannelijk, met een zilveren Rolex rond de pols.

Noel Kahn zag ze het eerst. Hij sprong achter de muur vandaan en rende naar een van de ligstoelen. 'Kom,' fluisterde hij. Toen volgde de blondine. Het was Trista! Ze kropen samen op de ligstoel en zoenden verder.

Emily was zo verbijsterd dat ze in lachen uitbarstte. Trista en Noel keken verstoord op. Trista's mond viel open, maar gelijk daarop trok ze haar schouders op, alsof ze zeggen wilde: *Ach ja, jij was er niet...* Emily moest opeens aan Abby's waarschuwing denken: *Trista Taylor bespringt werkelijk alles wat beweegt* –

*jongen of meid*. Waarschijnlijk sliep Trista vannacht toch niet op de vloer naast haar bed...

Noels lippen plooiden zich in een brede grijns. Toen gingen ze door met wat ze aan het doen waren – alsof Emily niet bestond. Emily keek nog eens naar de verdronken Ariël op de grond. Ze huiverde. Als ze iemand over A vertelde, zou die er wel voor zorgen dat ze écht niet meer bestond.

# 29

# NIEMAND KAN JE HOREN SCHREEUWEN

Aria haastte zich van haar gedeukte Subaru naar de ingang van het Hollis Kunstengebouw. Aan de horizon was zich een onweersbui aan het opbouwen, de regen was al beginnen te vallen. Ze kwam net van haar gesprek met de politie, die ze eindelijk over A had verteld. Ze had haar oude vriendinnen via Wildens telefoon proberen te waarschuwen, maar geen van hen had opgenomen – waarschijnlijk omdat ze het nummer niet kenden. Nu kwam ze kijken of haar Treo hier was blijven liggen, want zonder haar telefoon had ze geen enkel bewijs van wat A had gezegd dat hij haar zou aandoen. Haar broer Mike had aangeboden met haar mee te gaan, maar ze had hem gezegd dat ze hem op Hanna's feest wel weer opzocht.

Ze drukte op de knop van de lift en trok haar Rosewood Dayblazer wat dichter om zich heen – ze had nog geen tijd gehad om zich om te kleden. Mikes aandringen Wilden over A te vertellen had haar dan wel wakker geschud, maar was het wel de juiste beslissing geweest? Wilden had alles willen weten over elke sms, elke msn, elke mail en elk briefje dat A haar had gestuurd. En telkens weer had hij gevraagd: 'Is er soms iemand wie jullie vieren iets hebben aangedaan, iemand die jullie kwaad zou willen doen?'

Ze had slechts zwijgend haar hoofd geschud, omdat ze het niet hardop wilde uitspreken. Wie hadden ze níét iets aangedaan, in die tijd dat Ali het voor het zeggen had? Al was er één iemand die eruit sprong: Jenna.

Ze dacht aan A's boodschappen: *Ik weet* ALLES, *Ik ben dichterbij dan je denkt*... en aan Jenna, die haar mobieltje liet zien en zei: *Ik ben zo blij dat ik eindelijk ook kan sms'en!* Maar was Jenna werkelijk tot zoiets in staat? Zij was immers blind – A overduidelijk niet.

De liftdeuren gleden open, Aria stapte naar binnen. Terwijl de lift haar naar de tweede verdieping bracht, dacht ze aan de herinnering waar Hanna over was begonnen toen ze net uit coma was: over de middag voor Ali's vermissing. Ali had zich die dag zo vreemd gedragen: eerst dat notitieboekje waar ze in had zitten lezen en dat zij absoluut niet mochten zien, toen hoe ze even later helemaal confuus naar beneden was gekomen...

Nadat de anderen waren vertrokken, was ze nog even op Ali's veranda blijven zitten om de laatste naalden van de polsbanden te breien die ze haar vriendinnen als eerste-dag-van-de-zomer-geschenk wilde geven. Toen ze daarna om het huis heen naar haar fiets liep, stond Ali als aan de grond genageld midden in de voortuin. Haar blik flitste van de gordijnen voor het raam van hun eetkamer naar het huis van de familie Cavanaugh aan de overkant van de straat.

'Ali?' had ze gefluisterd. 'Alles goed?'

Ali had zich niet verroerd. 'Soms,' zei ze, met een stem alsof ze in trance verkeerde. 'Ik wou dat ze voorgoed uit mijn leven verdween.'

'Hè?' fluisterde Aria. 'Wie?'

Ali keek haar geschrokken aan, alsof ze haar zojuist had verrast.

Er bewoog iets achter het raam van de familie DiLaurentis, of was het maar een weerspiegeling? Toen Aria naar de tuin van de familie Cavanaugh keek, zag ze achter de grote struik bij Toby's oude boomhut iemand zitten – iemand die haar herinnerde aan de figuur die ze in diezelfde tuin had zien staan die avond dat zij ervoor haddem gezorgd dat Jenna blind werd.

Toen de lift *ping* zei, maakte ze een sprongetje van schrik. Wie had Ali eigenlijk bedoeld toen ze dat zei: *Ik wou dat ze voorgoed uit mijn leven verdween*? Destijds had ze gedacht dat het om Spencer ging: Ali en zij hadden immers constant ruzie. Nu wist ze dat ineens niet meer zo zeker. Er waren zoveel dingen die ze niet van Ali had geweten...

De gang naar het lokaal van de cursus Gedachteloze Kunst was donker – op dat ene moment na, toen een bliksemstraal gevaarlijk dicht op het raam af zigzagde. Aria opende de deur, reikte naar het lichtknopje en knipperde met haar ogen tegen het felle licht. Tegen de achterwand stonden de kastjes voor de spullen van de leerlingen. Tot haar verrassing lag haar Treo in een van de open vakjes, schijnbaar onaangeraakt. Ze rende ernaartoe en wiegde hem zuchtend van opluchting in haar armen.

Toen pas zag ze de maskers van haar klas in de vakjes liggen drogen. Het vakje waar haar naam onder was geplakt was natuurlijk leeg, maar dat van Jenna niet. Iemand anders had haar zeker verder geholpen, want daar lag haar masker: met het gezicht naar boven en perfect gevormd, lagen haar eigen lege ogen naar de bovenkant van het kastje te staren. Aria haalde het masker er voorzichtig uit. Jenna had het beschilderd met een soort sprookjesbos: rond haar neus slingerden druivenranken, boven haar linkeroog bloeide een bloem en er zat een prachtige vlinder op haar rechterwang. De gedetailleerde penseelstreken waren onberispelijk, misschien zelfs een beetje té: dit kon toch niet gemaakt zijn door een blind iemand?

Opeens klonk er een donderslag, zo hard dat het leek alsof hij de aarde had opengespleten. Aria slaakte een gilletje en liet het masker op tafel vallen. Toen ze naar het raam keek, zag ze daar iets aan de bovenste sluithaak hangen. Het zag eruit als een piepklein... mensje.

Ze deed een stap naar voren. Het was een pluchen pop van Sneeuwwitjes boze stiefmoeder: ze droeg een lange zwarte mantel, een gouden kroon op haar hoofd en haar fronsende gezicht zag spookachtig bleek. Er was een touw rond haar nek geknoopt, er waren grote zwarte kruisen over haar ogen getekend en op haar lange jurk zat een briefje gespeld.

Spiegeltje, spiegeltje aan de wand, wie is
de stoutste van het land? Jij hebt geklikt.
Dus ben je de volgende. A

Boomtakken schraapten woest langs de ruit, bliksemflitsen zetten de hemel in lichterlaaie. Toen klonk er opnieuw een hevige donderslag, waarna alle lichten in het lokaal uit sprongen. Aria slaakte een harde kreet.

Ook de straatlantaarns brandden nu niet meer en ergens in de verte klonk een brandweersirene. *Rustig blijven*, zei Aria tegen zichzelf en ze pakte haar Treo en toetste het nummer van de politiecentrale in. Net toen er werd opgenomen, flitste er buiten, vlak voor het raam, een dolkvormige bliksemschicht. De telefoon glipte uit haar vingers en kletterde op de grond. Ze raapte hem weer op en probeerde het nummer opnieuw – maar de telefoon deed het niet meer.

Een paar hevige flitsen zetten het hele lokaal in een blikkerend wit licht. Aria zag de omtrekken van de bureaus, de kasten, de zwaaiende boze stiefmoeder aan het raam en ten slotte... de deur. Haar ogen werden groot, een schreeuw bleef in haar keel steken: daar, in de deuropening, stond iemand!

'H-hallo?' riep ze.

Maar na de volgende bliksemschicht was de vreemdeling ineens verdwenen.

Aria beet met klapperende tanden op haar knokkels. 'Hallo?' riep ze nog een keer.

Het antwoord was weer een bliksemflits.

Het ogenblik daarna stond er opeens een meisje vlak voor haar neus. Aria viel bijna flauw van angst. Het was, het was...

'Hallo,' zei het meisje.

Het was Jenna.

# 30

# VIJF WOORDJES KUNNEN ALLES VERANDEREN

Spencer zat aan de roulettetafel en liet haar glanzende plastic casinofiches van de ene hand in de andere glijden. Toen ze er een paar op de vakjes 4, 5, 6 en 7 legde, voelde ze de menigte, die intussen flink was gegroeid, achter zich duwen. Het leek wel of heel Rosewood er vanavond was: iedereen van Rosewood Day, plus nog een stel lui van rivaliserende privéscholen, die ook altijd naar Noel Kahns feesten kwamen. Er liep zelfs een politieagent rond. Ze vroeg zich af waarom dat was.

Het rad stopte. De bal bleef op nummer 6 liggen. Dat was al de derde keer op rij dat ze won! 'Niet slecht!' zei iemand in haar oor. Spencer keek om, maar zag niet wie dat kon hebben gezegd. Het leek de stem van haar zus wel. Maar waarom zou Melissa zich hier vertonen? Er waren verder geen mensen van de universiteit en vóór Spencers interview voor de Gouden Orchidee had ze Hanna's feest nog bespottelijk genoemd.

*Zij heeft het gedaan, weet je.* Die msn van A kreeg Spencer maar niet uit haar hoofd.

Ze keek de tent rond. Iemand met blond haar in een boblijn sloop naar het podium. Maar toen ze ging staan, bleek diegene alweer in de menigte te zijn verdwenen. Ze wreef in haar ogen. Misschien was ze wel gek aan het worden.

Opeens greep Mona Vanderwaal haar bij de arm. 'Hé, liefie! Zeg, heb je even? Ik heb een verrassing voor je.'

Ze leidde Spencer dwars door de menigte naar een rustiger

plekje. Toen ze met haar vingers knipte, verscheen er op magische wijze een ober, die hun allebei een hoog glas met een bruisende vloeistof gaf. 'Echte champagne!' zei Mona. 'Ik wilde even op jou toosten, Spencer, om je te bedanken. Omdat je dit fantastische feest samen met mij hebt georganiseerd... maar ook omdat je er voor mij bent geweest... in verband met, je weet wel... die berichten...'

'Ach, dat spreekt toch vanzelf,' zei Spencer zwakjes.

Ze tikten hun glazen tegen elkaar en nipten toen voorzichtig. 'Dit feest is echt te gek,' vervolgde Mona. 'Dat was me zonder jou nooit gelukt.'

Spencer wuifde haar complimenten bescheiden weg. 'Joh... jíj hebt het allemaal in elkaar gepast; ik heb alleen maar wat telefoontjes gepleegd. Je bent een waar natuurtalent.'

'We zijn allebei natuurtalenten,' zei Mona en ze sloeg haar champagne in één teug achterover. 'We zouden samen een organisatiebureau moeten beginnen.'

'Ja, en tussen de bedrijven door laten we dan countryclubjongens onze billen zien,' grapte Spencer.

'Vanzelfsprekend!' kirde Mona en ze gaf Spencer een duw met haar heup.

Spencer streek met haar wijsvinger over haar champagneglas. Ze wilde Mona over haar laatste sms van A vertellen, die over Melissa; zij zou het wel begrijpen. Maar toen schakelde de dj net over op een snel nummer van OK Go en voordat Spencer iets had kunnen zeggen, gaf Mona een gil en spurtte naar de dansvloer. Ze keek haar over haar schouder aan van: *Kom je ook?* maar Spencer schudde haar hoofd.

Ze was een beetje dizzy van die paar slokken champagne. Dus perste ze zich door de menigte heen – de tent uit, de heldere avondlucht in. Op de schijnwerpers rond de feesttent na was de golfbaan aardedonker. Spencer zag zelfs de kunstmatige grasheuveltjes en bunkers niet. Ze kon alleen de bomen in de verte onderscheiden, hun takken wuivend als knokige vingers. Ergens gilde een stel krekels.

*A weet helemaal niets van Ali's moordenaar*, zei ze tegen zichzelf, terwijl ze naar de wazige omtrekken van de feestgangers binnen keek. Het sloeg toch nergens op dat Melissa iemand zou vermoorden en haar hele toekomst op het spel zou zetten... vanwege een jongen? Nee, dit was gewoon weer een van A's tactieken om haar iets wijs te maken.

Zuchtend ging ze op weg naar de toiletten, die zich buiten de tent in een zeepbelvormige aanhangwagen bevonden. Ze liep tegen de rolstoelhelling omhoog en duwde de dunne plastic deur open. Eén hokje was bezet, de andere twee waren leeg. Toen ze doorspoelde en haar jurk weer op zijn plek wurmde, hoorde ze de deur naar buiten dichtvallen. Een paar zilverkleurige Loeffler Randall-schoenen liepen naar de minuscule wastafel. Ze sloeg een hand voor haar mond: die schoenen kende ze – het was Melissa's lievelingspaar!

'O, hoi...' zei Spencer toen ze uit haar hokje tevoorschijn kwam. Melissa stond tegen de wastafel geleund, met haar handen op haar heupen en een vaag glimlachje rond haar lippen. Ze droeg een nauwe zwarte lange jurk met zijsplit. Spencer probeerde kalm te blijven ademen. 'Wat doe jij hier?'

Haar zus antwoordde niet; bleef haar alleen maar aanstaren.

Toen er een druppeltje water uit de kraan viel, maakte Spencer een sprongetje van schrik. 'Ja, wát nou?' stamelde ze. 'Waarom kijk je me zo aan?'

'Waarom heb jij opnieuw tegen me gelogen?' gromde Melissa.

Spencer drukte haar rug tegen een van de wc-deuren. Ze keek om zich heen of ze iets zag wat ze als wapen zou kunnen gebruiken. Het enige wat ze kon bedenken, was het hakje van haar schoen. Langzaam liet ze haar voet uit de schoen glijden. 'Gelogen?'

'Ja, ik hoorde van Ian dat hij gisteravond op jouw hotelkamer was,' fluisterde Melissa, zwaar ademend door haar neus. 'Ik zei toch al dat hij geen geheimen kan bewaren.'

Spencers ogen werden groot. 'Er is niks gebeurd, dat zweer ik je.'

Melissa deed een stap naar voren; Spencer bedekte met haar ene hand haar gezicht en pakte met de andere haar schoen. 'Alsjeblieft!' smeekte ze, met haar schoen als een schild voor zich.

Melissa stond nu vlak voor haar. 'Na wat je me in het strandhuis allemaal hebt verteld, dacht ik dus dat wij een soort afspraak met elkaar hadden... Maar blijkbaar niet dus.' Toen draaide ze zich om en stormde de toiletruimte uit. Spencer hoorde haar de helling af bonken en door het gras wegbenen.

Ze boog zich over de wasbak en legde haar voorhoofd tegen het koude oppervlak van de spiegel.

Toen werd er ineens een toilet doorgespoeld. Een tel later vloog de deur van het derde hokje open en kwam Mona naar buiten. Haar gezicht was een en al afschuw. 'Wat dat jouw zus?' fluisterde ze.

'Ja,' stamelde Spencer, terwijl ze zich naar haar omdraaide.

Mona pakte Spencer bij haar polsen. 'Wat is er toch aan de hand? Voel je je wel goed?'

'Ik geloof het wel,' zei Spencer en rechtte haar rug. 'Maar ik heb even wat tijd alleen nodig.'

'Tuurlijk joh,' zei Mona met ogen vol medeleven. 'Als je me nodig hebt: ik sta direct buiten de deur.'

Spencer glimlachte dankbaar naar haar rug. Even later hoorde ze het geluid van Mona's aansteker, gevolgd door het geknetter van een brandende sigaret. Ze draaide zich om naar de spiegel en duwde haar haar weer in model. Haar handen trilden toen ze ze in haar kralentasje stak, in de hoop daar een buisje aspirines te vinden. Ze voelde haar portemonnee, haar lipgloss, haar pokerfiches... en toen nog iets – vierkant en glad. Ze trok het traag tevoorschijn.

Het was een foto. Ali en Ian stonden dicht naast elkaar, hun armen om elkaar heen. Achter hen was een rond bakstenen gebouw met daarachter een rij gele schoolbussen. Te oordelen aan Ali's wilde haardos en tropisch gekleurde J. Crew-langemouwenpolo, wist Spencer bijna zeker dat dit kiekje was genomen tijdens hun excursie naar *Romeo èn Julia*, in het People's Light Theater een paar plaatsen verderop. Een aantal leerlingen van Rosewood Day waren daarheen gegaan: Spencer, Ali, haar andere vriendinnen en een stel derde- en vierdejaars, zoals Ian en Melissa. Iemand had een groot kruis dwars over Ali's glimlachende gezicht getekend en onder aan de foto geschreven; *Jij gaat eraan, kreng!*

Spencer staarde naar het handschrift en herkende het onmiddellijk: er waren niet zoveel mensen bij wie de 'a' er altijd uitzag als een krullerige '2'. Schoonschrijven was zo'n beetje het enige vak waar Melissa nooit meer dan een 'goed' voor had gekregen. Haar docent had haar keer op keer streng toegesproken, maar die gekke a's had ze nooit weten af te leren.

Spencer liet de foto uit haar handen vallen en slaakte een gekwelde kreet vol ongeloof.

'Spencer?' riep Mona van buiten. 'Gaat het?'

'Ja hoor,' antwoordde Spencer na een lange stilte. Toen keek ze naar de vloer. De foto was er omgekeerd op terechtgekomen. Er stond nog iets op de achterkant.

Je kunt maar beter oppassen... anders ben jij ook zo een dood kreng. A

## 31

# SOMMIGE GEHEIMEN GAAN ZELFS NOG DIEPER

Toen Aria haar ogen opende, schraapte er een natte, stinkende tong over haar gezicht en toen ze haar hand uitstak, zakte deze weg in iets zachts en warms. Om de een of andere reden lag ze op de vloer van het handvaardigheidslokaal. Toen een bliksemstraal de ruimte verlichtte, zag ze Jenna Cavanaugh en haar hond naast haar zitten.

Ze vloog luid gillend overeind.

'Al goed, al goed!' riep Jenna, terwijl ze haar arm greep. 'Wees niet bang; alles is in orde!'

Aria krabbelde achteruit, weg van Jenna, en stootte haar hoofd tegen een tafelpoot. 'Alsjeblieft,' fluisterde ze. 'Doe me geen pijn.'

'Je bent helemaal veilig,' verzekerde Jenna haar. 'Ik geloof dat je een paniekaanval hebt gehad. Ik kwam mijn schetsboek ophalen, maar toen hoorde ik jou... en toen ik dichterbij kwam, viel je ineens flauw.'

Aria hoorde zichzelf in het donker luid slikken.

'Een vrouw van mijn blindengeleidehondenles heeft dat ook weleens, zo'n paniekaanval, dus herkende ik het een beetje. Ik heb nog geprobeerd om hulp te bellen, maar omdat mijn mobieltje het niet deed, ben ik maar gewoon bij je gebleven.'

Er trok een bries door het lokaal. Hij droeg de geur van nat asfalt met zich mee – een geur die Aria normaal gesproken rustgevend vond. Ze voelde zich inderdaad alsof ze zojuist een paniekaanval had gehad: bezweet, verward en haar hart ging als een idioot tekeer. 'Hoe lang ben ik weggeweest?' vroeg ze schor, terwijl ze haar plooirok over haar bovenbenen trok.

'Ongeveer een halfuur,' zei Jenna. 'Dus misschien ben je ook wel met je hoofd ergens tegenaan gekomen.'

'Of misschien had ik gewoon wat extra slaap nodig,' grapte Aria. Meteen daarop kon ze wel in huilen uitbarsten: Jenna wilde haar helemaal niets aandoen! Nee, ze was juist bij haar gebleven terwijl zij voor pampus op de grond lag. Misschien had ze wel op haar schoot liggen kwijlen of rare dingen gezegd in haar slaap... Ze voelde zich opeens misselijk van schuldgevoel en schaamte.

'Ik moet je iets bekennen,' gooide ze eruit. 'Mijn naam is niet Jessica. Ik ben Aria, Aria Montgomery.'

Jenna's hond nieste. 'Dat weet ik,' gaf Jenna toe.

'D-dat wist je al?'

'Ja... ik hoorde het meteen aan je stem,' zei Jenna, haast verontschuldigend. 'Waarom zei je niet gewoon wie je was?'

Aria kneep haar ogen dicht en verborg haar gezicht in haar handen. Opnieuw verlichtte een bliksemflits de hele ruimte. Ze zag Jenna in kleermakerszit op de grond zitten, met haar handen rond haar enkels. Ze haalde diep adem, misschien wel dieper dan ze ooit had gedaan. 'Dat wilde ik je niet vertellen, omdat... er nóg iets is wat je van mij moet weten.' Ze drukte haar handen tegen de ruwe houten vloer en probeerde genoeg kracht te verzamelen. 'Er is iets wat je moet weten... over je ongeluk; iets wat niemand je ooit heeft verteld. Jij zult je wel niet veel van die avond herinneren, maar...'

'Nee, dat is niet waar,' onderbrak Jenna haar. 'Ik weet het nog precies.'

In de verte rommelde de donder; ergens vlakbij begon een autoalarm een serie oorverdovende zoemtonen en *ie-oe-ie-oe*-geluiden uit te stoten.

Aria kon nauwelijks meer ademhalen. 'Hoe bedoel je?' fluisterde ze verbijsterd.

'Ik herinner me alles nog,' herhaalde Jenna, terwijl ze met haar vinger langs de zool van haar schoen streek. 'Alison en ik hadden het immers samen gepland.'

Elke spier in Aria's lichaam verslapte. 'Párdon?'

'Mijn stiefbroer stak altijd vuurwerk af vanaf het dak van zijn boomhut,' begon Jenna, met een diepe rimpel in haar voorhoofd. 'Mijn ouders waarschuwden hem constant hoe gevaarlijk dat was: dat het een keer mis kon gaan, dat het ons huis binnen kon vliegen en de hele boel in de fik steken... Op een gegeven moment zeiden ze zelfs dat als hij nog één keer iets afstak, ze hem naar kostschool zouden sturen – en daarmee basta.

Dus sprak ik met Ali af dat zij vuurwerk uit Toby's voorraad zou stelen en het er zou laten uitzien alsof hij het zelf vanuit zijn boomhut had afgestoken. Ik wilde per se dat ze het die avond deed, omdat mijn ouders thuis waren en bovendien al over iets anders boos waren op Toby. Ik wilde hem zo snel mogelijk uit mijn leven hebben.' Haar stem stokte. 'Hij... hij was geen lieve stiefbroer.'

Aria balde haar vuisten en liet ze toen weer los. 'Mijn god...' Ze probeerde te bevatten wat Jenna haar allemaal vertelde.

'Alleen... ging het toen dus mis,' vertelde Jenna met een onvaste stem. 'Ik zat toevallig zelf ook in de boomhut. Vlak voordat het zou gebeuren, keek Toby naar beneden en zei kwaad: "Er loopt iemand over ons gazon." Dus keek ik ook naar beneden, deed alsof ik verrast was... en toen was er ineens die lichtflits... gevolgd door een afgrijselijke pijn: mijn ogen... mijn gezicht... het voelde alsof alles wegsmolt... Ik geloof dat ik toen ben flauwgevallen. Pas naderhand heb ik van Ali gehoord dat ze Toby had gedwongen de schuld op zich te nemen.'

'Dat klopt, ja,' zei Aria, haar stem amper meer dan een zucht.

'Ali paste zich altijd vliegensvlug aan,' zei Jenna, terwijl ze ging verzitten. De planken onder haar kraakten. 'Gelukkig maar, want ik wilde niet dat mijn plan haar in de problemen zou brengen. En het liep achteraf tóch ongeveer zoals ik had bedacht: Toby moest weg en verdween uit mijn leven.'

Aria bewoog traag met haar kaken. *Maar nu ben je blind!* wilde ze wel uitschreeuwen. *Was dat het werkelijk waard?* Haar hoofd stak, terwijl het trachtte te verwerken wat Jenna allemaal vertelde. Het voelde alsof haar hele wereld binnenstebuiten was gekeerd; alsof iemand had aangekondigd dat de dieren ineens konden praten, dat we voortaan zouden worden geregeerd door honden en spinnen... Maar toen besefte ze nóg iets. Ali had altijd gedaan alsof zij met zijn allen Toby die streek hadden geleverd, maar nu bleek zij het dus samen met Jenna te hebben gepland... Zij had dus niet alleen Toby erin geluisd, maar ook haar beste vriendinnen. Aria voelde weer een golf van misselijkheid.

'Maar waren jij en Ali dan... vriendinnen?' Aria's stem klonk zacht van ongeloof.

'Nee, niet echt,' zei Jenna. 'Althans, niet totdat... tot ik haar vertelde wat Toby deed. Ik wist dat Ali dat zou begrijpen: zij had het ook moeilijk met haar broer.' Een lichtflits trok een streep over Jenna's gezicht; haar blik was kalm en nuchter.

Voordat Aria kon vragen wat ze daar precies mee bedoelde, zei Jenna: 'Er is nog iets wat je moet weten. Er was nóg iemand bij die avond, die ook heeft gezien wat er is gebeurd.'

Aria hield haar adem in. Een glashelder beeld van die avond sneed door haar hoofd: het vuurwerk dat in de boomhut losbarstte en de hele tuin in een fel wit licht zette. Ze had altijd geroepen dat ze een donkere figuur bij de zijveranda van de familie Cavanaugh had zien zitten. Maar Ali had stug volgehouden dat ze zich dat had ingebeeld.

Ze kon zich wel voor het hoofd slaan! Het was overduidelijk wie er nog meer bij was die avond. Hoe kón het dat ze zich dat nu pas realiseerde?

`Ik ben er nog, krengen. En ik weet alles. A`

'Weet jij wie?' fluisterde Aria, haar hart hamerend in haar borstkas.

Jenna draaide haar hoofd vlug af. 'Dat mag ik niet vertellen.'

'Jenna,' gilde Aria. 'Alsjeblieft! Je moet het vertellen, ik moet het weten!'

En toen sprong de elektriciteit weer aan. Alles baadde ineens in zo'n fel licht dat het pijn deed aan Aria's ogen.

De tl-buizen zoemden. Aria zag een streep bloed op haar handen, voelde een snee in haar voorhoofd, de inhoud van haar tas lag op de grond, Jenna's hond had een halve Balance-reep opgevreten. En Jenna had haar zonnebril afgedaan: haar ogen staarden blanco in het niets en er zaten kreukelige brandwonden op haar neusbrug en onderste helft van haar voorhoofd. Geschokt keek Aria de andere kant op.

'Toe Jenna, je begrijpt het niet,' zei ze kalm. 'Er is iets afschuwelijks gaande. Je móét me zeggen wie er nog meer bij was!'

Maar Jenna stond op, steunend op de rug van haar hond. 'Ik heb al te veel gezegd,' zei ze met een schorre, trillende stem. 'Ik moet gaan.'

'Jenna, alsjeblieft!' smeekte Aria. '*Wie was het?*'

Zwijgend zette Jenna haar zonnebril weer op. 'Het spijt me,' fluisterde ze en ze trok aan het tuigje van haar hond. Toen tikte ze drie keer met haar stok op de grond, stommelde onhandig richting de deur – en weg was ze.

# 32

# GEEN GROTERE FURIE...

Nadat Emily Trista met Noel had betrapt, rende ze het binnenbad uit en ging koortsachtig op zoek naar Spencer of Hanna. Ze móést hun vertellen dat Aria de politie over A had ingelicht... en hun de pop laten zien die ze zojuist gevonden had. Toen ze voor de tweede maal de dobbeltafel passeerde, voelde ze een koude hand op haar schouder. Ze slaakte een gilletje. Achter haar stonden Spencer en Mona. 'Emily, wij moeten hoognodig praten.'

'Ja, ik moet jullie ook spreken,' hijgde Emily.

Spencer trok haar zwijgend de dansvloer over, in het midden waarvan Mason Byers zichzelf volledig voor schut zette. Hanna stond te praten met haar vader en mevrouw Cho, haar lerares fotografie. Toen Spencer, Mona en Emily haar naderden, keek ze op. Haar gezicht betrok.

'Heb je heel even?' vroeg Spencer.

Ze vonden een lege hoekbank en schoven er achter elkaar in. Zonder iets te zeggen, stak Spencer haar hand in haar kralentasje en haalde de kleine vierkante foto van Ali en Ian Thomas tevoorschijn. Iemand had een groot kruis over Ali's gezicht getekend en onderaan in hoekige letters: *Jij gaat eraan, kreng!*

Emily sloeg een hand voor haar mond. Die foto kende ze toch? Waar had ze hem eerder gezien?

'Deze vond ik op het toilet in mijn tas,' zei Spencer. Ze draaide de foto om. *Je kunt maar beter oppassen... anders ben jij ook zo een dood kreng.* Emily herkende het hoekige handschrift meteen. Ze had het pasgeleden nog op een aanmeldingsformulier van de PFLAG gezien.

'In je tas?' hijgde Hanna. 'Betekent dat dat A híér is?'

'Zeker weten,' zei Emily en ze keek om zich heen. De modellen alias obers renden rond met cocktails; een stel meiden in minijurkjes flaneerde voorbij, fluisterend dat Noel Kahn alcohol had binnengesmokkeld. 'Ik heb zojuist weer een... soort van boodschap gekregen die dat ook beweerde,' vervolgde Emily. 'En eh... jongens: Aria heeft de politie over A verteld. De een of andere agent kwam al op me af om me wat vragen te stellen. En ik geloof dat A daar inmiddels ook achter is.'

'O, mijn god,' fluisterde Mona en ze keek met ogen als schoteltjes van de een naar de ander. 'Da's niet best, hè?'

'Nee, dat zou weleens helemaal niet best kunnen zijn,' zei Emily. Ze kreeg een elleboogstoot tegen haar achterhoofd. Geërgerd wreef ze over haar schedel. Dit feest was niet bepaald een geschikte plek om dit onderwerp te bespreken.

Spencer wreef over het fluwelen zitkussen van de bank. 'Oké... laten we nu niet in paniek raken. De politie is er immers ook, nietwaar? We zijn dus veilig, zolang we bij hen in de buurt blijven. Maar dan dit...' Ze tikte eerst op het kruis over Ali's gezicht, toen op *Jij gaat eraan, kreng!* 'Ik weet wie dit heeft geschreven.' Ze keek iedereen aan en haalde diep adem: 'Melissa.'

'Jouw zus?' piepte Hanna.

Spencer knikte ernstig. De lichtbundel van de stroboscooplamp flitste over haar gezicht. 'Ik denk... dat Melissa Ali heeft vermoord. Dat zou best logisch zijn: zij wist dat Ali en Ian iets met elkaar hadden en dat kon ze natuurlijk niet hebben.'

'Ho ho! Spoel die laatste zin eens even terug.' Mona zette haar blikje Red Bull neer. 'Alison en... Ian Thomas? Hadden die iets met elkaar?' Ze stak haar tong uit. 'Getver! Wisten jullie dat ook?'

'Wij zijn er pas een paar dagen geleden achter gekomen,' mompelde Emily en ze trok haar jas wat dichter om haar lichaam. Ze had het opeens ijskoud.

Hanna vergeleek Melissa's handtekening op haar gips met het handschrift op de foto. 'Het lijkt wel op elkaar.'

Mona keek Spencer bang aan. 'Net op het toilet deed ze ook al zo raar.'

‘Zou ze daar nog steeds zijn?’ Hanna strekte haar nek en keek om zich heen. Achter hen liet een ober een dienblad vol glazen vallen, een aantal mensen applaudisseerde.

‘Ik heb haar al overal gezocht,’ zei Spencer. ‘Maar ik kon haar nergens vinden.’

‘En wat wil je nu doen?’ vroeg Emily, terwijl haar hart steeds sneller begon te slaan.

‘Ik ga agent Wilden over Melissa vertellen,’ zei Spencer koel.

‘Maar Spencer...’ redeneerde Emily. ‘A weet wat we van plan zijn én dat Aria de boel heeft verklapt. Stel dat dit een truc is?’

‘Daar heeft ze gelijk in,’ viel Mona haar bij en ze sloeg haar benen over elkaar. ‘Het kán natuurlijk een valstrik zijn.’

Spencer schudde haar hoofd. ‘Nee, het is Melissa, dat weet ik zeker. Ik móét haar gaan aangeven – dat moeten we voor Ali doen.’ Toen stak ze haar hand in haar kralentas voor haar telefoon. ‘Ik bel het politiebureau: daar zal Wilden wel zitten.’ Ze toetste het nummer in en drukte de telefoon tegen haar oor.

Achter hen riep de dj: ‘En? Vermaken jullie je een beetje?’

De menigte op de dansvloer gilde terug: ‘Ja!’

Emily sloot haar ogen. *Melissa...* Vanaf het moment dat de politie Ali’s dood als moord had bestempeld, had ze zich niet kunnen inhouden zich een voorstelling te maken van hoe de moordenaar had gehandeld. Ze had voor zich gezien hoe Toby Cavanaugh Ali van achteren had beetgegrepen, haar een klap op haar hoofd had gegeven en haar toen in het half gegraven gat voor het prieel van de familie DiLaurentis had gegooid. Ze had zich proberen voor te stellen hoe Spencer hetzelfde had gedaan, omdat ze radeloos van woede was over Ali’s verhouding met Ian Thomas. En nu zag ze Melissa Hastings Ali rond haar middel pakken en naar het gat slepen. Alleen... was Melissa zo tenger dat ze niet kon geloven dat zij de kracht had om Ali te dwingen te doen wat zij wilde. Misschien had ze een wapen gehad: een keukenmes, een stanleymes of zoiets. Emily huiverde toen ze een stanleymes op Ali’s tere keel voor zich zag.

‘Mmm... Wilden neemt niet op.’ Spencer gooide haar telefoontje terug in haar tas. ‘Dan ga ik maar gewoon naar het bureau toe.’ Ze zweeg even en sloeg toen met haar vlakke hand tegen haar voorhoofd. ‘Shit! Ik ben door mijn ouders hierheen gebracht, regelrecht uit New York. Ik heb helemaal geen auto!'

'O, dan breng ik je wel,' zei Mona, terwijl ze overeind sprong.

Emily stond ook op. 'Ik ga mee!'

'Ja, we gaan met zijn allen,' zei Hanna.

Maar Spencer schudde haar hoofd. 'Hanna, dit is jóúw feest. Jij moet hier blijven!'

'Daar heeft ze gelijk in,' zei Mona.

Hanna trok aan haar mitella. 'Jongens, het is een geweldig feest... maar dit is belangrijker.'

Mona beet een beetje ongemakkelijk op haar lip. 'En toch vind ik dat je nog ietsje langer moet blijven.'

Hanna trok één wenkbrauw op. 'Hoezo dat dan?'

Mona wipte een paar keer heen en weer op haar hakken. 'We hebben Justin Timberlake uitgenodigd.'

Hanna greep naar haar borst alsof Mona haar met een kogel had geraakt. 'Wát?'

'Toen hij nog maar net begon, is hij een tijdje cliënt geweest van mijn vader. Dus wilde hij hem wel een plezier doen. Alleen... hij is een beetje verlaat. Maar ik weet zeker dat hij elk moment kan arriveren, dus wil ik echt niet dat jij hem mist,' zei ze met een schaapachtige grijns.

'Ho eventjes...' zei Spencer, met grote ogen van ongeloof. 'Meen je dat nou? Dat heb je míj niet eens verteld!'

'En jij hebt nog wel een hekel aan hem, Mon,' hijgde Hanna.

Mona trok haar schouders op. 'Maar het is míjn feest toch niet? Het is dat van jou! Hij gaat je vast het podium op roepen om met hem te dansen, Han. Ik zou niet willen dat je dat mist.'

Hanna was al gek van Justin Timberlake zolang Emily haar kende. En telkens wanneer ze begon over dat hij eigenlijk met háár zou moeten gaan in plaats van met Cameron Diaz, grinnikte Ali en zei plagerig: 'Ja... want bij jou krijgt hij zo'n beetje twee Camerons voor de prijs van één: jij bent twee keer zo dik!' Hanna draaide zich dan altijd gekrenkt af, tot Ali riep dat ze zich niet zo moest aanstellen...

'Dan blijf ik wel bij jou, Hanna,' zei Emily en ze stak haar arm door die van Hanna. 'Wij blijven voor Justin. We zullen heel dicht bij elkaar blijven, vlak naast die agent die daarachter staat. Oké?'

‘Ik weet het niet,’ zei Hanna onzeker, ook al wist Emily dat ze dolgraag bleef. ‘Misschien moeten we toch maar meegaan.’

‘Joh, blijf nou hier,’ zei Spencer. ‘We zien mekaar daar later wel. Jullie redden je hier heus wel. A kan jullie toch niets maken met de politie vlakbij? Ga alleen niet in je eentje naar het toilet of zo.’

En toen pakte Mona Spencer bij de arm en glipte samen met haar door de menigte naar de hoofduitgang van de feesttent.

Emily schonk Hanna een dappere glimlach – terwijl haar maag zich omdraaide.

‘Laat me niet alleen,’ zei Hanna met een doodsbang stemmetje.

‘Echt niet,’ verzekerde Emily haar. En ze pakte Hanna’s hand en kneep er stevig in – al kon ze het niet helpen dat ze tegelijkertijd nerveus de menigte scande. Spencer had gezegd dat ze Melissa op het toilet was tegengekomen. Dat betekende dat Ali’s moordenaar op dit moment onder hen was.

# 33

# HET MOMENT VAN OPHELDERING

Samen op het podium met de échte Justin Timberlake – niet zijn wassen beeld bij Madame Tussaud of een imitator in het Trump Taj Mahal in Atlantic City – dat zou pas echt vet zijn... Justins echte mond die haar een brede glimlach schonk, Justins echte ogen die haar lichaam tijdens het dansen van top tot teen bekeken, Justins echte handen die voor haar klapten omdat ze de kracht had gehad om zich door zo'n verschrikkelijk ongeluk heen te slepen.

Maar helaas had Justin zich nog steeds niet vertoond. Hanna en Emily stonden door een van de kieren van de tent naar buiten te gluren, zoekend naar een konvooi van limousines.

'O, dit wordt zó spannend,' mompelde Emily.

'Ja...' zei Hanna. Maar ze vroeg zich tegelijkertijd af of ze er wel van zou kunnen genieten. Het voelde alsof er iets helemaal niet goed zat aan deze hele situatie. Iets diep binnen in haar deed verwoede pogingen door te dringen, als een mot die zich uit zijn cocon tracht te worstelen...

Opeens dook Aria uit de menigte op. Haar donkere haar zat helemaal in de war en ze had een blauwe plek op haar wang. En haar Rosewood Day-blazer met plooirok maakten haar zo mogelijk nóg misplaatster tussen al die feestelijk uitgedoste gemaskerde figuren. 'Jongens!' riep ze buiten adem. 'Ik móét met jullie praten!'

'En wij met jóú,' piepte Emily. 'Jij hebt Wilden over A verteld!'

Een van Aria's oogleden trilde. 'Ik eh... ja, dat heb ik. Ik dacht dat dat het beste was.'

'Nou, dat was het dus niet,' snauwde Hanna haar toe, terwijl haar lichaam volstroomde met woede. 'A weet ervan, Aria! En dus zit die nu achter óns aan! Wat bezielt jou in godsnaam?'

'Ja, ik wist al dat A het weet,' zei Aria enigszins afwezig. 'Maar ik moet jullie nog iets vertellen. Waar is Spencer?'

'Die is naar het politiebureau,' zei Emily. De discolichten sprongen aan en veranderden haar gezicht van gewoon roze in blauw. 'We hebben je nog proberen te bellen, maar je nam niet op.'

Aria liet zich op de dichtstbijzijnde bank zakken, geschokt en verward voor zich uit kijkend. Ze pakte een karaf met spuitwater en schonk een groot glas voor zichzelf in. 'Is ze naar het politiebureau... vanwege A? De politie wil ons allemaal verder ondervragen.'

'Nee,' zei Hanna, 'omdat ze weet wie Ali heeft vermoord.'

Aria's blik bleef glazig. Ze leek niet eens te hebben gehoord wat Hanna zojuist zei. 'Er is mij iets heel vreemds overkomen.' Ze dronk haar glas leeg. 'Ik heb zojuist een lang gesprek met Jenna Cavanaugh gevoerd. Z-zij... weet alles van die ene avond.'

'Wat moest jij bij Jenna?' siste Hanna eerst. Nu pas drong de rest van Aria's woorden tot haar door – net zoals, zo hadden ze bij natuurkunde geleerd, het jaren duurt voor radiogolven de kosmische ruimte bereiken. Haar mond viel open en al het bloed trok weg uit haar gezicht. 'Wát zei je daar?'

Aria drukte haar handen tegen haar voorhoofd. 'Nou ja, ik doe een creatieve cursus en Jenna bleek ook in die klas te zitten. En toen ik vanavond naar ons lokaal ging... was zij daar ineens ook. Ik was als de dood dat zij A was, dat ze mij iets zou aandoen... en ik kreeg dus een paniekaanval... Maar toen ik weer bijkwam, zat Jenna naast me – ze had me juist geholpen! Dus voelde ik me vreselijk en begon over wat er destijds met haar was gebeurd... Maar voordat ik alles kon bekennen, onderbrak ze me en vertelde dat ze zich nog alles van die avond herinnerde.' Aria keek Hanna en Emily aan. 'Zij en Ali blijken die hele toestand samen te hebben gepland.'

Er viel een lange stilte. Hanna voelde haar hart in haar slapen kloppen.

'Dat kan toch niet?' stamelde Emily ten slotte. 'Dat kan nooit!'

'Dat kan nooit,' bauwde Hanna haar zwakjes na. Wat beweerde Aria nu weer?

Aria duwde haar haar achter haar oor. 'Jenna vertelde me dat ze naar Ali was gestapt met een plan om Toby erin te luizen. Ze wilde namelijk dat hij voorgoed uit haar leven verdween. Ik geloof omdat hij haar... je weet wel... aanraakte en zo... Afijn, Ali wilde haar wel helpen. Alleen liep het dus fout. Toch bleef Jenna zwijgen – volgens haar omdat het uiteindelijk toch uitpakte zoals ze had gewild: ze was van haar broer af. Maar: ze had het er ook over dat er nog iemand anders bij was die avond. Behalve Ali en wij heeft nóg iemand gezien wat er is gebeurd!'

Emily's mond viel open. 'Néé toch!'

'Wie dan?' wilde Hanna weten. Ze voelde haar knieën slap worden.

Aria schudde haar hoofd. 'Dat weigerde ze me te vertellen.'

Er viel opnieuw een lange stilte. Op de achtergrond dreunde de bas van een nummer van Ciara.

Hanna keek naar de feestvierders, zich verwonderend over hun zalige onwetendheid. Mike Montgomery stond te schuifelen met een meisje van de quakersschool, alle volwassenen hingen bij de bar zo snel mogelijk dronken te worden, een stel meiden uit haar klas stond vals te fluisteren over hoe mollig de rest er in hun jurk uitzag. Het liefst zou ze nu iedereen zeggen dat ze naar huis moesten, omdat het hele universum op zijn kop was gezet en er nu echt geen sprake meer kon zijn van plezier maken.

'Maar waarom stapte Jenna eigenlijk naar Ali?' vroeg Emily zich hardop af. 'Ali haatte Jenna immers.'

Aria trok haar vingers door haar verregende haar. 'Ze zei dat Ali haar zou begrijpen... omdat zij het ook moeilijk had met haar broer.'

Hanna fronste verward haar voorhoofd. 'Moeilijk met haar broer? Jason?'

'Dat zal dan wel,' zei Aria. 'Misschien deed Jason wel hetzelfde als Toby.'

Hanna rimpelde haar neus terwijl ze dacht aan Ali's knappe

maar stuurse oudere broer. 'Mmm, Jason was inderdaad altijd al een beetje... vreemd.'

'Jongens... nee!' Emily liet haar handen in haar schoot vallen. 'Jason was humeurig, maar geen aanrander... Ali en hij leken altijd heel gelukkig met elkaar.'

'Toby en Jenna leken ook gelukkig met elkaar,' bracht Aria haar in herinnering.

'Ik heb weleens gehoord dat één op de vier jongens zijn zus misbruikt,' viel Hanna haar bij.

'Ach, da's toch belachelijk,' snoof Emily. 'Geloof toch niet alles wat je hoort!'

Hanna verstijfde en draaide zich traag naar Emily toe. 'Wát zei je daar?'

Emily's lip trilde. 'Ik zei: "Geloof niet alles wat je hoort."'

Die laatste woorden begonnen in Hanna's hoofd in concentrische cirkels rond te echoën en uit te waaieren: ze hoorde ze steeds weer opnieuw, rondhotsend en botsend tegen haar schedelwand. Het leek wel alsof de hele basis van haar brein begon af te brokkelen. *Geloof niet alles wat je hoort.* Die woorden kende ze, die tekst had ze eerder gezien! Inderdaad: het was haar laatste sms... van A... van de avond die ze zich niet meer herinnerde.

Ze had waarschijnlijk een of ander geluidje gemaakt, want Aria draaide zich opeens naar haar toe. 'Hanna? Wat is er?'

En toen begonnen de herinneringen terug in haar hoofd te stromen – als een rij omvallende dominostenen die niet meer te stoppen waren. Hanna zag zichzelf in haar hofdamejurk naar Mona's feest waggelen, hevig balend omdat hij zo slecht paste... en Mona die haar in haar gezicht uitlachte en een walvis noemde... (en ze realiseerde zich opeens dat het niet Mona was geweest die haar die jurk had opgestuurd, maar A!).

Vervolgens zag ze zichzelf een stap naar achteren zetten, waarna haar enkel omsloeg en ze op de grond viel... gevolgd door het afgrijselijke *rrrrt* van de naden van haar jurk... het gelach boven haar – dat van Mona het hardst van al... Toen zag ze zichzelf veel later: alleen in haar Toyota Prius, op de parkeerplaats van het Hollis Planetarium, in een sweater en een sportbroek, haar ogen dik van het huilen. Ze hoorde haar BlackBerry piepen en zag zichzelf ernaar zoeken. *Oeps, het was zeker toch geen lipo!* stond er in het berichtje. *Geloof niet alles wat je hoort! A*

Maar... dat sms'je kwam niet van A, maar van een gewoon mobiel nummer... eentje dat ze heel goed kende...

Hanna slaakte een gedempte gil. De gezichten die haar vervolgens aanstaarden, waren wazig en schemerig; het leken wel hologrammen.

'Hanna... wat is er aan de hand?' zei Emily's piepstem.

'O, mijn god...' fluisterde Hanna. Haar hoofd tolde. 'H-het is... Mona!'

Emily fronste haar voorhoofd. 'Wat is Mona?'

Hanna trok haar masker af. De frisse lucht voelde koel en bevrijdend; haar litteken klopte, alsof het een soort zelfstandig wezen op haar kin was. Maar Hanna keek niet eens om zich heen om te zien hoeveel mensen naar haar griezelige gezwollen gezicht stonden te staren; dat deed er op dit moment niet toe. 'Ik weet eindelijk weer wat ik jullie wilde vertellen die avond dat ik jullie bij Rosewood Day wilde zien,' zei ze, terwijl ze tranen in haar ogen kreeg. 'A is Mona.'

Emily en Aria staarden haar zo wezenloos aan dat Hanna zich begon af te vragen of ze haar wel hadden gehoord.

Maar uiteindelijk zei Aria: 'Weet je dat zeker?'

Hanna knikte.

'Maar Mona is... bij Spencer,' zei Emily traag.

'Ik weet het,' fluisterde Hanna. Ze smeet haar masker op de bank en stond op. 'We moeten haar gaan zoeken. Nu.'

# 34

# IK KRIJG JULLIE WEL, MIJN SCHATJES...

Het had Spencer en Mona bijna tien minuten gekost om via het gras van de countryclub bij de parkeerplaats te komen, in Mona's enorme taxigele Hummer te klimmen en de weg op te bulderen. Spencer wierp nog een blik op Hanna's steeds kleiner wordende feesttent. Met al die lichten leek het wel een verjaarstaart en de trillingen van de muziek waren bijna zichtbaar.

'Te gek hoor, dat je Justin Timberlake voor Hanna hebt geregeld,' bromde Spencer.

'Tja, ze is tenslotte mijn beste vriendin,' antwoordde Mona. 'En ze heeft zoveel meegemaakt. Ik wilde er echt iets bijzonders voor haar van maken.'

'Ze had het vroeger constant over Justin,' vervolgde Spencer, terwijl ze door het raam de oude boerderij van de familie DuPont, die tegenwoordig een restaurant was, voorbij zag flitsen. Buiten op de veranda stonden een paar gasten vrolijk te kletsen. 'Ik wist niet dat ze nog steeds gek op hem was.'

Mona glimlachte vaag. 'Ik weet een hele hoop van Hanna. Soms denk ik weleens dat ik haar beter ken dan zijzelf.' Ze wierp een korte blik op Spencer. 'Het is goed om aardige dingen te doen voor de mensen om wie je geeft, weet je.'

Spencer knikte zwakjes en beet op haar nagelriemen.

Mona minderde vaart voor een stopbord en begon in haar tas te rommelen. Ze haalde er een pakje kauwgum uit. De auto rook meteen naar banaan. 'Jij ook?' vroeg ze aan Spencer, terwijl ze een strookje uitpakte en in haar mond stopte. 'Ik ben helemaal bezeten van dit spul. Het schijnt alleen in Europa verkrijgbaar te zijn, maar ik heb een heel doosje gekregen van een meisje uit mijn geschiedenisklas.' Ze kauwde peinzend. Spencer wuifde het pakje weg; ze was niet in de stemming voor kauwgum.

Ze passeerden net de Fairview Manege toen Spencer een harde klap op haar bovenbeen gaf. 'Ik kán het niet!' jammerde ze. 'We moeten omdraaien, Mona: ik kan Melissa niet aangeven.'

Mona keek haar even aan en draaide toen de parkeerplaats van de manege op. Op een invalidenplek zette ze de Hummer in de parkeerstand. 'Oké dan...'

'Ze is mijn zús!' riep Spencer, terwijl ze wezenloos voor zich uit keek. Buiten was het stikdonker, de lucht rook naar hooi, er klonk gehinnik in de verte. 'Als Melissa het heeft gedaan... dan zou ik haar toch juist moeten proberen te beschermen?'

Mona stak haar hand in haar tas en haalde er een pakje Marlboro Light uit. Ze bood er Spencer ook eentje aan, maar die schudde haar hoofd. Mona stak haar sigaret aan; Spencer keek hoe de oranje punt begon te gloeien en de rook eruit kringelde, de Hummer in en via een kleine spleet aan de bovenkant van het raampje aan de chauffeurskant naar buiten.

'Wat bedoelde Melissa nou daarnet op het toilet?' informeerde Mona kalm. 'Ze zei dat jullie, na wat jij haar in het strandhuis had verteld, een afspraak met elkaar hadden. Wat had je haar dan precies verteld?'

Spencer boorde haar nagels in de muis van haar handen. 'Een bepaalde herinnering van de avond van Ali's vermissing was bij me teruggekomen,' bekende ze. 'Ali en ik hadden ruzie... en ik gaf haar een duw... waarop ze met haar hoofd tegen een stenen muur smakte... Dat had ik jarenlang weggestopt.' Ze wierp een korte blik op Mona om te zien hoe zij reageerde, maar aan haar gezicht was niets af te lezen. 'Dat heb ik er laatst tegenover Melissa uitgeflapt. Ik moest het aan íémand kwijt.'

'Ho even...' fluisterde Mona, terwijl ze Spencer behoedzaam aankeek. 'Zeg je nu eigenlijk dat jij denkt dat je het zélf hebt gedaan?'

Spencer drukte haar handpalmen tegen haar voorhoofd. 'Nou... ik was kwaad genoeg op haar.'

Mona draaide zich een beetje en blies rook uit haar neus. 'Luister, A heeft die foto van Ali en Ian in je tas gestopt, toch? Stel nou eens dat A Melissa ook de een of andere tip heeft gegeven, om haar ervan te overtuigen dat zij jóú moet verraden? Het kan best zijn dat je zus op dit moment ook naar de politie stapt.'

Spencers ogen werden groot. Ze dacht aan Melissa's uitspraak over 'zich niet langer aan de afspraak houden'. 'Shit,' fluisterde ze. 'Zou je denken?'

'Ik weet het ook niet.' Mona pakte Spencers hand. 'Ik geloof echt dat dit de juiste beslissing is. Maar als jij wilt dat ik me omdraai en terugrijd naar het feest, dan doe ik dat.'

Spencer streek langs de ruwe kraaltjes op haar tas. Wás het wel de juiste beslissing? Ze wilde helemaal niet degene zijn die erachter kwam dat Melissa Ali's moordenaar was; ze wou dat iemand anders het had ontdekt. Toen bedacht ze hoe ze als een dolle de feesttent was rondgerend, op zoek naar Melissa. Waar was zij naartoe? Wat deed ze op dit moment?

'Je hebt gelijk,' fluisterde ze met een schorre stem. 'Dit is de juiste beslissing.'

Mona knikte, zette de auto in de achteruit en reed de parkeerplaats van de manege af. Ze schoot haar sigarettenpeuk het raam uit; Spencer bleef ernaar kijken terwijl ze wegreden – een piepklein lichtpuntje tussen het droge gras.

Even later piepte Spencers Sidekick. Ze ritste haar tas open. 'Misschien is dat Wilden wel,' mompelde ze. Maar het was een sms'je van Emily.

```
Hanna's herinnering is terug: Mona is A!
Antwoord zodra je dit hebt gelezen.
```

Spencers telefoontje gleed uit haar handen op haar schoot. Toen las ze het berichtje nog eens... en nog eens. Het had net zo goed in het Arabisch kunnen zijn geschreven: ze kon er geen woord van bevatten. *Weet je dat zeker?* sms'te ze terug. *Ja*, schreef Emily. *Maak dat je daar wegkomt.* NU!

Spencer zag een reclamebord voor Wawa-koffie, een uithangbord voor een bouwproject en een enorme driehoekige kerk voorbijflitsen. Ze deed haar best zo gelijkmatig mogelijk te ademen en telde langzaam van één tot honderd, in de hoop dat dat haar zou kalmeren.

Mona keek intussen plichtsgetrouw en nauwgezet naar de weg. Haar halterjurk zat op haar borst een beetje raar en ze had een litteken op haar rechterschouder, waarschijnlijk van de waterpokken. Het leek onmogelijk dat zij dit alles had gedaan...

'En? Was het Wilden?' kirde ze.

'Eh... nee.' Spencers stem klonk schril en gedempt tegelijk, alsof ze in een blikje praatte. 'Het was eh... mijn moeder.'

Mona knikte en bleef gewoon doorrijden.

Toen lichtte het schermpje op Spencers telefoon opnieuw op: alweer een sms. En nog een... en nog een... en nog een. *Spencer wat = R aan de hand? Sms ajb terug. Je bent in* GEVAAR. *Zeg ons ajb of alles oké is.*

Toen Mona glimlachte, blonken haar hoektanden in het zwakke licht van het Hummer-dashboard. 'Zo, je bent wel populair. Wat is er aan de hand?'

Spencer deed haar best terug te lachen. 'O, niks.'

Mona wierp een vlugge blik op Spencers sms-lijst. 'Aha, Emily. Is Justin eindelijk gearriveerd?'

'Eh...' Spencer slikte hoorbaar, er zat een brok in haar keel.

Langzaam verdween Mona's glimlach. 'Waarom vertel je me niet gewoon wat er is?'

'Er... er is h-helemaal niks,' stamelde Spencer.

Mona schonk haar een spottende blik. Ze gooide een haarlok over haar schouder, haar bleke huid lichtte op in het donker. 'Of is het soms een geheim? Iets wat ik niet mag weten of zo?'

'Natuurlijk niet,' piepte Spencer. 'Ik eh... het is gewoon dat...'

Ze moesten stoppen voor een rood licht. Spencer keek om zich heen en drukte toen traag op de ontgrendelingsknop van de Hummer. Maar net toen ze haar vingers om de deurkruk legde, greep Mona haar bij haar andere pols.

'Wat doe jij nou?' Mona's ogen leken in het rode schijnsel van het verkeerslicht wel te gloeien. Haar blik ging van Spencers telefoon naar Spencers paniekerige gezicht. En toen zag Spencer het besef Mona's hoofd binnenstromen – alsof je het zwart-wit van *The Wizard of Oz* in kleur zag veranderen. Haar gezichtsuitdrukking ging van confuus via geschrokken naar... blij. Ze drukte de vergrendelingsknop in. En toen het licht eindelijk op groen sprong, gaf ze een enorme dot gas, maakte vlak na de kruising een misselijkmakende bocht naar links en reed een smalle, hobbelige B-weg op.

Spencer keek hoe de snelheidsmeter van tachtig via negentig opklom tot dik over de honderdtien. Ze kneep keihard in de deurkruk. ‘W-waar gaan we naartoe?’ vroeg ze met een doodsbang stemmetje.

Mona keek haar van opzij aan en grijnsde sinister. ‘Jij hebt nooit veel geduld gehad, hè?’ Ze gaf haar een knipoog en een kushandje. ‘Maar ditmaal zul je toch gewoon moeten afwachten.’

# 35

# DE JACHT IS GEOPEND

Aangezien Hanna in een limousine op het feest was gearriveerd en Emily door haar moeder was gebracht, was Aria's lompe onvoorspelbare Subaru hun enige optie. Aria liep voor de anderen uit de parkeerplaats over, haar groene suède ballerina's klepperend op het asfalt. Ze opende het portier met de hand en plofte op de bestuurdersstoel. Hanna ging voorin naast haar zitten; Emily schoof alle boeken, lege koffiebekers, kleding, bollen wol en een paar laarzen met hoge blokhakken opzij en kroop achterin. Aria klemde haar mobieltje tussen haar kin en haar schouder. Ze had net agent Wildens nummer gedraaid om te checken of Spencer en Mona al op het politiebureau waren. Na de achtste keer overgaan hing ze gefrustreerd op.

'Hij zit niet achter zijn bureau,' zei ze. 'En hij neemt zijn mobieltje ook al niet op.'

Iedereen zweeg, in haar eigen gedachten verzonken.

*Hoe kan Mona nu A zijn?* dacht Aria. *Hoe kan zij zoveel van ons weten?* Ze dacht aan alle dingen die Mona haar dus blijkbaar had aangedaan: haar de stuipen op het lijf gejaagd met die boze stiefmoederpop; die foto's naar Sean gestuurd waardoor Ezra was opgepakt; die brief naar Ella gestuurd, waardoor hun gezin uiteen was gevallen... En ze had Hanna omvergereden, Emily voor de hele school te kijk gezet, hun het idee gegeven dat Spencer Ali had vermoord, ze had de hand gehad in Toby Cavanaughs dood... en misschien ook die van Ali...

Hanna zat voor zich uit te staren – haar ogen wijd, zonder te knipperen – alsof ze in trance was of zoiets.

Aria raakte haar hand aan. 'Weet je het echt zeker?'

Hanna knikte nerveus. 'Ja!' Haar gezicht was bleek, haar lippen zagen er droog uit.

'Was het eigenlijk wel een goed idee om Spencer te sms'en?' zei Emily, terwijl ze haar telefoon voor de miljoenste keer checkte. 'Ze heeft niet meer geantwoord.'

'Misschien zitten ze inmiddels op het politiebureau,' zei Aria, ook om zelf kalm te blijven. 'Misschien heeft ze haar telefoon daar uitgezet. Misschien is dat ook wel waarom Wilden niet opneemt.'

Ze keek naar Hanna. Een grote glinsterende traan rolde over haar wang naar beneden, tussen alle blauwe plekken en hechtingen door. 'Als Spencer iets overkomt, is dat mijn schuld,' fluisterde ze. 'Ik had het me eerder moeten herinneren.'

'Dat is helemaal niet jouw schuld,' zei Aria streng. 'Je hebt toch geen invloed op wannéér je je iets herinnert?' Ze legde een hand op Hanna's arm, maar zij schudde hem weg en sloeg haar handen voor haar gezicht. Aria had geen flauw idee hoe ze haar kon troosten. Want hoe moest dat voelen, om je te realiseren dat je allerbeste vriendin tevens je allergrootste vijand was? Hanna's beste vriendin had geprobeerd haar te vermoorden...

Opeens hijgde Emily: 'Die foto...'

'Welke foto?' vroeg Aria, terwijl ze haar auto startte en de parkeerplaats af scheurde.

'D-die foto van Ali en Ian, die Spencer ons liet zien... met die tekst erop... Ik wíst dat ik 'm eerder had gezien. En nu weet ik ineens weer waar.' Ze lachte een beetje ongelovig. 'Een paar dagen terug was ik in het jaarboeklokaal. Daar lagen onder andere foto's van de tasinhoud van een aantal mensen. Daar heb ik 'm voor het eerst gezien.' Ze keek de anderen aan. 'Hij kwam uit Mona's tas. Maar ik zag alleen Ali's arm, met een gerafelde roze manchet met een scheurtje erin.'

Het politiebureau lag slechts anderhalve kilometer verderop, naast Hooters. Niet te geloven dat het nog maar een paar uur geleden was dat Aria en Mike daar zaten! Toen ze de parkeerplaats op draaiden, bogen ze zich alle drie over het dashboard naar voren. 'Shit!' Er stonden acht politiewagens op de parkeerplaats, meer niet. 'Ze zijn er niet!'

'Rustig nou.' Aria zette de koplampen van de auto uit. Toen sprongen ze er allemaal uit en sprintten naar de ingang van het politiebureau. Binnen schenen de tl-buizen groenig en kil. Een paar agenten stopten met hun werk en keken de drie meiden met open mond aan. De lage groene wachtbankjes waren allemaal leeg, op een paar folders na over wat te doen als je het slachtoffer van een autodiefstal was.

Agent Wilden verscheen om de hoek, zijn mobieltje in de ene hand en een koffiemok in de andere. Toen hij Hanna en Emily in hun feestjurk zag staan, met hun masker bungelend aan hun pols, en Aria in haar Rosewood Day-uniform met die grote bloeduitstorting op haar voorhoofd, kneep hij beduusd zijn ogen tot spleetjes. 'Dag dames,' zei hij traag. 'Wat is er gebeurd?'

'Je móét ons helpen,' zei Aria. 'Spencer zit in de problemen.'

Wilden deed een stap naar voren en gebaarde hun plaats te nemen op de bankjes. 'O? Hoe dat zo?'

'Die sms'jes die wij steeds ontvingen,' begon Aria. 'Waar ik je eerder over vertelde... We weten nu van wie die kwamen.'

Wilden stond verontrust op. 'Is dat zo?'

'Ja, van Mona Vanderwaal,' zei Hanna. De zin eindigde in een snik. 'Ik herinnerde het me ineens weer. Mijn allerbeste vriendin, verdomme...'

'Mona Vanderwaal?' Wildens blik vloog van de een naar de ander. 'Dat meisje dat jouw feest heeft georganiseerd?'

'Spencer Hastings zit op dit moment samen met Mona in een auto,' zei Emily. 'Ze waren op weg hiernaartoe... omdat Spencer jou iets wilde vertellen. Maar toen heb ik haar een sms'je gestuurd om haar te waarschuwen voor Mona... en nu weten we niet meer waar ze zijn. En Spencers telefoon is inmiddels uitgezet.'

'Hebben jullie al geprobeerd om Mona te bereiken?' vroeg Wilden.

Hanna tuurde naar de linoleumvloer. Verderop in het bureau ging een telefoon over en toen nog eentje. 'Ja, dat heb ik gedaan. Zij nam ook niet op.'

Opeens begon het lichtje op Wildens mobieltje te branden.

Aria las het nummer in het venster. 'Dat is Spencer!' riep ze uit.

Wilden klapte het telefoontje open, maar meldde zich nog niet. Hij drukte op de speakerknop, keek de meiden aan en drukte een vinger tegen zijn lippen.

De oude vriendinnenclub verdrong zich rond het telefoontje. Eerst hoorden ze alleen maar geruis, toen klonk ineens Spencers stem – van heel ver weg. 'Ik vind Swedesford Road altijd zo mooi,' zei ze. 'Al die bomen... vooral in dit afgelegen deel van de stad.'

Aria en Emily keken elkaar verward aan. Maar toen begreep Aria het ineens: ze herkende het uit een film die ze samen met haar broer had gezien. Mona had natuurlijk ontdekt waar al die sms'jes over gingen, maar nu was het Spencer dus gelukt om stiekem Wildens nummer te bellen, om hem aanwijzingen te geven over waar Mona met haar naartoe reed.

'Hè? Waarom pak je nu Brainard Road?' vroeg Spencer extra luid en duidelijk. 'Zo kom je toch niet bij het politiebureau?'

'Nee, hè hè...' hoorden ze Mona antwoorden.

Wilden klapte zijn blokje open en noteerde: *Brainard Road.*

Inmiddels stonden er nog een paar agenten om hen heen. Emily legde hun zachtjes uit wat er aan de hand was, waarna een van hen met een grote kaart van Rosewood kwam. Met een gele marker omcirkelde hij de kruising van Swedesford Road met Brainard Road.

'Gaan we soms naar de beek?' klonk Spencers stem weer.

'Misschien,' zei Mona.

Aria's ogen werden groot: de Morrell-beek was meer een woeste rivier!

'Ik ben dol op de beek,' zei Spencer luid.

En toen klonk er ineens een gehijg... een kreet... een paar bonzen... piepende banden... het schelle geluid van meerdere toetsen die tegelijk werden ingedrukt... en toen niets meer. Op het schermpje van Wildens mobiel knipperde de tekst: *Verbinding verbroken.*

Aria keek voorzichtig naar de anderen. Hanna zat met haar hoofd in haar handen, Emily zag eruit alsof ze op het punt stond flauw te vallen.

Wilden stond op, stopte zijn telefoon weg en haalde zijn autosleutels uit zijn zak. 'We proberen alle toegangen tot de beek in dat gebied.' Hij wees naar een potige agent achter een bureau. 'Kijk jij eens of je dit telefoontje met de GPS kunt traceren.' Toen draaide hij zich om en liep naar zijn auto.

'Wacht!' riep Aria, terwijl ze achter hem aan rende.

Wilden draaide zich om.

'Wij gaan mee!'

Wilden liet zijn schouders zakken. 'Da's niet echt...'

'Wij gaan méé,' zei Hanna achter Aria, haar stem krachtig en onbuigzaam.

Wilden trok een schouder op en zuchtte. Toen gebaarde hij naar de achterbank van de politiewagen. 'Oké. Stap dan maar in.'

# 36

# EEN AANBOD DAT SPENCER NIET KAN AFSLAAN

Mona rukte Spencers telefoontje uit haar handen, drukte op EINDE en smeet het toen door het raampje naar buiten – en dat alles zonder snelheid te minderen. Toen keerde ze de Hummer abrupt, reed terug over de smalle hobbelige Brainard Road en pakte de snelweg in zuidelijke richting. Na ongeveer acht kilometer nam ze een afslag in de buurt van de Bill Beach Brandwondenkliniek. Meerdere paardenfokkerijen en nieuwbouwprojecten flitsten voorbij, waarna de weg de bossen in dook. Pas toen ze de oude vervallen quakerskerk passeerden, begreep Spencer waar ze naartoe gingen: de Floating Man-steengroeve...

Ze speelde daar vroeger vaak in het grote meer. Veel kinderen doken zelfs van de hoogste steile rotsen het water in... totdat tijdens de superdroge zomer van vorig jaar een jongen van de openbare school bij zo'n sprong was omgekomen – waardoor de naam van de steengroeve ineens een griezelig soort voorspelling was geworden. Tegenwoordig ging het gerucht dat de geest van die jongen bij de steengroeve rondwaarde en het meer bewaakte. Spencer had zelfs horen fluisteren dat de Rosewood-stalker zich hier zou schuilhouden. Ze wierp een blik op Mona en voelde een rilling over haar rug lopen. Het kon best weleens zijn dat de Rosewood-stalker zich in een Hummer verplaatste...

Ze drukte haar nagels zo diep in de armleuning dat ze zeker wist dat je de deukjes ervan voorgoed zou blijven zien. Wilden bellen om hem te laten weten waar ze zat, was haar enige plan geweest. Nu ze geen telefoon meer had, zat ze volkomen in de val.

Mona keek vanuit haar ooghoeken naar Spencer. 'Dus Hanna heeft zich blijkbaar alles weer herinnerd, hè?'

Spencers knikje was nauwelijks te zien.

'Had ze beter niet kunnen doen,' dreunde Mona. 'Ze wíst dat dat jullie allen in gevaar zou brengen... Net zoals Aria het nooit aan de politie had moeten vertellen. Het was een test, weet je, dat ik haar naar Hooters stuurde: ik wilde weten of ze zich werkelijk wat aantrok van mijn waarschuwingen. Die tent zit immers vlak naast het bureau; er zitten daar altijd wel een paar agenten – erg aanlokkelijk dus om alles op te biechten. En blijkbaar is ze inderdaad voor die verleiding bezweken...' Mona gooide haar handen in de lucht. 'Waarom doen jullie toch telkens weer van die stomme dingen?'

Spencer sloot haar ogen. Ze wou dat ze van pure angst buiten westen raakte.

Mona slaakte een dramatische zucht. 'Maar ja, jullie doen al jaren stom, nietwaar? Te beginnen met die goeie ouwe Jenna Cavanaugh,' zei ze met een knipoog.

Spencers mond viel open. Wist Mona ook daarvan?

Natuurlijk wist ze dat. Zij was immers A.

Mona wierp een snelle blik op Spencers geschokte uitdrukking, die ze beantwoordde met een quasi-verbaasde blik. Toen trok ze aan de zijrits van haar halterjurk en onthulde een zwarte zijdeachtige bh en een groot deel van haar buik. Er zat een enorme, rimpelige wond bij de onderkant van haar ribbenkast.

Spencer staarde er een paar tellen naar en keek toen geschrokken de andere kant op.

'Ik was erbij, die avond dat jullie ervoor zorgden dat Jenna blind werd,' fluisterde Mona met een rauwe stem. 'Jenna en ik waren vriendinnen – wat jullie ook hadden kunnen weten, als jullie niet altijd alleen maar met jezelf bezig waren geweest. Ik ging die avond naar haar toe om haar te verrassen. Ik zag Ali... ik zag alles... en hield er zelfs een souvenirtje aan over...' Ze wreef over haar brandwonden. 'Ik heb vreselijk mijn best gedaan om mensen ervan te overtuigen dat Ali het had gedaan, maar niemand geloofde me. En toen nam Toby de schuld zo snel op zich dat mijn ouders zelfs dachten dat ik uit jaloezie de schuld op Ali probeerde te schuiven.' Ze schudde haar hoofd en zwaaide met haar blonde haar. Toen haar sigaret op was, schoot ze hem uit het raam en stak er meteen weer een op. De vonken spatten ervan af, zo hard trok ze aan het filter. 'Ik heb het er zelfs met Jenna over proberen te hebben, maar die weigerde te luisteren. Ze blééf maar zeggen: "Je hebt het mis, het was mijn stiefbroer,"' deed ze Jenna met een piepstemmetje na.

'Dat was het eind van de vriendschap tussen Jenna en mij,' ging Mona verder. 'Maar als ik thuis voor de spiegel sta en naar mijn voor de rest perfecte lichaam kijk... word ik steeds weer herinnerd aan wat jullie krengen mij toen hebben aangedaan. Ik weet heel goed wat ik heb gezien. En ik zal het nóóit vergeten.'

Haar mond verzakte tot een grimmige grijns. 'En toen, aan het begin van deze zomer, kreeg ik ineens een manier in handen om jullie terug te pakken: ik vond Ali's dagboek tussen alle troep die de nieuwe mensen hadden weggegooid. Ik wist meteen dat het van haar was. En het stond vol met geheimen van jullie allemaal – ook grote geheimen die heel wat schade konden berokkenen. Het leek wel alsof ze wilde dat dat dagboek in vijandige handen viel.'

Er flitste een herinnering door Spencers hoofd: de dag voor Ali's vermissing, toen ze haar op haar slaapkamer hadden aangetroffen, gretig lezend in een notitieboek, met een genietende grijns op haar gezicht... 'H-hoe kan het dat de politie dat dagboek niet gevonden heeft?' stamelde ze.

Mona reed langzaam een bosje bomen in en zette de motor uit. Voor hen lag enkel duisternis, maar Spencer hoorde water ruisen en rook de geur van mos en nat gras.

'Hoe moet ík dat nou weten? Ik ben alleen blij dat zij het niet gevonden hebben en ikke wel!' Mona ritste haar jurk weer dicht en draaide zich toen met een felle blik naar Spencer toe. 'Ali heeft alle afschuwelijke dingen die jullie hebben gedaan opgetekend: hoe jullie Jenna Cavanaugh hebben mismaakt, dat Emily Ali in haar boomhut heeft gezoend, dat jíj met de vriend van je zus hebt gezoend... Dat maakte het voor mij zo simpel om... tja, gewoon... om in háár te veranderen... Het enige wat ik erbij nodig had, was een tweede telefoon met een onderdrukt nummer. En ik had je echt tuk, hè? Toen ik voor het eerst contact met je opnam, dacht je echt dat het Ali was, hè?' Lachend pakte Mona Spencers hand.

Spencer trok haar hand geschokt terug. 'Ik kan het gewoon niet geloven, dat jij er al die tijd achter zat!'

'Nee, hè? O, wat moet het ergerlijk zijn geweest dat je geen idee had!' Mona klapte opgetogen in haar handen. 'Het was zo grappig om jullie te zien flippen... en toen Ali's lichaam boven water kwam, gingen jullie helemaal over de rooie. Maar dat ik mezélf ook een paar van die berichtjes stuurde, dat was pas echt geniaal...' Ze gaf zichzelf een klopje op haar linkerschouderblad. 'Het kostte me een hoop heen en weer geren, en ik moest bedenken wat jullie zouden gaan doen, nog vóórdat jullie het zelf wisten... Maar ik heb het allemaal zo elegant als een haute-couture-jurk afgehandeld, vind je ook niet?'

Ze keek Spencer even afwachtend aan. Toen gaf ze een speelse stomp tegen haar bovenarm. 'Ach, wat kijk je nu toch bang... alsof ik je iets ga aandoen of zo. Zo hoeft het helemaal niet te gaan, hoor.'

'H-hoe... hoeft het niet te gaan?' fluisterde Spencer.

'Nou... in het begin haatte ik je, Spencer. Jou vond ik het ergst: je kon het 't best met Ali vinden, je had werkelijk alles...' Mona stak weer een sigaret op. 'En toen... werden we vriendinnen. Ik vond het geweldig om bij je te zijn, om samen Hanna's feest te organiseren... Vond jij het niet ook lachen toen we die jongens onze billen lieten zien? Vond je het niet ook fijn om eens écht met iemand te kunnen praten? Tja, dus toen dacht ik... misschien kan ik wel filantroop worden, een soort Angelina Jolie.'

Spencer knipperde met haar ogen. Ze was met stomheid geslagen.

'Dus besloot ik je te helpen,' legde Mona uit. 'Dat gedoe met die Gouden Orchidee... ach, dat was gewoon een mazzeltje. Maar dit... ik wil jouw leven echt fijner maken, Spencer... omdat ik oprecht om je geef.'

Spencer trok een diepe rimpel in haar voorhoofd. 'W-wat bedoel je nou precies?'

'Melissa, gekkie!' riep Mona uit. 'Haar opwerpen als de

moordenaar! Ach, het is echt perfect en dat is toch wat jij altijd hebt willen zijn? Je zus in het gevang voor moord en voorgoed uit jouw leven... O, vergeleken met haar zul je dan o zo perfect lijken!'

Spencer staarde haar aan. 'Maar... Melissa had toch een motief?'

'Is dat wel zo?' zei Mona met een grijns. 'Of is dat wat jij wilt geloven?'

Spencer opende haar mond, maar er kwam geen geluid uit. Het was dus Mona geweest die die sms had verstuurd: *Ali's moordenaar staat recht voor je* en die msn: *Zij heeft het gedaan, weet je.* En het was Mona die die foto in haar tas had gestopt.

Mona schonk Spencer een geraffineerde blik. 'We kunnen de hele boel ook op zijn kop zetten. We kunnen toch naar het politiebureau rijden en Hanna wijsmaken dat het een gigantisch misverstand is; dat ze het zich helemaal verkeerd herinnert. En we kunnen zomaar iemand anders aanwijzen als A, iemand die we toch al niet mogen. Wat dacht je bijvoorbeeld van Andrew Campbell? Aan hem heb jij altijd al een hekel gehad, toch?'

'Ik eh...' stamelde Spencer.

'Maar we kunnen ook je zus laten opsluiten,' fluisterde Mona. 'En we kunnen samen voor A spelen, zodat we iedereen in onze macht hebben... Jij bent net zo'n stiekemerd als Ali, Spence – maar knapper, slimmer, rijker. Jíj had de baas van dat groepje moeten zijn, niet zij. En ík geef je nu de kans de leider te zijn waartoe je bent voorbestemd. Je leven thuis zal perfect worden, je leven op school...' Haar lippen vormden een brede glimlach. 'En ik weet hoe dolgraag jij perfect wilt zijn.'

'Maar... je hebt mijn vriendinnen kwaad gedaan,' fluisterde Spencer.

'Mmm... weet je zeker dat zij echte vriendinnen zijn?' zei Mona met blikkerende ogen. 'Weet je wie ik vóór Melissa als de moordenaar had aangewezen? Jou, Spencer. En ik speelde je goede vriendin Aria allerlei aanwijzingen toe dat jíj het had gedaan – ik had je de avond van haar vermissing over jullie muur met Ali horen ruziën. En wat deed beste vriendin Aria? Die trapte er volledig in en stond meteen in de startblokken om je aan te geven.'

'Nee... dat zou Aria nooit doen,' piepte Spencer.

'O nee?' Mona trok een wenkbrauw op. 'Hoe kan het dan dat ik haar precies dit verhaal tegen agent Wilden heb horen vertellen, zondagochtend in het ziekenhuis, de dag na Hanna's ongeluk?' Het woordje 'ongeluk' zette ze met haar vingers tussen aanhalingstekens. 'Ze liet er bepaald geen gras over groeien, Spence. Gelukkig voor jou zag Wilden er niets in. Maar waarom zou je iemand die je zoiets aandoet nog langer je vriendin noemen?'

Spencer haalde een paar maal diep adem. Ze wist echt niet meer wat ze nog kon geloven. Een gedachte kreeg vorm in haar hoofd. 'Maar, wacht eens even... als Melissa Ali niet heeft vermoord... dan moet jíj het hebben gedaan.'

Mona leunde achterover, het leer van de zitting knarste. 'Nee dus.' Ze schudde haar hoofd. 'Maar ik weet wie het wél heeft gedaan. Ali schreef er namelijk over op de laatste bladzijde van haar dagboek – ocharm, het allerlaatste wat ze schreef voordat ze stierf.' Mona trok een pruillip. 'Ze schreef: *Ian en ik hebben vanavond een supergeheime ontmoeting.*' Mona probeerde Ali's stem te imiteren, al leek het eerder een of andere duivelse pop uit een horrorfilm. '*Ik heb hem een ultimatum gesteld. Ik heb gezegd dat hij het nog vóórdat Melissa naar Praag gaat, moet uitmaken met haar – anders vertel ik haar en de rest wat wij met elkaar hebben.*' Mona zuchtte ietwat verveeld. 'Het ligt nogal voor de hand wat er vervolgens is gebeurd. Ali heeft Ian tot het uiterste gepusht... en toen heeft hij haar vermoord.'

De wind speelde met Mona's haar. 'Ik heb mezelf naar Ali's voorbeeld gekneed. Zij was de perfecte bitch; niemand was veilig voor haar gekonkel. En als je daarvoor kiest, zal straks ook niemand meer veilig zijn voor jou.'

Spencer schudde traag haar hoofd. 'M-maar... jij hebt Hanna dus aangereden.'

Mona trok haar schouders op. 'Ik kon niet anders, ze wist te veel.'

'H-het spijt me,' fluisterde Spencer. 'Maar ik wil echt niet... samen met jou voor A spelen, heersen over school... of wat je me ook maar aanbiedt... Dat is gestoord.'

Mona's blik was eerst teleurgesteld, maar toen werd hij steeds duisterder. Op het laatst raakten haar wenkbrauwen elkaar haast. ‘Oké, dan moet je het zelf maar weten.’

Haar stem ging als een scherp mes door Spencers huid, de krekels begonnen hysterisch te tsjirpen, het ruisende water klonk als bloed dat door een ader stroomde.

In een razendsnelle beweging schoot Mona naar voren en krulde haar handen rond Spencers nek. Spencer vloog luid gillend achteruit en begon wild met haar armen te maaien en naar de UNLOCK-knop te zoeken, al trappend tegen Mona’s borst. Mona dook krijsend achteruit, waarna Spencer de deurkruk openrukte en uit de auto op het stekelige gras tuimelde.

Ze krabbelde meteen overeind en spurtte het donker in. Ze voelde eerst gras onder haar voeten, toen steentjes, toen zand en toen modder. En het geluid van het water werd steeds duidelijker. Ze wist dat ze de rotsachtige rand van de steengroeve naderde.

Toen hoorde ze Mona’s voetstappen achter haar, en vervolgens voelde ze haar armen rond haar middel. Ze vielen samen op de harde grond. Mona klom meteen boven op haar en sloeg haar handen weer om haar nek. Spencer schopte, wurmde, hijgde; Mona grinnikte alsof het maar een spelletje was.

‘Ik dacht dat wij vriendinnen waren, Spencer.’ Mona trok een grimas, terwijl ze Spencer stil probeerde te houden.

Maar Spencer wist zich weer los te worstelen om adem te halen. ‘Ik dácht het niet!’ schreeuwde ze en ze duwde haar benen met al haar kracht tegen Mona’s bovenlichaam, waardoor zij achteroverklapte en een eindje verderop op haar billen belandde. Ze spuugde een prop knalgele kauwgum uit.

Spencer krabbelde weer overeind; Mona stond ook op, haar ogen blikkerend en haar tanden opeengeklemd. De tijd leek wel van rubber terwijl Mona op haar afkwam, haar mond vertrokken tot een woeste driehoek.

Spencer sloot haar ogen en deed wat haar het eerst inviel: ze greep Mona bij haar benen, waardoor deze haar evenwicht verloor en begon te vallen. Spencer voelde haar armen tegen Mona’s buik en duwde zo hard als ze kon; ze zag het wit van Mona’s ogen die steeds wijder werden en hoorde Mona’s gegil in haar oren. Mona viel steeds verder naar achteren... en toen was ze ineens verdwenen.

Wat Spencer niet meteen doorhad, was dat ze zelf ook viel – totdat ze de grond voelde. Ze hoorde een kreet door het ravijn echoën en dacht dat ze dat zelf was. Toen raakte haar hoofd de bodem... er klonk een *krak*... en haar ogen sloten zich.

# 37

# EERST ZIEN, DAN GELOVEN

Hanna propte zich achter in agent Wildens politiewagen, naast Aria en Emily. Dit was de plek waar normaal gesproken de criminelen zaten – niet dat Rosewood daar veel van had. Ze konden Wilden amper zien door het aan de voorbank bevestigde metalen hekwerk, maar ze hoorden aan zijn stem dat hij net zo gespannen en ongerust was als zij.

'Iemand van jullie al iets gevonden?' riep hij in de radio. Ze stonden stil bij een stopbord, terwijl Wilden trachtte te bedenken welke kant ze op moesten. Ze hadden zojuist rondgereden bij de hoofdmonding van de Morrell-beek, maar hadden er alleen een stel lui van de openbare school stoned in het gras zien liggen. Nergens een spoor van Mona's Hummer.

'Nee, niks,' zei de stem door de radio.

Aria pakte Hanna's hand en kneep er hard in; Emily zat zachtjes in haar kraag te snikken.

'Misschien bedoelde ze wel een andere beek,' opperde Hanna. 'Die bij de Marwyn Trail bijvoorbeeld.' Of misschien zaten Spencer en Mona op dit moment gewoon gezellig met elkaar te kletsen... had zij het helemaal mis en was Mona A helemaal niet...

Er kraakte een andere stem door de radio: 'Er is een telefoontje binnengekomen over een ordeverstoring bij Floating Man.'

Hanna drukte haar nagels in Aria's hand; Emily hapte naar adem.

'Ben al op weg!' zei Wilden.

'De steengroeve?' zei Hanna. Maar... Floating Man was juist een vrolijke plek. Kort na hun metamorfose hadden zij en Mona daar een stel jongens van Drury Academy ontmoet, voor wie ze op de rotsen een badmodeshow hadden gehouden – het was immers veel spannender om een jongen uit te dagen dan om echt met hem te vrijen. Kort daarna hadden ze HM + MV = BBBBBVV op het dak van de garage van Mona's ouders geschilderd en gezworen dat ze voor eeuwig hartsvriendinnen zouden zijn...

Was dat dan één grote leugen geweest? Had Mona het van het begin af aan zo gepland? Had ze soms zitten wachten op de dag dat ze met haar auto over haar heen kon rijden? Hanna kon de aandrang bijna niet onderdrukken om Wilden te vragen de auto langs de kant te zetten, zodat ze kon overgeven.

Toen ze bij de ingang van de steengroeve kwamen, lichtte Mona's felgele Hummer op als het baken van een vuurtoren. Hanna greep meteen naar de deurkruk, ook al reden ze nog. Het portier vloog open en ze tuimelde de auto uit. Ze wist zich overeind te houden en begon richting de Hummer te rennen, strompelend en struikelend over het ongelijke grind.

'Hanna, néé!' riep Wilden. 'Dat is veel te gevaarlijk!'

Hanna hoorde achter zich dat de motor werd uitgezet, portieren die werden dichtgesmeten, geknars van droge bladeren. Toen ze bij de auto aankwam, zag ze iemand ineengedoken bij de linkervoorband zitten. Ze zag een dot blond haar en haar hart sprong op: Mona!

Maar het was Spencer. Haar gezicht en handen zaten onder de modder, tranen hadden strepen over haar wangen getrokken, haar armen zaten vol wondjes, haar zijden jurk was gescheurd en ze had geen schoenen meer aan. 'Hanna!' zei ze schor, terwijl ze haar armen naar haar uitstak.

'Alles goed?' hijgde Hanna, terwijl ze bij Spencer neerhurkte en haar schouder aanraakte. Ze was ijskoud en nat.

Spencer snikte zo hartverscheurend dat ze er amper iets uit kreeg. 'H-het spijt me, Hanna... het spijt me zo.'

'Wat dan?' vroeg Hanna, terwijl ze Spencers handen beetgreep.

'Ik...' Spencer wees naar de rand van de steengroeve. 'Ik geloof dat ze is gevallen.'

Bijna meteen daarop hoorden ze achter zich de sirene van een ambulance, gevolgd door nog een politiewagen. De hulpverleners en een aantal agenten kwamen om Spencer heen staan.

Als verdoofd trok Hanna zich terug toen het ambulancepersoneel Spencer begon te vragen of ze alles nog kon bewegen, waar ze pijn had en wat er precies gebeurd was.

'Mona bedreigde me,' zei Spencer steeds maar weer. 'Ze probeerde me te wurgen. Ik probeerde weg te vluchten, maar toen begonnen we te vechten... en toen...' Ze gebaarde weer naar de steengroeve.

*Mona bedreigde me.* Hanna zakte bijna door haar knieën. Dit gebeurde écht!

De politie had zich intussen verspreid over het terrein en liep rond met Duitse herders, zaklampen en hun wapen in de aanslag. Al na een paar minuten riep een van hen: 'Hier! We hebben iets!'

Hanna sprong meteen op en sprintte op de agent af. Maar Wilden haalde haar in. 'Nee, Hanna,' zei hij in haar oor. 'Dat kun je beter niet doen.'

'Maar ik moet het zien!' gilde Hanna.

Wilden sloeg zijn armen om haar heen. 'Blijf nu hier, oké? Blijf hier bij mij.'

Dus keek Hanna hoe een team van agenten over de rand van de steengroeve verdween, in de richting van het ruisende water. 'Een brancard, alsjeblieft!' riep een van hen. Er kwamen nog een paar reddingswerkers met spullen aanrennen.

En al die tijd streelde Wilden Hanna's haar, terwijl hij haar met zijn lichaam afschermde van wat er gebeurde. Maar ze kon het nog steeds hóren: ze hoorde iemand zeggen dat Mona tussen twee rotsblokken klem zat... dat het eruitzag alsof haar nek was gebroken... dat ze haar heel, heel voorzichtig omhoog moesten trekken. En ze hoorde hen bemoedigend mompelen toen ze Mona optilden, op de brancard legden en de ambulance in schoven. Toen ze hun passeerden, ving Hanna een flits op van Mona's witblonde haar. Ze rukte zich los uit Wildens armen en zette het op een lopen.

'Hanna!' schreeuwde Wilden. 'Nee!'

Maar Hanna rende niet naar de ambulance: ze rende naar de andere kant van Mona's Hummer, waar ze neerhurkte en braakte. Daarna veegde ze haar handen af aan het gras en krulde zich op tot een bal.

De deuren van de ambulance werden gesloten, de motor begon te ronken, maar de sirene ging niet meer aan. Hanna vroeg zich af of dat was omdat Mona al was overleden.

Ze huilde net zolang tot het voelde alsof er geen enkele traan meer in haar lichaam zat. Uitgeput liet ze zich op haar rug rollen. Er drukte iets hards, vierkants in haar bovenbeen. Ze kwam weer overeind en pakte het op. Het was een geelbruin suède telefoonhoesje dat Hanna niet kende. Ze bracht het naar haar gezicht en snoof: het rook naar Jean Patou Joy – jarenlang Mona's lievelingsparfum.

Maar de telefoon die erin zat, was niet de Chanel *limited edition* Sidekick die Mona haar vader had gesmeekt mee te nemen uit Japan, noch stond er op de achterkant MV in Swarovski-kristallen. Het was een eenvoudige BlackBerry waar helemaal niets aan viel af te lezen.

Met een schok realiseerde Hanna zich wat deze tweede telefoon betekende. Het enige wat ze nog hoefde te doen om zichzelf te bewijzen dat het werkelijk Mona was geweest die hun dit alles had aangedaan, was dit ding aanzetten.

De geur van de frambozenstruiken rond de steengroeve voerde haar opeens drie jaar terug in de tijd. Zij droeg haar Missoni-stringbikini, Mona haar Calvin-badpak. Ze hadden een serieus spel van hun modeshow gemaakt: als de jongens van Drury slechts matig geïnteresseerd keken, hadden ze verloren; als ze kwijlden als een uitgehongerde hond, trakteerden ze elkaar op een dagje kuuroord. Hanna had uiteindelijk gekozen voor de jasmijn/zeewier-scrub, Mona voor de scrub met jasmijn, wortel en sesamzaad.

Hanna hoorde voetstappen achter zich. Ze drukte met haar duim op het onschuldige blanco scherm van de BlackBerry en liet hem gauw in haar zijden tasje glijden. Toen strompelde ze weg om de anderen te zoeken.

Overal om haar heen werd druk gepraat, maar het enige wat

Hanna hoorde, was die stem in haar hoofd die steeds maar weer gilde: ‘Mona is dood!’

# 38

# HET LAATSTE PUZZELSTUKJE

Ondersteund door agent Wilden en Aria hinkte Spencer naar de achterbank van de politiewagen. Ze bleven haar maar vragen of ze een ambulance nodig had, maar ze wist bijna zeker dat dat niet nodig was – ze had niet het gevoel dat ze iets gebroken had. Ze was gelukkig op het gras terechtgekomen en was wel even buiten westen geweest, maar had zich niet verwond. Ze liet haar benen uit het achterportier van de auto bungelen.

Wilden kwam op zijn hurken voor haar zitten, zijn notitieblok en een kleine cassetterecorder in de aanslag. 'Weet je zeker dat je het nu meteen wilt doen?'

Spencer knikte vol overtuiging.

Emily, Aria en Hanna kwamen achter Wilden zitten toen hij op RECORD drukte. De koplampen van een andere politiewagen gaven hem een stralenkrans met een rood randje. Het deed Spencer denken aan het zomerkamp, waar het kampvuur ook altijd schimmige silhouetten van haar vriendinnen maakte. Was ze nu ook maar op zomerkamp...

Wilden haalde diep adem. 'Oké. Dus je weet zeker dat zij je heeft verteld dat Ian Thomas Ali heeft vermoord.'

Spencer knikte. 'Ali had hem die avond dat ze vermist raakte een ultimatum gesteld. Ze wilde hem zien... én had hem gezegd dat als hij het tegen de tijd dat Melissa naar Praag ging, nog niet had uitgemaakt met haar, ze iedereen zou vertellen wat er werkelijk speelde.' Ze veegde een paar vettige, bemodderde haren uit haar gezicht. 'Het staat allemaal in Ali's dagboek... dat Mona heeft. Ik weet niet precies waar, maar...'

'We doorzoeken sowieso Mona's huis,' onderbrak Wilden haar en hij legde een hand op haar knie. 'Maak je daar maar geen zorgen over.' Toen zei hij in zijn walkietalkie tegen zijn collega's dat ze Ian moesten opsporen en voor verhoor naar het bureau moesten brengen. Spencer hoorde alles aan, terwijl ze als verdoofd naar de vastgekoekte modder onder haar vingernagels staarde.

Haar vriendinnen stonden beduusd om haar heen.

'Mijn god,' fluisterde Emily. 'Ian Thomas? Dat klinkt zo... raar. Maar het zal wel logisch zijn. Hij was veel ouder dan zij en als dat ooit uitkwam, nou...'

Spencer voelde dat ze kippenvel kreeg en sloeg haar armen om zich heen. Voor haar leek Ian helemaal niet logisch. Ze geloofde wel dat Ali hem had bedreigd en dat hij toen misschien boos was geworden... maar boos genoeg om haar te vermoorden? En ze vond het ook best eng dat ze Ian al die tijd die ze met hem had doorgebracht, geen minuut had verdacht. Hij had ook nooit nerveus, berouwvol of weemoedig geleken wanneer Ali's moord ter sprake kwam. Maar misschien had ze alle tekenen wel verkeerd geïnterpreteerd; ze had er immers ook zat andere gemist. Zo was ze ook gewoon bij Mona in de auto gestapt... Wie weet wat er nog meer recht voor haar neus lag dat ze over het hoofd zag.

Wildens walkietalkie gaf een piepje. 'De verdachte bevindt zich niet op zijn thuisadres,' riep een vrouwelijke agent. 'Wat wilt u dat we nu doen?'

'Shit!' Wilden keek Spencer aan. 'Kun jij bedenken waar Ian nog meer zou kunnen zijn?'

Spencer schudde haar hoofd. Op dit moment voelde nadenken voor haar als waden door een diep moeras.

Wilden sprong op de voorbank. 'Ik zal jou eens thuisbrengen,' zei hij. 'Je ouders zijn ook al op weg naar huis van de countryclub.'

'Wij gaan mee naar Spencers huis.' Aria gebaarde Spencer op te schuiven, waarna zij, Hanna en Emily zich ook op de achterbank persten. 'We willen haar nu niet alleen laten.'

'Ach jongens, dat hoeft toch niet,' zei Spencer zacht. 'Trouwens, Aria, hoe moet dat dan met je auto?' Ze wees naar de Subaru, die eruitzag alsof hij langzaam stond weg te zakken in de modder.

'O, die kan hier wel een nachtje blijven,' grinnikte Aria. 'Wie weet heb ik nog geluk en wordt hij gestolen...'

Spencer legde haar handen in haar schoot, te zwak om verder te protesteren.

Iedereen in de auto zweeg toen Wilden voorbij het Floating Man-bord over het smalle pad naar de hoofdweg reed. Het was moeilijk te geloven dat het nog maar anderhalf uur geleden was dat Spencer en Mona het feest hadden verlaten. Alles was nu anders.

'Mona was erbij, die avond dat Jenna door onze schuld blind raakte,' mompelde Spencer opeens voor zich uit.

Aria knikte. 'Het is een lang verhaal, maar ik heb Jenna vanavond zelf gesproken. Zij weet wat wij hebben gedaan. Alleen... dit geloof je nooit: zij had het samen met Ali gepland.'

Spencer rechtte haar rug. Ze kon even geen adem krijgen. 'Wát? Waarom dat dan?'

'Ze had het erover dat Ali en zij allebei gedoe met hun broer hadden of zoiets,' zei Aria, niet erg overtuigend klinkend.

'Daar begrijp ik dus niks van, hè,' fluisterde Emily. 'Ik zag Jason DiLaurentis toevallig laatst op het journaal. Hij vertelde dat hij zijn ouders eigenlijk nooit meer sprak, noemde ze verdwaasd. Waarom zou hij zoiets zeggen?'

'Ach, er is zo veel dat je niet van mensen weet als je ervan buitenaf naar kijkt,' mompelde Hanna met een huilstem.

Spencer sloeg haar handen voor haar gezicht. Er was zo veel dat ze niet begreep, zo veel dat nergens op sloeg. Ze wist dat ze zich nu opgelucht moest voelen omdat alles was opgelost – A was voorgoed weg, Ali's moordenaar zou heel gauw worden opgepakt – maar ze voelde zich nog hopelozer dan eerst. Ze tuurde naar het reepje maan aan de hemel. 'Jongens,' verbrak ze de stilte, 'er is iets wat ik jullie moet vertellen.'

'Nóg iets?' jammerde Hanna.

'Ja. Over de avond van Ali's vermissing.' Spelend met haar zilveren bedelarmband prevelde Spencer: 'Weten jullie nog dat ik de woonschuur uit rende, achter Ali aan? En dat ik later zei dat ik niet had gezien waar ze naartoe ging? Nou... dat had ik dus wel. Ze rende regelrecht het pad af en ik ging achter haar aan. Nou ja, en toen kregen we dus weer ruzie. Over Ian. Ik eh... had kort daarvoor met hem gezoend en toen beweerde Ali dat hij dat alleen maar had gedaan omdat zíj hem dat had opgedragen. En ze zei dat het echte liefde was tussen haar en Ian en lachte me uit omdat ik hem zo leuk vond.'

Spencer voelde gewoon hoe verbluft haar vriendinnen naar haar zaten te kijken. Ze moest al haar moed bijeenrapen om verder te gaan.

'Nou ja, en toen werd ik zo woest... dat ik haar een enorme duw gaf. Ze viel achterover op de stenen en er klonk een afgrijselijk kraakgeluid...' Er rolde een traan uit haar ooghoek, die dramatisch traag over haar wang naar beneden gleed. Spencer liet haar hoofd zakken. 'Het spijt me, jongens. Dat had ik jullie veel eerder moeten vertellen. Maar ik... ik was het gewoon vergeten. En toen ik het me eindelijk herinnerde, werd ik zo verschrikkelijk bang...'

Toen ze weer opkeek, keken haar vriendinnen haar ontzet aan. Zelfs Wilden leek zijn hoofd een beetje schuin te houden, alsof hij probeerde mee te luisteren. Als ze wilden, kon die hele Ian-theorie zo weer het raam uit, konden ze Wilden dwingen te stoppen en haar tegenover hem exact laten herhalen wat ze zojuist had gezegd. Ja, het kon allemaal wéér heel anders – nog gruwelijker – aflopen...

Maar Emily was de eerste die Spencers hand pakte. Vervolgens legde Hanna haar hand daarbovenop en Aria sloot de rij. Het herinnerde Spencer aan hun ritueel bij die foto van hen vijven bij Ali in de gang. 'Wij weten dat jij het niet bent geweest,' fluisterde Emily.

'Het was Ian. Dat maakt gewoon alles rond,' zei Aria overtuigd, terwijl ze Spencer diep in de ogen keek. Zij leek haar werkelijk volkomen te geloven.

Ze reden Spencers straat in, waarna Wilden de oprit van de familie Hastings opreed. Haar ouders waren er nog niet: het hele huis was donker. 'Willen jullie dat ik hier blijf tot jouw ouders thuiskomen?' vroeg Wilden toen de meiden uitstapten.

'Nee hoor, dat hoeft niet.' Spencer wierp een blik op de anderen, opeens erg dankbaar dat zij mee waren gekomen.

Wilden reed de oprit af en maakte toen kalm de draai aan het eind van de doodlopende straat, langs het oude huis van de familie DiLaurentis, dat van de familie Cavanaugh en dat van de familie Vanderwaal, een gigantisch wanproduct met een vrijstaande garage. Daar was natuurlijk ook niemand thuis. Spencer huiverde.

Toen opeens werd haar aandacht getrokken door een lichtflits in de achtertuin. Ze hield haar hoofd schuin. Haar hart begon sneller te kloppen. Ze liep het pad op en legde haar handen op de stenen muur die om het hele perceel heen liep. Daar, voorbij het terras, het met rotsblokken afgezette zwembad, de borrelende hot tub, het uitgestrekte gazon en de verbouwde schuur – helemaal achteraan, vlak bij de plek waar Ali was gevallen – zag ze twee figuren in het licht van die magere maan. Ze deden haar ergens aan denken...

Een windvlaag trippelde over haar rug. Het was er niet het seizoen voor, maar toch rook de lucht heel even naar kamperfoelie – net zoals die afschuwelijke avond, alweer vierenhalf jaar geleden. En opeens brak de herinnering door: ze zag Ali achterovervallen tegen de stenen muur... er klonk een *krak*, zo luid als een kerkklok... en toen ze de meisjesachtige zucht in haar oor hoorde, draaide ze zich vliegensvlug om. Maar er stond niemand achter haar, nergens was iemand. Toen ze zich weer omdraaide, lag Ali nog steeds tegen de stenen muur. Haar ogen waren echter open. Opeens gromde ze en krabbelde overeind.

Ali had helemaal niets!

Ze schonk Spencer een woeste blik en wilde duidelijk net iets gaan zeggen, toen iets verderop op het pad haar aandacht trok. Ze ging er als een haas vandoor en verdween tussen de bomen. Een paar tellen later hoorde Spencer Ali's bekende giechel, gevolgd door wat geritsel. Ineens zag ze twee figuren: de ene was Ali; en ze wist niet wie de ander was, maar het was zeker niet Melissa. Niet te geloven dat Ian Ali slechts enkele ogenblikken later in de half gegraven funderingsput van de familie DiLaurentis zou duwen! Ali mocht dan een kreng zijn geweest, zo'n einde verdiende ze nu ook weer niet.

'Spencer?' zei Hanna zacht. Haar stem leek van heel ver te komen. 'Wat is er met je?'

Spencer opende haar ogen en huiverde. 'Ik heb het niet gedaan,' fluisterde ze toen.

De figuren achter de woonschuur stapten uit het donker tevoorschijn. Melissa liep stijfjes, Ians vuisten waren gebald. De wind voerde hun stemmen mee tot in de voortuin van het huis. Het klonk alsof ze ruzie hadden.

Spencer voelde zich alsof al haar zenuwuiteinden op scherp stonden. Ze draaide zich om en keek de straat in, maar Wildens auto was nergens meer te bekennen. Ze begon als een wilde in haar zakken naar haar telefoon te zoeken, maar toen ineens wist ze het weer: die had Mona immers uit het raam gegooid!

'Ik doe het wel,' zei Hanna, terwijl ze haar BlackBerry tevoorschijn haalde en een nummer begon in te toetsen. Toen gaf ze hem aan Spencer. *Wilden bellen* stond er op het schermpje.

Spencer moest de telefoon met twee handen vasthouden, zo erg trilden haar vingers.

Agent Wilden nam al na tweemaal op. 'Hanna?' zei hij verward. 'Wat is er?'

'Nee, met Spencer,' riep Spencer. 'Je moet omkeren: Ian is hier!'

# 39

# DE GEHEEL VERNIEUWDE FAMILIE MONTGOMERY – OPMERKELIJK ALS ALTIJD

De volgende middag zat Aria op de futon in Merediths woonkamer wat afwezig te spelen met het William Shakespearebeeldje dat ze van Ezra had gekregen. Byron en Meredith kwamen naast haar zitten, waarna ze met zijn allen naar Merediths televisie tuurden. Er was een persconferentie over Ali's moord op. *Ian Thomas gearresteerd* riep een tekstregel onder in het scherm.

'De zaak van meneer Thomas dient aanstaande dinsdag,' zei een verslaggever, staande voor de grote stenen trap van de rechtbank van Rosewood County. 'Niemand in deze gemeenschap had ooit gedacht dat een rustige, beleefde jongen als Ian Thomas achter deze moord zou kunnen zitten.'

Aria trok haar knieën op tot haar borst. Vanochtend vroeg was de politie naar het huis van de familie Vanderwaal gegaan, waar ze Ali's dagboek onder Mona's bed hadden gevonden. Mona bleek Spencer de waarheid te hebben verteld over die laatste aantekening – die ging inderdaad over Ali's ultimatum aan Ian: óf hij maakte het uit met Melissa Hastings, óf zij vertelde iedereen over hun verhouding. Op het nieuws was te zien hoe de politie Ian in de boeien naar het bureau bracht. Toen hem werd gevraagd een verklaring af te leggen, zei hij alleen maar: 'Ik ben onschuldig. Dit is een vergissing.'

Byron stootte een ongelovig lachje uit. Hij reikte naar Aria en pakte haar hand vast.

Het nieuws stapte nu, vrij voorspelbaar, over op het volgende verhaal: Mona's dood. Op het scherm werd de gele sliert politietape gevolgd waarmee de Floating Man-steengroeve was afgezet, gevolgd door een opname van de woning van de familie Vanderwaal. Onder in beeld verscheen een plaatje van een BlackBerry. 'Mejuffrouw Vanderwaal stalkte de vier Rosewood Dayleerlingen nu al ruim een maand en de dreigementen gingen inmiddels tot de dood aan toe,' sprak de verslaggever. 'Dit leidde op een gegeven moment tot een handgemeen tussen mejuffrouw Vanderwaal en een niet met name genoemde minderjarige aan de rand van de steengroeve, die algemeen bekendstaat als uiterst gevaarlijk. Uiteindelijk gleed mejuffrouw Vanderwaal over de rand, waarbij zij tijdens de val haar nek moet hebben gebroken. De politie heeft de BlackBerry van mejuffrouw Vanderwaal in haar tas op de bodem van de steengroeve gevonden, maar is nog op zoek naar een tweede telefoon, die zij moet hebben gebruikt voor het versturen van haar onheilspellende boodschappen.'

Aria gaf Shakespeares hoofd nog maar eens een lel. Haar eigen hoofd voelde als een soort volgepropte koffer: er was gisteren gewoon té veel gebeurd om te verwerken. Al haar emoties waren overhoopgegooid. Ze vond het vreselijk dat Mona dood was. Ze voelde zich beroerd en op een vreemde manier gekwetst dat Jenna's ongeluk geen echt ongeluk bleek te zijn, maar een plannetje dat Jenna samen met Ali had beraamd. En na al die tijd bleek Ian dus Ali's moordenaar... De verslaggever trok een meelevend, opgelucht gezicht en zei: 'Eindelijk kan heel Rosewood deze gruwelijke geschiedenis achter zich laten' – wat iedereen de hele ochtend al liep te roepen. Aria barstte in tranen uit: zij voelde zich totaal niet opgelucht!

Byron keek haar aan. 'Hé... wat is er?'

Aria schudde haar hoofd, ze kon even niets uitbrengen. Ze sloeg haar handen om het knikhoofdje heen; hete tranen drupten op Shakespeares plastic buste.

Byron zuchtte. 'Ik begrijp heel goed hoe overdonderend dit alles voor jou moet zijn. Je had verdorie een stalker... en hebt ons daar nooit iets over gezegd! Dat had je echt moeten doen, Aria. Misschien moeten we het er nu maar eens over hebben.'

'Nee, sorry.' Aria schudde haar hoofd. 'Dat kan ik nog niet.'

'Het móét,' drong haar vader aan. 'Het is belangrijk dat je dit niet opkropt.'

'Byron!' siste Meredith ineens. 'Jezus, man!'

'Wát nou?' riep Byron en hij gooide zijn armen in de lucht.

Meredith sprong op en kwam tussen Aria en haar vader in zitten. 'Jij en je gepraat altijd,' mopperde ze. 'Heeft Aria de afgelopen weken niet al genoeg meegemaakt? Gun haar even wat ruimte!'

Byron trok overbluft zijn schouders op. Aria keek er met open mond naar. Toen ze vervolgens naar Meredith keek, glimlachte die naar haar. Er blonk iets van begrip in haar ogen, die leken te zeggen: *Ik begrijp wat je doormaakt. En ik weet dat het niet gemakkelijk is.* Aria staarde naar de tattoo op Merediths pols. Ze dacht eraan hoe gretig ze had lopen zoeken naar iets om Meredith mee te pakken... en nu nam zij het voor haar op!

Byrons mobieltje begon te trillen en over de kale salontafel te schuiven. Hij keek even fronsend naar het schermpje en nam toen op. 'Ella?' zei hij met een schorre stem.

Aria verstrakte. Byron trok een rimpel in zijn voorhoofd. 'Ja... die is hier.' Hij gaf Aria de telefoon. 'Je moeder wil je spreken.'

Meredith schraapte ongemakkelijk haar keel, stond op en liep naar het toilet.

Aria staarde naar de telefoon alsof het zo'n stukje rotte vis was waar iemand in IJsland haar eens toe had uitgedaagd van te eten – net als de oude Vikingen. Ze drukte de telefoon behoedzaam tegen haar oor. 'Eh, Ella?'

'Aria! Alles goed met je?' riep haar moeders stem aan de andere kant van de lijn.

'Met mij? Eh... prima,' zei Aria. 'Of... ik weet niet... ik denk het wel. Ik ben in ieder geval niet gewond of zo.'

Er viel een lange stilte. Aria trok aan de antenne van haar vaders telefoontje en duwde hem toen weer terug.

'O, het spijt me zo, liefje,' deed Ella sentimenteel. 'Ik had geen idee wat jij allemaal doormaakte. Waarom heb je ons niet verteld dat je werd bedreigd?'

'Omdat...' Aria was intussen naar haar slaaphoekje in Merediths atelier gelopen om haar knuffelvarken Pigtunia te pakken.

Mike vertellen over A was moeilijk geweest. Maar nu het allemaal voorbij was en ze zich geen zorgen meer hoefde te maken dat A revanche zou nemen, besefte ze dat de eigenlijke reden er ineens niet meer toe deed. 'Omdat... jullie het allemaal druk hadden met jullie eigen dingen.' Toen ze zich op het bultige tweepersoonsbed liet vallen, protesteerde de spiraalmatras luid. 'Maar... het spijt me, Ella – alles. Het was een rotstreek van me om al die tijd te verzwijgen wat ik over Byron wist.'

Haar moeder was even stil. Aria zette het tv'tje op de vensterbank weer aan. De beelden van de persconferentie verschenen op het scherm. 'Ik snap best waarom je dat hebt gedaan,' zei Ella ten slotte. 'Daar had ik begrip voor moeten opbrengen. Maar ik was gewoon zó kwaad...' Ze zuchtte. 'Het ging al een hele tijd niet goed tussen je vader en mij. Die tijd in IJsland stelde het onvermijdelijke gewoon nog even uit, maar we wisten allebei dat dit eraan zat te komen.'

'Mmm,' zei Aria zacht, terwijl ze Pigtunia's roze vacht streelde.

Ella zuchtte opnieuw. 'Het spijt me echt, liefje. En ik mis je.'

Er vormde zich een enorme brok in Aria's keel. Ze keek omhoog, naar de kakkerlakken die Meredith daar had geschilderd. 'Ik mis jou ook.'

'Je kamer staat nog steeds klaar voor je – althans als je dat wilt,' zei haar moeder.

Aria trok Pigtunia dicht tegen zich aan. 'Dankjewel,' fluisterde ze en ze klapte de telefoon gauw dicht.

Hoe lang had ze erop gewacht om dat te horen? Wat zou het een opluchting zijn om weer in haar eigen bed te slapen, met zijn gewone matras en zachte donzen kussens; om weer tussen al haar breiwerkjes en boeken te zitten, bij haar broer en Ella.

Maar Byron dan? Ze hoorde hem kuchen in de andere kamer. 'Wil je een Kleenex?' riep Meredith vanuit het toilet. Ze klonk bezorgd. Aria dacht aan de kaart op de koelkast die Meredith voor Byron had gemaakt – een getekende olifant die zei: *Ik stamp even voorbij om jou een geweldige dag toe te wensen!* Het was iets wat Byron – of Aria zelf – ook zou kunnen hebben gedaan.

Misschien had ze wel te heftig gereageerd. Misschien kon ze haar vader ertoe overhalen een beter bed voor dit kamertje te kopen. Misschien kon ze hier dan af en toe komen logeren.

Misschien.

Ze wierp een blik op het tv-scherm. De persconferentie over Ian was net afgelopen, iedereen stond op om te vertrekken. Toen de camera het publiek filmde, ving Aria een glimp op van een blond meisje met een bekend hartvormig gezicht. Ali? Ze kwam meteen rechtop en wreef in haar ogen tot ze er pijn van deden. Toen de camera opnieuw over de zaal vloog, zag ze echter dat de blondine minstens dertig was. Ze begon zich door al dat slaapgebrek ook al dingen in te beelden!

Met Pigtunia in haar hand slenterde ze terug naar de woonkamer. Haar vader opende zijn armen voor haar; Aria glipte er dankbaar tussen. Afwezig gaf Byron klopjes op Pigtunia's kop, terwijl ze samen naar het eind van de persconferentie keken.

Toen kwam Meredith terug uit het toilet. Ze zag een beetje groen.

Byron liet zijn arm van Aria's schouder glijden. 'Nog steeds misselijk?'

Meredith knikte. 'Ja.' Maar ze keek erbij alsof ze stond te popelen om een geheim te onthullen. Ze keek hen allebei aan, waarna haar mondhoeken een piepklein glimlachje vormden. 'Maar dat geeft niet, want... ik ben zwanger!'

# 40

# HET IS NIET ALLES GOUDEN ORCHIDEE WAT ER BLINKT

Later die avond, nadat de politie het onderzoek in het landhuis van de familie Vanderwaal had afgerond, kwam agent Wilden bij de familie Hastings langs om Melissa nog een paar vragen te stellen. Hij zat op de leren bank in hun woonkamer, zijn ogen dik van vermoeidheid. Iedereen zag er trouwens moe uit, behalve Spencers moeder, die was gekleed in een frisse Marc Jacobs-overhemdjurk. Spencers ouders zaten helemaal aan de andere kant van de kamer, alsof hun dochters krioelden van de bacteriën of zoiets.

Melissa's stem klonk monotoon. 'Ik heb jullie niet de waarheid over die avond verteld,' gaf ze toe. 'Ian en ik hadden zitten drinken... en toen ben ik in slaap gevallen. Even later werd ik wakker en was hij weg. Ik viel opnieuw in slaap en toen ik daarna ontwaakte, was hij er weer.'

'Waarom heb je dat niet eerder gezegd?' wilde haar vader weten.

Melissa schudde haar hoofd. 'Ik ging die ochtend erop naar Praag. Ik geloof niet dat iemand toen al wist dat Alison vermist was. En toen ik terugkwam en iedereen hier vertwijfeld rondliep... Ach, ik heb gewoon nooit gedacht dat Ian tot zoiets in staat was.' Ze frunnikte aan de boord van haar lichtgele Juicy-capuchonsweater. 'Ik verdacht Ali en Ian er toen al van dat ze iets met elkaar hadden, maar ik heb nooit gedacht dat het iets voorstelde. En zeker niet dat Alison hem zelfs een ultimatum zou stellen...' Ook Melissa was inmiddels geïnformeerd over Ians motief. 'Ik bedoel... ze was nog maar een brugpieper!'

Ze keek Wilden aan. 'Pas toen u me van de week vragen begon te stellen over waar Ian en ik die avond waren, begon ik me af te vragen of ik destijds meer had moeten vertellen. Maar ik zocht er nog steeds niets ernstigs achter. Dus hield ik ook toen mijn mond... ook omdat ik bang was alsnog problemen te krijgen voor het verzwijgen van de waarheid. Dat idee kon ik niet verdragen. Wat hadden de mensen wel niet van me moeten denken?'

Melissa's gezicht vertrok; Spencer moest hard haar best doen om haar niet met open mond aan te staren. Ze had haar zus vaak genoeg zien huilen, maar dan uit frustratie, boosheid, fanatisme of gewoon om haar zin te krijgen – nooit uit angst of schaamte.

Ze verwachtte dat haar ouders naar Melissa toe zouden rennen om haar te troosten. Maar zij bleven stokstijf zitten, een afkeurende blik op hun gezicht. Ze begon zich af te vragen of haar zus en zij soms al die tijd met twee kanten van hetzelfde probleem hadden geworsteld. Indruk maken op hun ouders was Melissa schijnbaar zo moeiteloos afgegaan dat Spencer zich nooit had gerealiseerd hoe hard ook zij er haar best voor moest doen.

Ze plofte naast haar zus neer en sloeg een arm om haar schouders. 'Het komt allemaal goed,' fluisterde ze in haar oor. Melissa keek Spencer even verward aan, legde haar hoofd toen tegen haar aan en begon nog luider te snikken.

Wilden stond op, gaf Melissa een zakdoekje en bedankte iedereen voor zijn medewerking tijdens deze hele beproeving.

Terwijl hij naar de deur liep, ging de telefoon. Mevrouw Hastings liep stijfjes naar de telefoon in de tv-kamer. Even later stak ze haar hoofd om de hoek van de woonkamer. 'Spencer,' fluisterde ze, haar gezicht nog steeds in de plooi, maar haar ogen glanzend van opwinding. 'Het is voor jou: meneer Edwards...'

Spencer werd overspoeld door een golf van misselijkheid. Meneer Edwards, dat was het hoofd van het Gouden Orchideecomité. Een persoonlijk telefoontje van hem kon maar één ding betekenen!

Ze likte haar lippen en stond op. De deuropening waarin haar moeder stond, leek wel een kilometer verderop. Ze dacht aan haar moeders geheime telefoontjes: welk groot cadeau zou ze voor haar hebben gekocht, ervan verzekerd dat zij die Gouden Orchidee ging winnen? Maar al was het 't meest fantastische wat ze ooit had gekregen, ze betwijfelde of ze er wel van kon genieten.

'Maar mam...?' Ze was nu vlak bij haar moeder en leunde tegen het antieke Chippendale-bureau. 'Vind je het dan niet slecht van me dat ik vals heb gespeeld?'

Haar moeder legde haastig een hand over de hoorn. 'Eh... natuurlijk wel. Maar daar hebben we het toch al over gehad?' Ze duwde de telefoon tegen Spencers oor. 'Zeg nou maar wat!' siste ze.

Spencer slikte hoorbaar. 'H-hallo?' zei ze ten slotte schor.

'Mejuffrouw Hastings?' sprak een mannenstem monter. 'Met meneer Edwards, het hoofd van het comité van de Gouden Orchidee. Ik weet dat het al laat is, maar ik heb uiterst opwindend nieuws voor u. Het was een zware beslissing, aangezien er maar liefst tweehonderd voortreffelijke genomineerden waren, maar ik ben verheugd u te mogen mededelen dat...'

En toen was het net alsof meneer Edwards ineens onder water stond te praten: van de rest verstond Spencer nauwelijks meer iets. Ze keek naar haar zus, helemaal in haar eentje op de bank. Wat een moed moest het haar hebben gekost om toe te geven dat ze had gelogen! Ze had net zo goed kunnen zeggen dat ze het zich niet herinnerde en niemand had het ooit geweten, maar toch had zij gedaan wat ze moest doen. En Spencer dacht aan Mona's aanbod aan haar: *Ik weet hoe dolgraag jij perfect wilt zijn.* Maar nu pas wist ze: perfect zijn betekende helemaal niets als het niet echt was.

Ze hield haar mond weer voor de telefoon. Meneer Edwards was stil: hij wachtte nog steeds op haar antwoord. Spencer haalde diep adem, terwijl ze in haar hoofd repeteerde wat ze zou gaan zeggen: *Meneer Edwards, ik moet u iets bekennen.*

Het was een bekentenis waar niemand blij mee zou zijn. Maar ze kón het, ze kon het echt.

# 41

# MAG IK U PRESENTEREN, TERUG IN ROSEWOOD: HANNA MARIN

Dinsdagochtend zat Hanna op haar bed een beetje over Dots neus te aaien terwijl ze in haar handspiegel naar zichzelf zat te staren. Ze had eindelijk een foundation gevonden die haar bloeduitstortingen en hechtingen fatsoenlijk verhulde en wilde dat goede nieuws dolgraag met iemand delen. En haar eerste ingeving was natuurlijk geweest om Mona te bellen...

Ze keek in de spiegel naar haar trillende onderlip. Het voelde nog steeds niet echt.

Ze kon natuurlijk ook haar oude vriendinnen bellen, die ze de afgelopen tijd weer vaak genoeg had gezien. Gisteren hadden ze van school gespijbeld en samen in Spencers hot tub gezeten, terwijl ze in de *US Weekly* lazen over Justin Timberlakes bezoek aan haar feest, nét nadat zij was vertrokken – hij bleek met zijn crew twee uur lang bij de afrit van de tolweg in de file te hebben gestaan... Toen ze daarna waren overgestapt op de schoonheids- en modetips, moest Hanna denken aan Lucas, die haar in het ziekenhuis eens een hele *Teen Vogue* had voorgelezen. Ze voelde een steek van verdriet toen ze zich afvroeg of hij eigenlijk wel wist wat zij in de afgelopen dagen allemaal had meegemaakt. Hij had haar niet meer gebeld. Misschien wilde hij haar nooit meer spreken.

Ze legde de spiegel neer. Opeens – alsof het ging om een willekeurig weetje, zoals de naam van Lindsay Lohans advocaat of Zac Efrons nieuwste vriendin – herinnerde ze zich nóg iets over de avond van haar ongeluk. Nadat ze uit haar jurk was gescheurd, was Lucas bij haar verschenen en had haar zijn jasje aangeboden om zichzelf mee te bedekken. Vervolgens had hij haar meegenomen naar de leeszaal van Hollis College, waar hij haar had vastgehouden terwijl zij hartverscheurend huilde. En toen was van het een het ander gekomen... en hadden ze gezoend – net zo gretig als van de week...

Hanna zat lange tijd als verdoofd op haar bed. Ten slotte pakte ze haar telefoon en toetste Lucas' nummer in. Hij sprong meteen over op de voicemail. 'Hoi...' zei ze, nadat het piepje had geklonken. 'Met Hanna. Ik eh... wil graag met je praten. Bel me alsjeblieft.'

Ze hing op en gaf Dot een klopje op zijn in een geruit truitje gehulde rug. 'Misschien moet ik hem maar proberen te vergeten,' fluisterde ze. 'Er lopen vast nog wel coolere jongens voor mij rond, denk je ook niet?' Dot hield zijn kopje een beetje onzeker schuin, alsof hij dat niet helemaal zeker wist.

'Hanna?' riep haar moeder onder aan de trap. 'Kun je naar beneden komen?'

Hanna stond op en rolde even met haar schouders. Het was misschien niet zo gepast om in een knalrode Erin Fetherston A-lijnjurk naar Ians rechtszaak te gaan – net zoals je geen gekleurde kleding droeg naar een begrafenis – maar ze kon vandaag wel een opkikkertje gebruiken. Ze klikte een gouden slavenarmband om haar pols, pakte haar rode Longchamp-tas en schudde even met haar haar.

Aan de keukentafel zat haar vader achter de kruiswoordpuzzel van de *Philadelphia Inquirer*, haar moeder zat naast hem op haar laptop haar e-mail te checken. Hanna moest even slikken. Ze had haar ouders nog nooit zo samen zien zitten.

'Ik dacht dat jij onderhand weer in Annapolis zat,' bromde ze.

Haar vader legde zijn balpen neer; haar moeder schoof haar laptop aan de kant. 'Hanna, wij willen iets belangrijks met je bespreken,' begon haar vader.

Hanna's hart maakte een sprongetje. *Ze komen weer bij elkaar! Kate en Isabel zijn verleden tijd!*

Toen schraapte haar moeder haar keel. 'Ik heb een nieuwe baan aangeboden gekregen... en ik heb al ja gezegd.' Ze tikte met haar lange rode nagels op het tafelblad. 'Alleen... het is in Singapore.'

'Singapore?' gilde Hanna, terwijl ze zich op een stoel liet zakken.

'Ik verwacht echt niet van je dat je meegaat,' ging haar moeder verder. 'Bovendien, gezien de tijd die ik aan reizen zal moeten besteden, weet ik ook niet of dat wel verstandig zou zijn. Dus... dit zijn de opties.' Ze stak haar ene hand uit. 'Je kunt naar kostschool... gewoon hier in de buurt, als je dat wilt.' Vervolgens stak ze haar andere hand uit. 'Of je trekt bij je vader in.'

Hanna's vader zat nerveus met zijn pen te spelen. 'Toen ik jou in het ziekenhuis zag liggen... heb ik me een aantal dingen gerealiseerd,' zei hij kalm. 'Ik wil dichter bij je zijn, Hanna, en veel meer betrokken zijn bij je leven.'

'Ik ga echt niet in Annapolis wonen!' flapte Hanna er uit.

'Dat hoeft ook niet,' zei haar vader vriendelijk. 'Ik kan me laten overplaatsen naar het kantoor van mijn firma hier. Je moeder heeft zelfs al aangeboden dat ik dan hier kan intrekken.'

Hanna staarde hem aan. Dit klonk als een realitysoap op tv die totaal anders liep dan verwacht. 'En blijven Kate en Isabel dan in Annapolis?'

Haar vader schudde zijn hoofd. 'Ik begrijp best dat het allemaal niet niks is. We zullen je dan ook de tijd geven om te besluiten wat je wilt. Ik vraag alleen om een overplaatsing als jij hier ook blijft wonen. Afgesproken?'

Hanna keek rond in hun glanzende moderne keuken. Ze probeerde zich voor te stellen hoe haar vader en Isabel samen het eten zouden staan klaarmaken. Hij zou op zijn oude plek aan de eettafel zitten, Isabel op die van haar moeder. En Kate kon de stoel krijgen die altijd vol lag met tijdschriften en reclame.

Ze zou haar moeder wel missen, maar die was er toch al niet zo vaak. En ze had er zo naar verlangd dat haar vader terugkwam... Alleen wist ze nog niet of ze het wel zó wilde. Als ze het goedvond dat Kate hier ook kwam wonen, werd het geheid oorlog. Zij was dun, blond en mooi: ze zou beslist proberen Rosewood Day binnen te marcheren en de boel over te nemen.

Maar aan de andere kant... Kate zou 'die nieuwe meid' zijn, maar Hanna de populaire...

'Oké. Ik zal erover nadenken.' Ze stond op, pakte haar tas en liep naar het toilet. Als ze heel eerlijk was, voelde ze zich best... opgetogen. Misschien werd het juist te gek. Zíj was immers in het voordeel. De komende weken zou ze moeten zorgen dat zíj de populairste meid van de hele school werd. En nu Mona er niet meer was, was dat gewoon een eitje!

Ze voelde in het zijden zijvakje van haar tas. Er zaten twee BlackBerry's in: haar eigen en die van Mona. Ze wist dat de politie druk op zoek was naar Mona's tweede telefoon, maar kon hem nog niet aan hen overdragen. Ze moest nog één ding doen.

Ze haalde diep adem, trok het telefoontje in het geelbruine suède hoesje eruit en drukte op de AAN-knop. Het ding kwam tot leven. Echter... zonder persoonlijke begroeting of achtergrond. Mona had hem duidelijk puur zakelijk gebruikt.

Maar elke sms die ze hun had gestuurd, stond er nog in – telkens met die kordate A als afzender. Zenuwachtig kauwend op haar onderlip scrolde Hanna door haar eigen berichten. Daar had je het eerste sms'je dat ze had ontvangen, toen ze op het politiebureau zat voor het stelen van die Tiffany-armband en -halsketting: *Ha die Hanna, van gevangenisvoer word je dik, dus wat denk je dat Sean dan zal zeggen? 'Echt niet!'* En daar was de laatste sms die Mona met deze telefoon had verzonden, met onder andere de angstaanjagende woorden: *En Mona? Die is ook je vriendin niet. Dus pas maar op.*

De enige sms voor Hanna die niet met deze telefoon was verstuurd, was die met: *Geloof niet alles wat je hoort!* Die had Mona immers per ongeluk met haar gewone telefoon verstuurd. Hanna rilde. Ze had toen net haar nieuwe BlackBerry gehad, waarvan ze het telefoonboek nog niet had ingevuld. Maar ze had het nummer toch herkend. Als Mona zich toen niet zo gigantisch had vergist, wie weet hoe lang dit alles dan nog was doorgegaan...

Hanna kneep in Mona's BlackBerry. Ze kon dat rotding wel fijnwrijven! *Waarom?* wilde ze uitschreeuwen.

Ze wist dat ze Mona nu zou moeten haten. De politie had de SUV waarmee ze haar had aangereden, gevonden in de vrijstaande garage van de familie Vanderwaal. Er lag een zeildoek overheen, maar in de voorbumper zat een deuk en op de koplampen zaten bloedspatten – haar bloed.

Maar ze kon Mona niet haten, dat lukte haar gewoon niet. Hoe kon ze nu alle mooie herinneringen aan Mona uitwissen – hun winkeluitstapjes, hun zegevierende greep naar de populariteit, hun Frenniversaries... Wie moest ze nu raadplegen ingeval van een garderobecrisis? Met wie moest ze nu gaan winkelen? Wie sloot nu nepvriendschappen voor haar af?

Ze drukte het naar pepermunt geurende gastenzeepje tegen haar neus, om te voorkomen dat ze weer in huilen uitbarstte en haar hele, zorgvuldig aangebrachte make-up verpestte.

Na een aantal zuiverende, kalmerende happen lucht keek ze opnieuw naar Mona's lijst van verstuurde berichten. Toen selecteerde ze alle sms'jes van A aan haar... en drukte op WIS ALLES. *Weet u zeker dat u deze berichten wilt wissen?* vroeg het schermpje. Hanna drukte op JA. Een prullenbakje ging open en weer dicht.

Als ze hun vriendschap niet kon wissen, dan in ieder geval toch wel haar geheimen.

In de hal stond Wilden op Hanna te wachten: hij had aangeboden haar naar de rechtszaal te brengen. Het viel haar op dat zowel zijn oogleden als zijn mondhoeken hingen. Ze vroeg zich af of dat kwam doordat hij uitgeput was van het afgelopen weekend, of doordat haar moeder hem zojuist had verteld over haar nieuwe baan in Singapore.

'Klaar?' zei hij kalm.

Hanna knikte. 'Wacht even.' Ze stak haar hand in haar tas en gaf hem toen Mona's BlackBerry. 'Cadeautje.'

Beduusd nam hij de telefoon van haar over. Hanna deed geen moeite er een toelichting bij te geven. Hij zat bij de politie – hij kwam er gauw genoeg achter.

Wilden opende het portier van de politiewagen; Hanna ging naast hem zitten. Voor ze wegreden, rolde ze even met haar schouders, haalde diep adem en checkte haar spiegelbeeld in de zonneklep. Haar donkere ogen blonken, haar kastanjebruine haar was vol en glanzend en de romige foundation bedekte nog steeds keurig al haar blauwe plekken. Haar gezicht was slank, haar tanden kaarsrecht en er was geen pukkeltje te zien. Die lelijke mollige Hanna uit de brugklas, die zich nu al weken in haar spiegelbeeld schuilhield, was voorgoed verjaagd. Vanaf dit moment.

Zij was tenslotte Hanna Marin. En ze was fabelachtig.

# 42

# SOMMIGE DROMEN EN NACHTMERRIES KOMEN UIT

Dinsdagochtend krabde Emily aan de rug van haar van Hanna geleende stippeltjesjurk met kapmouwtjes en wilde dat ze gewoon een broek had aangetrokken. Naast haar stond Hanna helemaal opgedirkt in een rode retrojurk, Spencer in een zakelijk krijtstreeppak en Aria was zoals gebruikelijk in laagjes: een zwarte ballonjurk met korte mouwen over een groen langemouwenshirt, met daaronder een dikke witte kabelmaillot en chique enkellaarsjes, die ze in Spanje had gekocht, zei ze. Ze stonden met zijn allen in de koude ochtendlucht op de lege parkeerplaats naast het gerechtsgebouw, ver van de mediagekte op de grote trap aan de voorkant.

'Zijn we er klaar voor?' vroeg Spencer, terwijl ze iedereen aankeek.

'Ja!' riep Emily, tegelijk met de anderen.

En toen sloeg Spencer een grote Hefty-vuilniszak open, waar ze een voor een dingen in begonnen te gooien. Aria gooide er een boze-stiefmoederpop met kruisjes over haar ogen in, Hanna een verkreukeld papiertje met *Heb meelij met mij*, Spencer kwam met de bekende foto van Ali en Ian. Om de beurt smeten ze iets in de zak dat ze van A hadden gekregen. Ze hadden het eigenlijk allemaal willen verbranden, maar Wilden had het nu eenmaal nodig als bewijsmateriaal.

Toen Emily weer aan de beurt was, keek ze naar het laatste

voorwerp in haar handen. Het was de brief die zij Ali had geschreven kort nadat ze haar in die boomhut had gezoend (en kort voordat ze zou overlijden). Ze verklaarde Ali hierin haar eeuwige liefde; elke vezel emotie uit haar lichaam had ze erin gestopt. Dwars over haar woorden heen had A geschreven: *Dacht dat je deze wel terug zou willen. Liefs, A.*

'Deze wil ik eigenlijk houden,' zei Emily zacht, terwijl ze de brief weer opvouwde. De anderen knikten. Emily wist niet of ze wisten wat er precies in stond, maar ze hadden vast wel een idee. Ze zuchtte, diep en gekweld. De hele tijd was er een piepklein lichtje binnen in haar blijven branden: ergens had ze steeds gehoopt dat A op de een of andere manier toch Ali was; dat ze op de een of andere manier toch niet dood bleek te zijn. Ze wist dat dat niet kon: Ali's lichaam was immers in de achtertuin van de familie DiLaurentis gevonden, mét de Tiffany-ring met haar initialen om haar vinger. En ze wist dat ze Ali eindelijk eens moest loslaten... maar terwijl ze haar liefdesbrief omklemde, bleef ze wensen dat dat niet hoefde.

'Kom, we moeten eens naar binnen.' Spencer gooide de vuilniszak achter in haar Mercedes, waarna Emily haar en de rest door een van de zijdeuren van het gerechtsgebouw volgde.

Toen ze de rechtszaal met zijn houten lambriseringen en hoge plafonds betraden, draaide Emily's maag zich om. Heel Rosewood was er – haar jaargenoten en docenten, haar zwemcoach, Jenna Cavanaugh met haar ouders, Ali's oude hockeyvriendinnen – en ze staarden hen allemaal aan. De enige die Emily niet meteen zag zitten, was Maya. Ze had sinds Hanna's feest vrijdagavond geen woord meer van haar gehoord.

Emily hield haar hoofd gebogen toen Wilden uit een groep politieagenten naar voren stapte en hen naar een lege bank leidde. De lucht stond strak van de spanning en rook naar alle mogelijke dure eau de colognes en parfums.

Een paar minuten later vielen de grote deuren met een klap dicht en viel er een dodelijke stilte over de zaal toen Ian door een paar gerechtsdeurwaarders via het middenpad werd binnengebracht. Emily greep Aria's hand, Hanna legde haar arm om Spencers schouders. Ian droeg een oranje gevangenisoverall, zijn haar was ongekamd en hij had enorme paarse kringen onder zijn ogen.

Hij liep tot aan de stoel van de rechter. Deze, een streng uitziende kalende man met een gigantische zegelring, schonk hem een dreigende blik en baste: 'Meneer Thomas, hoe wenst u te pleiten?'

'Niet schuldig,' zei Ian met een piepklein stemmetje.

Er trok een gegons door de menigte. Emily beet op de binnenkant van haar wang. Toen ze haar ogen sloot, zag ze die afgrijselijke beelden weer – maar ditmaal met een andere moordenaar, eentje die wél ergens op sloeg: Ian. Ze herinnerde zich hem ineens van die zomer dat ze als Spencers gast naar de Rosewood Country Club ging, waar Ian toen als badmeester werkte. Hij had daar boven op zijn hoge stoel zitten spelen met zijn fluitje, alsof het leven hem werkelijk aan alle kanten toelachte.

De rechter boog zich vanaf zijn hoge plek naar voren en keek Ian streng aan. 'Gezien de ernst van deze misdaad én vanwege uw vermeende vluchtgevaarlijkheid, meneer Thomas, zult u tot aan de hoorzitting van het gerechtelijk vooronderzoek in hechtenis moeten blijven.' Hij gaf een harde klap met zijn hamer en vouwde toen zijn handen.

Ian liet zijn hoofd zakken. Zijn advocaat gaf hem een troostend klopje op de schouder. Enkele tellen later werd hij weer naar buiten begeleid, nog steeds geboeid. Het was alweer voorbij.

De aanwezige leden van de gemeenschap van Rosewood stonden op om te vertrekken.

Emily zag ineens vooraan een gezin zitten dat haar nog niet eerder was opgevallen, omdat het achter een paar gerechtsdeurwaarders en camera's zat. Ze herkende mevrouw DiLaurentis met haar chique korte kapsel en meneer DiLaurentis, de charmante manager op leeftijd. Jason DiLaurentis stond naast hen, in een modern zwart pak met een donkere geruite stropdas. Toen ze elkaar omhelsden, keken ze alle drie buitengewoon opgelucht... en misschien ook een tikje berouwvol. Emily dacht aan wat Jason op het journaal had gezegd: *Ik spreek mijn ouders niet meer zo vaak: ze zijn helemaal verdwaasd.* Misschien zaten ze allemaal stikvol schuldgevoel, omdat ze al zo lang niet fatsoenlijk met elkaar hadden gepraat. Of misschien beeldde

Emily zich maar wat in.

Buiten het gerechtsgebouw bleven veel mensen nog wat hangen, al leek het weer in niets op die schitterende wolkeloze najaarsdag van Ali's herdenkingsplechtigheid, nog maar een paar weken geleden. Vandaag hing de lucht vol met grote donkere wolken, die er een druilerig, schaduwloos tafereel van maakten.

Emily voelde ineens een hand op haar arm, waarna Spencer haar armen om haar heen sloeg.

'Het is voorbij,' fluisterde Spencer.

'Ja,' zei Emily, terwijl ze haar vriendin tegen zich aan trok.

Ook de andere meiden kwamen er nu bij staan. Vanuit haar ooghoek zag Emily de flits van een camera. Ze zag de krantenkop al voor zich: ALISONS VRIENDINNEN: RADELOOS MAAR KALM.

Toen viel haar blik op een zwarte Lincoln die langs de stoeprand stond. Achter het stuur zat de chauffeur te wachten; door het getinte glas, dat een heel klein stukje naar beneden was gedraaid, zag Emily een paar ogen recht naar haar kijken. Haar mond zakte open: zulke blauwe ogen had ze nog maar één keer eerder gezien!

'Jongens...' fluisterde ze, terwijl ze keihard in Spencers arm kneep.

Ook de anderen maakten zich nu los uit hun omhelzing.

'Wat is er?' vroeg Spencer bezorgd.

Emily wees naar de sedan. Het achterraam was nu gesloten en de chauffeur zette de wagen net in beweging. 'I-ik zweer jullie dat ik net...' stamelde ze. Maar toen zweeg ze abrupt. Ze zouden vast denken dat ze gek was: fantaseren dat Ali nog leefde, was geen goede manier om om te gaan met haar dood. Dus slikte ze hoorbaar en rechtte haar rug. 'Nee niks, laat maar,' zei ze.

De meiden draaiden zich om en liepen ieder naar hun eigen familie, elkaar belovend dat ze later nog zouden bellen.

Alleen Emily bleef met bonzend hart staan waar ze stond en keek hoe de sedan wegdraaide van de stoeprand, de straat uit reed, bij het stoplicht rechts afsloeg en uit het zicht verdween. Haar bloed was ijskoud. *Zij kan het niet geweest zijn*, zei ze tegen zichzelf.

*Of wel?*

# DANKBETUIGING

Eerst en vooral wil ik de mensen bedanken die ik in de opdracht ook al heb genoemd: degenen die Spencer ertoe hebben aangezet te zoenen met de vriendjes van haar zus, Aria met haar docent Engels, Emily met een meisje (of twee) en Hanna met de onpopulairste jongen van school. Degenen die me bij Alisons moord hebben geholpen en bijgestaan, die als eersten lachten om de zin 'Poesjes die kleine homopaardjes berijden' en die vanaf het allereerste begin opgetogen waren over dit project, dat – wauw! – nu alweer drie hele jaren geleden is. Ik heb het natuurlijk over mijn vrienden bij Alloy: Lanie Davis, Josh Bank, Les Morgenstein en Sara Shandler. Een werkende schrijver is voor de meesten toch een beetje een oxymoron, dus ben ik jullie ontzaglijk dankbaar voor alles wat jullie voor me hebben gedaan. Ik bof dat ik met jullie allen heb mogen samenwerken en betwijfel ten zeerste of deze boeken half zo goed zouden zijn geworden zonder jullie verrukkelijke creativiteit... en humor... en (natuurlijk) gebak en koekjes. Op nóg meer fabelachtige kronkels en wendingen in de toekomst!

Ik dank ook iedereen bij Harper die deze boeken ondersteunt: Farrin Jacobs, voor je zorgvuldige leeswerk, en Kristin Marang, voor al je toewijding, aandacht en vriendschap. En ook gigantisch bedankt, Jennifer Rudolph Walsh van William Morris, voor je vertrouwen in de toekomst van de reeks. Je bent gewoon een tovenares.

En ook weer veel liefs voor het zwikje mensen dat ik in elk boek noem: Joel, mijn echtgenoot, voor je gave tot het voorspellen van de toekomst – waar gek genoeg altijd kietelen bij komt kijken. Voor mijn vader, Shep, omdat je zo graag Franse reisagenten nadoet, omdat we afgelopen december bang waren dat je in de woestijn verdwaald was geraakt en omdat je eens hebt gedreigd een restaurant te verlaten omdat ze er geen rode wijn meer hadden. Voor mijn zus, Ali, voor het samenstellen van het geweldigste team aller tijden (Team Alison) en voor het fotograferen van knuffellam Squee met een sigaret in zijn bek. En voor mijn moeder, Mindy: ik hoop dat jij je nooit laat inenten tegen meligheid. Dank je zeer voor je steun bij al mijn schrijfactiviteiten.

Ook wil ik alle lezers van de Pretty Little Liars-reeks bedanken. Ik vind het altijd geweldig om van jullie te horen en vind het te gek dat jullie net zoveel om de personages geven als ik. Blijf die fantastische brieven maar sturen!

En ten slotte heel veel liefs voor mijn grootmoeder, Gloria Shepard. Het raakt me echt dat jij de Pretty Little Liars-reeks ook leest en ik ben vreselijk blij dat je deze boeken nog leuk vindt ook! Ik zal proberen er in de toekomst meer grapjes over neusharen in te stoppen.

# OVER DE AUTEUR

Sara Shepard is afgestudeerd aan New York University en heeft een MFA (Master of Fine Arts) in creatief schrijven van Brooklyn College. Ze woont samen met haar echtgenoot in Tucson, Arizona. De Pretty Little Liars-reeks is geïnspireerd op haar eigen jeugd in Philadelphia's Main Line.

# WAT ER HIERNA GEBEURT...

Goed, nadat grote stoute Mona deze geliefde wereld vaarwel had gezegd en Ian naar een kille gevangeniscel was gestuurd, konden onze Pretty Little Liars eindelijk in vrede leven. Emily vond de ware liefde op Smith College; Hanna was de bijenkoningin van Rosewood Day en trouwde met een miljardair; Spencer studeerde als beste van haar klas af aan de Columbia School of Journalism en schopte het uiteindelijk tot directeur-hoofdredacteur van *The New York Times;* Aria haalde haar MFA aan de Rhode Island School of Design en ging met Ezra in Europa wonen. Een en al zonsondergangen, gezonde baby's en gelukzaligheid dus. Fijn, hè? O ja, en niemand van hen heeft ooit nog een leugen verteld.

Zeg... wat dénk je verdomme nou? Wakker worden, schone slaapster: 'lang en gelukkig', dat bestaat in Rosewood niet.

Ik bedoel, heb jij nu helemaal níks geleerd? Eens een mooie kleine leugenaarster, altijd een mooie kleine leugenaarster. Emily, Hanna, Spencer en Aria kunnen het gewoon niet laten om rottigheid uit te halen. En dat vind ik nou juist het leukste aan ze. Wie ík dan wel ben? Ach, laten we maar zeggen dat er een nieuwe A is en dat onze meisjes er ditmaal niet zo makkelijk onderuit komen.

Zeg, ik zie je! En tot die tijd: probeer niet al te braaf te zijn. Het leven is een stuk geiniger met een paar mooie kleine geheimpjes.

Mwah!
A

Staatsliedenbuurt

Verwacht in 2010:

DEEL 5 VAN DE SPANNENDE SERIE

# PRETTY LITTLE LIARS

Hanna, Spencer, Emily en Aria hebben zwaar moeten boeten voor alles wat ze misdaan hebben. Een stalker, 'A' genoemd, heeft hen maandenlang geterroriseerd en hun meest schokkende geheimen onthuld. Nu A's ware identiteit bekend is, kunnen de meiden eindelijk hun oude leventjes hervatten.

Alleen... eens een leugenaarster, altijd een leugenaarster. Deze meiden kunnen nu eenmaal niet anders dan rottigheid uithalen. En dus duiken er ook in dit deel weer nieuwe geheimen en schandalen op.

Wat de gevolgen daarvan zullen zijn, lees je in het vijfde deel van Pretty Little Liars...

ISBN 978 443 2561 4